Shibpuran
শিবপুরাণ

Bengali Authors
পৃষতী রায়চৌধুরী
মানস দে
অনিন্দ্য মুখার্জী
সুজিত সাহা
বিশ্বজিৎ ঠাকুর
শঙ্খ কর ভৌমিক
শান্তনু দে
দিগন্ত ভট্টাচার্য
সৌরীশ সরকার

English Authors
Banasri Gupta
Sudipta Seal
Suvro Raychaudhuri
Kuntala Bhattacharya
Chayan Panda

Ukiyoto Publishing

All global publishing rights are held by

Ukiyoto Publishing

Published in 2023

Content Copyright © Kuntala Bhattacharya

ISBN 9789360496395

Edition 1

All rights reserved.

No part of this publication may be reproduced, transmitted, or stored in a retrieval system, in any form by any means, electronic, mechanical, photocopying, recording or otherwise, without the prior permission of the publisher.

The moral rights of the author have been asserted.

This is a work of fiction. Names, characters, businesses, places, events, locales, and incidents are either the products of the author's imagination or used in a fictitious manner. Any resemblance to actual persons, living or dead, or actual events is purely coincidental.

This book is sold subject to the condition that it shall not by way of trade or otherwise, be lent, resold, hired out or otherwise circulated, without the publisher's prior consent, in any form of binding or cover other than that in which it is published.

www.ukiyoto.com

সূচনা

শাবাশ! কংগ্রাচুলেশন্স। অভিনন্দন। এই বই আপনি হাতে তুলে নিয়েছেন মানে আপনার রুচি এবং সংস্কৃতি অতুলনীয়। অথবা আপনি শিবপুরে পড়তেন। অথবা দুটোই। যে কারণেই হোক, এই বই হাতে নেওয়া আপনার জীবনের একটি শ্রেষ্ঠ সিদ্ধান্ত। কেন, জানতে চান? আচ্ছা শুনুন তাহলে।

প্রথমত, লেখক/লেখিকারা সবাই শিবপুরে পড়েছেন। ১৯৮৯ থেকে ১৯৯৯র মধ্যে পাশ করেছেন - মানে ৮৫ থেকে ৯৯ ছিলেন ক্যাম্পাসে। বাঙালির মনে শিবপুর একটা আলাদা জায়গা করে রেখেছে গত দেড়শো বছর ধরে - বাদল সরকার, বিনয় মজুমদার, নারায়ণ সান্যাল যা পোক্ত করেছেন - এই চোদ্দজন তা ধ্বসিয়ে দেবে না। গ্যারান্টী। না হলে পয়সা ফেরত। (বেশ ভালো চান্স আছে যে এই বইটা আপনাকে লেখক/লেখিকাদের মধ্যে কেউ একজন গিফট করেছে। তাই যদি হয় তাহলে কোনো পয়সা ফেরত দেয়া হবে না!)

দ্বিতীয়ত, দারুণ এক মিশেল অভিজ্ঞ আর নতুন লেখকের। মানস, পৃষতী, শঙ্খ, কুন্তলা, সুদীপ্ত, বনশ্রী - যাদের একাধিক বই বেরিয়েছে, পুরস্কৃত হয়েছে, দিব্যি নামডাক হয়েছে - তারা যেমন আছে; বুদ্ধদেব লেভেলের দার্শনিক লেখক দিগন্ত, বিশ্বজিৎ, শান্তনু, শুভ্র যেমন আছে; আবার ফেসবুকে সপ্তাহান্তে ফাজলামো মারা অনিন্দ্য, সুজিত, চয়ন, সৌরীশরাও রয়েছে।

তৃতীয়ত, বৈচিত্র্য। এই চোদ্দজনের বিচরণক্ষেত্র সুদূরপ্রসারী, কর্মক্ষেত্র বিভিন্ন, জীবনদর্শন উন্মুক্ত। প্রেমের, ভুতের আর রহস্য রোমাঞ্চের গল্পের মধ্যে নিজেদের সীমাবদ্ধ রাখেননি এরা। দু

রকম ভাষাতে চোদ্দ রকম গল্প পড়তে পারবেন এখানে। এটাও গ্যারান্টী।

চোদ্দ না হয়ে আরো অনেক বেশি কি হতে পারতো না সংখ্যাটা? আলবাত পারতো। কুড়ি পঁচিশ তো হেসে খেলে হতেই পারতো। বলাও হয়েছিলো অনেককে। কিন্তু আমাদের কলেজের সেই প্রিয়তম ট্র্যাডিশন - ল্যাদ, অর্থাৎ লেথার্জি - এর কারণে অনেকেই লিখে উঠতে পারেননি। আমরা আশা রাখবো ল্যাদ কাটিয়ে আপনি পড়তে পারবেন।

ধন্যবাদান্তে,
লেখিকা/লেখক বৃন্দ

Preface

"Words weave stories, stories that unleash the boundaries of creativity and harp on the inherent qualities of a literary mind."

Isn't it fascinating? And do you really desire to peek into those words, the words that magically transport the mind into a world where friendship blooms, romance flaunts, and bonding prospers. Fun and frolic are unique characteristics of this world. Still thinking whether to leap and soak into it? Then let the secret be revealed.

It's the world of BEings,!!

Yes, the alma mater of fourteen engineers whose eyes are full of dreams, and bountiful of wishes to mingle and intertwine into the tales that defined their identity and love. Professionally established in their respective horizons, they have ventured on a journey where words embrace in union.

Here they are - Prishati, Sourish, Sujit, Manas, Banasri, Biswajit, Sudipta, Chayan, Santanu, Sankha, Anindya, Diganta, Suvro and Kuntala - presenting before you a concoction of Bengali and English short stories dedicated to their college, ertswhile BE College, Shibpur and currently known as IIEST.

The stories are distinctive in their compositions, with each writer meticulously knitting together a tale that rekindles the past memories and elates the mind into a charming aura. Be it a narrative, be it a dialogue, be it a verse, yet the emotions magnify, and serve a platter of impressive stories for you to feel the thrill and jubilance.

Yours truly,
The writers of "Shibpur-aan"

সূচীপত্র

যদি কোনোদিন	1
পৃষতী রায়চৌধুরী	1
ক্যানভাস	23
মানস দে	23
দিশা	46
অনিন্দ্য মুখার্জী	46
১৬৮ এ পা – আIBE দৌড়ে যা	55
সুজিত সাহা	55
সেইসব দিনরাত্রি	72
বিশ্বজিৎ ঠাকুর	72
সত্যানন্দ	83
শঙ্খ কর ভৌমিক	83
ও জোগো বনিতো	88
শান্তনু দে	88
সে একাই বৃষ্টিতে ভিজেছিলো	107
দিগন্ত ভট্টাচার্য	107
মহাপ্রস্থানের পথে	123
সৌরীশ সরকার	123
Strange Connections	136
Banasri Gupta	136
Under the Lights: A Tale of Triumph	144
Sudipta Seal	144
My Institute by the River	161
Suvro Raychaudhuri	161

Memory Echoes	171
Kuntala Bhattacharya	171
The Heartbreakers	199
Chayan Panda	199
ABOUT THE AUTHORS	212
Bengali Authors	213
English Authors	224
Illustrators	232

যদি কোনোদিন

পৃষতী রায়চৌধুরী

।১।

এডিজি স্যার যেন ম্যাজিক জানেন। পুরো ক্লাসকে হাতের মুঠোয় ধরে রেখেছেন। পঁয়ষট্টিজনের একটা ক্লাস, তবু একটা গুনগুন কি ফিসফাস অব্দি শোনা যায়না। সবাই মন দিয়ে লেকচার শুনছে, নোট নিচ্ছে। ফ্লুইড মেকানিকস বিষয়টা কি আর তেমন ইন্টারেস্টিং? মনে তো হয় না। কিন্তু এডিজি স্যারের পড়ানোর গুণে আকর্ষক হয়ে উঠেছে। এডিজি। আবীর দত্তগুপ্ত। আইআইটি খড়গপুর থেকে সদ্য পিএইচডি শেষ করে এখানে জয়েন করেছেন। লম্বা,ফর্সা, একহারা চেহারা, হাই পাওয়ারের চশমার আড়ালে শান্ত বুদ্ধিদীপ্ত দুটি চোখ। ছাত্রছাত্রীদের সঙ্গে বয়সের তফাত বেশি নয় বলে একটা বাড়তি গাম্ভীর্যের আড়ালে নিজেকে ঢেকে রাখেন। নবাগত এই তরুণ অধ্যাপকটি সর্ম্পকে ছাত্রছাত্রীদের কৌতুহলও কম নয়। কে একদিন খবর আনল, জানিস এডিজি গোল্ড মেডেলিস্ট, পিএইচডি থিসিস সাবমিট হতে না হতেই সাত-সাতটা পেপার বিদেশের নামকরা জার্নালে ছাপা হয়েছে। কেউ বলল, স্যার মোটেও বেশিদিন এখানে থাকবেন না, পোস্টডকের অফার পেয়েছেন কেমব্রিজ থেকে, এই সেমিস্টারটা শেষ হলেই চলে যাবেন।

সারা ক্লাস মন দিয়ে এডিজির লেকচার শুনলেও অন্তরার ব্যাপারটা সকলের চেয়ে আলাদা।তার মনযোগ আর মুগ্ধতা একবিন্দুতে এসে মিলেছে। একাগ্র চিত্তে ওপেন চ্যানেল ফ্লো-এর তত্ত্ব শুনতে শুনতে কখন যেন সেসব ছাড়িয়ে স্যারের প্রতিটা কথা, প্রতিটা ভঙ্গী, ডাস্টার দিয়ে বোর্ড মুছতে গিয়ে সাদা চকের গুঁড়ো চশমার কাচে ছড়িয়ে পড়া, পকেট থেকে রুমাল বের করে চশমা মোছা– এসবই হয়ে ওঠে তার অখন্ড মনযোগের বস্তু। বিন্দু বিন্দু করে সে আহরণ করে প্রতিটা দৃশ্য, শব্দ, তুচ্ছভঙ্গী। মন্ত্রমুগ্ধের মত। আর

এভাবেই তার মনযোগের ভরকেন্দ্র সরে যায়। স্যারের গলার স্বর, হাসি, চশমা মোছা- এসবে এত মন দিয়ে ফেলে যে আসল সাবজেক্ট থেকেই মন হারিয়ে যায়। এক্ষুণি যেমন সোহিনী একটা খোঁচা মারল কনুই দিয়ে। চাপা স্বরে ফিসফিস করে বলল, - হাঁ করে স্যারের দিকে তাকিয়ে না থেকে, নোটস্‌টা লেখ।

লজ্জা পেল অন্তরা। সত্যি, মাঝখানে বেশ কয়েকটা ইকুয়েশন লেখা হয়নি, চুপচাপ বসেছিল এতটা সময়। ছি, ছি, সোহিনী ছাড়া আর কেউ লক্ষ্য করেনি নিশ্চয়। তাড়াতাড়ি নোটস্‌ নেওয়ায় মন দিল অন্তরা।

সেদিন হোস্টেলের ঘরে এই নিয়ে একচোট হাসাহাসি হল অন্তরা, প্রিয়া আর সোহিনীর মধ্যে। রাত্রে ঘুমোতে যাবার আগে তিন রুমমেটের মধ্যে সারাদিনের সুখদুঃখের গল্প হয় নিয়ম করে।

খানিক হাসাহাসির পর সোহিনী একটু গম্ভীর হয়ে বলল, - দেখ অন্তরা, ভাল হচ্ছে না বোধহয়। এরকম চললে তুই কিন্তু এডিজির প্রেমে পড়ে যাবি।

- প্রেমে পড়ার আর বাকিটা কি আছে? ও তো অলরেডি হাবুডুবু খাচ্ছে, দেখতে পাচ্ছিস না? প্রিয়া পাশ থেকে ফোড়ন কাটল।

- এক চড় খাবি প্রিয়া, সব কিছুতে ইয়ার্কি, না? রাগ দেখাতে চাইল অন্তরা। কিন্তু রাগ নয়, তার বদলে লজ্জা আর প্রশ্রয়ই ফুটে উঠল ওর গলায়। কথাটা শুনে যেন খুশিই হয়েছে সে, বারে বারেই শুনতে চাইছে এই কথা।

লাইট অফ করে তিনজনে নিজের নিজের সিঙ্গল খাটে শুয়ে পড়ার পরও অনেকক্ষণ জেগে রইল অন্তরা। অন্ধকারের মধ্যে অদ্‌ভুত এক ভালোলাগার ঘোর ঘিরে ধরছিল ওকে। ঘুমের মধ্যেও সেই ভালোলাগার ঘোর যেন তাকে ঘিরে রইল। সারারাত।

যত দিন যেতে লাগল এই ঘোর এক স্থায়ী রূপ নিতে লাগল। প্রিয়া আর সোহিনী ছাড়া অবশ্য আর কেউ জানে না। জানার মত কিছু আছে কি? অন্তরা নিজেও দ্বন্দ্বে। অপরিসীম মুগ্ধতা তার মনে, কিন্তু স্যার কি তাকে আদৌ চেনেন? নাম হয়ত জানেন, সেদিন ক্লাস-টেস্টের খাতা দেখানোর সময় নাম ধরেই ডাকলেন, কিন্তু ক্লাসের আর পাঁচজনের চেয়ে কোনরকম আলাদা ভাবে দেখেন না, এ ব্যাপারে সে নিশ্চিত। সেদিন লাইব্রেরিতে ঢোকার মুখে স্যারের একদম মুখোমুখি। সে একটা বই তুলতে গেছিল, আর স্যারও সেই সময়ই বেরোচ্ছিলেন দরজা দিয়ে, প্রায় মুখোমুখি ধাক্কা। অন্তরা চমকে তাকিয়েছিল স্যারের দিকে – স্যারও কেমন যেন স্থির হয়ে তাকিয়েছিলেন তার দিকে। মাত্র কয়েক মুহূর্ত। কিন্তু অন্তরার মনে হচ্ছিল যেন কয়েক যুগ। সময় যেন থেমে গিয়েছিল, কিন্তু ওই একদিনই। আর কোনদিন স্যারকে এক বিন্দু মনযোগ দিতে দেখেনি ওর দিকে। ও যে এত আকুলভাবে অপেক্ষা করে থাকে এই ফ্লুইড মেকানিক্স ক্লাসের জন্য, এত মুগ্ধতা নিয়ে চেয়ে থাকে স্যারের দিকে, স্যার একবার ওর সঙ্গে কথা বলবেন, বা কথা না বললেও ওর দিকে তাকিয়ে একটু হাসবেন, বা না হাসলেও শুধু তাকাবেন- সেদিনটা হবে তার কাছে সবচেয়ে সার্থক। কিন্তু এসব কি স্যার কোনওদিন বুঝবেন? কি করেই বা বুঝবেন? অন্তরা তো বোঝাতে চায় না, লুকিয়েই রাখতে চায় নিজেকে। তবু কেন যে-।

।২।

আর কত দেরি করবি ভাই? এবার কিছু একটা কর। আমি এত দূরে চলে যাব, মা তো এবার একেবারে একা হয়ে যাবে। শুনছিস, এই ভাই?

আবীর মাথা নিচু করে কি একটা বই পড়ছিল। মুখটা না তুলেই মাথা ঝাঁকাল, -হুঁ, শুনছি, তুই বল।
- বলছি যে তুই নিজে তো কিছু করতে পারলি না, আর পারবি বলে মনেও হয় না। তাহলে আমরাই এবার দেখি?

আবীর হ্যাঁ, না কিছু বলল না। তবু আলপনা উৎসাহের সঙ্গে বলতে থাকল, - বুলবুল মাসির দেওরের সেই মেয়েটা, সেই যে রে চন্দ্রাণী না ইন্দ্রাণী কি যেন নাম, ফিজিক্সে এমএসসি করে এখন ডক্টরেট করছে। মায়ের তো খুব পছন্দ ছিল মেয়েটাকে। তুইও তো একবার বলেছিলি, মেয়েটা বেশ ব্রিলিয়ান্ট। দেখব একবার কথা বলে, বুলবুল মাসির সঙ্গে? কি রে ভাই, কিছু বল?

যাকে উদ্দেশ্য করে বলা সে কোন উত্তর দিল না দেখে আলপনা ভাইয়ের কাঁধে আলতো করে একটা ধাক্কা দিল।

-হুঁ, কিছু বলছিলি?

-উফ্, এতক্ষণ ধরে যে বকে মরছি, তুই তো কিছুই কানে তুলছিস না? হতাশ হয়ে হাত ওল্টায় আলপনা। ভাইটা তার বরাবরই এইরকম। চিরকালের বইপাগল। পড়ার বই হোক কি গল্পের বই, বই হাতে ছাড়া ওকে কখনও দেখা যেত না। বান্ধবী তো দূরের কথা, ছেলে বন্ধু অব্দি ওর হাতে গোনা। ইঞ্জিনিয়ারিং কলেজে পড়লে ছেলেরা কতরকমের দুষ্টুমি, পাকামি করে বলে শুনেছিল আলপনা, কিন্তু ভাইকে ওই রাসবিহারী থেকে যাদবপুর, অর্থাৎ বাড়ি থেকে কলেজ, এর বাইরে আর কোথাও যেতে দেখল না কখনো। ক্লাস, ল্যাব, লাইব্রেরি, প্রোজেক্ট – এই তার জগৎ। ইঞ্জিনিয়ারিং পাশ করে যখন ক্যাম্পাস ইন্টারভিউতে পাওয়া চাকরি উপেক্ষা করে আইআইটি খড়গপুরে ইঞ্জিনিয়ারিং পড়তে গেল, কেউই অবাক হয়নি। সবাই জানত এটাই হওয়ার ছিল। এ ছেলে ন'টা-পাঁচটা অফিসের চাকরি করার কিংবা কন্‌স্ট্রাকসন সাইটে গিয়ে ছড়ি ঘোরানোর ছেলে নয়, অধ্যাপনাই এর উপযুক্ত কাজ।

পড়াশোনা শেষ হল, ভাল একটা সরকারি কলেজে চাকরিও হল, আর কেন? এবার তো বিয়ের কথা তোলাই যায়। আঠাশ বছর বয়সটা তো উপযুক্ত সময়। বেশি দেরি করে কি লাভ? তাছাড়া আলপনার স্বামী শুভাশিস সামনের মাসে দিল্লী বদলি হয়ে যাচ্ছে। এতদিন তাও আলপনা ছিল কাছাকাছির মধ্যে, এরপর তো মা একেবারে একা হয়ে যাবে। বছর তিনেক আগে বাবা হঠাৎ স্ট্রোকে মারা যাবার পর থেকে মা এমনিতেই একটু ভিতু, দিশেহারা টাইপ হয়ে গেছে।

আলপনা ভাইকে উদ্দেশ্য করে আবার কিছু একটা বলতে যাচ্ছিল। দেখল আবীর বই থেকে মুখ তুলে অন্যদিকে চেয়ে আছে। চশমার মোটা কাচের ওপারে চোখের দৃষ্টিতে অন্যমনস্কতা। ঠোঁটে মৃদু একটা হাসি।

- কি ভাবছিস রে, ভাই? তোর যদি কাউকে পছন্দ হয়ে থাকে, তাহলে সেটা আমাদের জানা। তুই না বললে আমরা জানব কেমন করে?

- পছন্দ? না, না –। হঠাৎ যেন সচকিত হল আবীর। কিন্তু আলপনা ততক্ষণে চেপে ধরেছে ভাইকে। চাপা হলেও আবীরের যতটুকু কথা, যেটুকু সামান্য মন খোলা সে ওই দেড় বছরের বড়, প্রায় পিঠোপিঠি দিদির কাছেই। তাই খানিক চাপাচাপির পর আবীর একটু আভাস দিল। থার্ড ইয়ারের একটা মেয়ে দিদি, অদ্ভুত মায়াবী চোখদুটো.. মনে হয় কি যেন বলতে চায়। ক্লাসে পড়াতে পড়াতে আমি কেবলই অন্যমনস্ক হয়ে যাই। কন্‌সেন্ট্রেশন হারিয়ে ফেলি। অ্যাভয়েড করতে চাই মেয়েটাকে, কিন্তু ঘুরেফিরে খালি চোখে ভাসে ওর মুখটা।

এর পরের আধঘন্টার মধ্যে একান্ত স্বল্পভাষী, চাপা ভাইকে খুঁচিয়ে খুঁচিয়ে দেখা গেল আরো অনেক গুলো তথ্য জোগাড় করে ফেলল আলপনা। মেয়েটা চশমা পড়ে, হর্সটেইল করে চুল বাঁধে বেশির ভাগ দিন, সবুজ-সাদা জংলাছাপ একটা চুড়িদারে তাকে বেশ দেখায়।

- আমাকে একবার দেখাবি, ভাই? আলাপ করাবি?

- না না না। আঁৎকে উঠল আবীর। পাগলামো করিস না দিদি। আমি ঠিক করে জানিনা অব্দি মেয়েটা আমার সম্বন্ধে কি ভাবে। হয়ত এমনিই মন দিয়ে পড়া শোনে, ওভাবে তাকানোটা ওর স্বাভাবিক ভঙ্গী, বিশেষ কোন মানেই নেই, আমিই অনর্থক গুরুত্ব দিচ্ছি। একটু থেমে

আবার অন্যমনস্ক মৃদুস্বরে বলে আবীর, - আমি এরকম ভাবছি জানলে যে রেসপেক্টটা আমাকে দেয়, ও, ওরা সবাই, সেটা আমি হারাব। সবার চোখে হাসির পাত্র হয়ে যাব। স্ক্যান্ডাল হয়ে যাবে একটা-।

- উফ্, থাম তো তুই এবার। বিরক্ত আলপনা ভাইকে কথা শেষ করতে দেয় না। একদম বুড়োদের মত কথা বলছিস তুই। বেশি পড়ে পড়ে অকালেই বয়সটা বেড়ে গেছে। আঠাশ বছরের একটা ছেলের একুশ বছরের একটা মেয়েকে যদি ভালোই লাগে, তাতে কারো এত চোখ কপালে তোলারই বা কি আছে আর এতে স্ক্যান্ডালেরই বা কি আছে তা তো আমার মাথায় ঢোকে না। আর এখনই তো তোকে কিছু করতে হচ্ছে না, আমরা আলাপ করি, কথা-টথা বলি, বছর খানেক বাদে মেয়েটা পাশ-টাশ করে বেরোলে তখন তো আর তোর স্টুডেন্ট থাকবে না, তখন নাহয় কিছু করা যাবে?

কিছুতেই রাজি হয় না আবীর। না, কোনো আলাপ-টালাপ নয়, ওসব করতে গেলেই সন্দেহ হবে সবার। যা হবার এক বছর পরেই হবে, তার আগে নয়। আর এও তো জানা নেই মেয়েটার কোন বয়ফ্রেন্ড আছে কিনা। থাকতেই পারে। এই সম্ভাবনার কথা উচ্চারণের সঙ্গে সঙ্গে আবীরের মুখটা যে কেমন ফ্যাকাশে হয়ে গেল তা চোখ এড়াল না আলপনার।

পরদিন রোববার। দিল্লী চলে যাওয়ার আগে দু-একটা টুকিটাকি কেনাকাটার ছিল আলপনার। আবীরকেও ধরে নিয়ে গেল জোর করে। কেনাকাটার পর শপিং মলেরই কফিশপে কফি খেতে ঢুকছিল দুজনে। কিন্তু সেখানে ঢোকার মুখে হঠাৎ আলপনার হাতটা ধরে একটা চাপ দিল আবীর। ইশারা করল উল্টো দিকের ফুডকোর্টের দিকে। সেখানে একটা টেবিল ঘিরে জটলা করে বসে পিৎজা খাচ্ছে চার-পাঁচজন ছেলেমেয়ের একটা দল।

- অন্তরা? কোনজন? আলপনা উত্তেজিত চাপা স্বরে বলল।

- আস্তে দিদি। নাহ্, ও নেই। ওদের ক্লাসেরই এই ছেলেমেয়েগুলো। তবে ও নেই।

- ওহ্, চল তাহলে, কি আর করা যাবে? সামান্য হতাশ হয়ে মাথা নাড়িয়ে কফিশপে ঢুকে গেল আলপনা। আর তার পিছনে আবীরও।

ফুড কোর্টের পিৎজা হাটে বসে থাকা ছেলেমেয়েগুলোর মধ্যে একজন, একটি মেয়ে,ভ্রূ কুঁচকে ওদের চলে যাওয়া যে লক্ষ্য করছিল তা দেখতে পায়নি আবীর বা আলপনা কেউই।

।৩।

রাত তিনটে বাজে। টাওয়ার ক্লকের ঢং ঢং আওয়াজ সেই জানান দিল। প্রিয়া আর সোহিনী অনেকক্ষণ ঘুমিয়ে কাদা। অন্তরার চোখে ঘুম নেই। রাত দেড়টা অব্দি গল্প করেছে তিনজনে, তারপর ওরা ঘুমিয়ে পড়েছে। কিন্তু অন্তরা ঘুমোতে পারছে কই? কিছুতেই মেনে নিতে পারছে না ব্যাপারটা। রাত্রির অন্ধকারের মত জমাট বিষণ্ণতা ভারী হয়ে চেপে বসে আছে তার বুকের ওপর। নিঃশ্বাস নিতেও যেন কষ্ট হচ্ছে। নিজেকে বোঝানোর চেষ্টা করে সে, এতে অবাক হওয়ার কি আছে? এত আঘাত পাওয়ারই বা কি আছে? সোহিনী তো অনেক দিন আগে থেকেই বলেছিল, - ওদিকে অত তাকাস না অন্তরা, সাউথ ক্যালকাটার ছেলে, যথেষ্ট হ্যান্ডসাম চেহারা, পড়াশোনায় ভালো, যাদবপুরে আর আইআইটিতে পড়েছে, এডিজির গার্লফ্রেন্ড থাকবে না এটাই তো অস্বাভাবিক। হয়ত বিয়েও হয়ে গেছে দেখ। প্রিয়াও সায় দিত এই কথায়। সায় দিতে পারত না খালি অন্তরা। আসলে এডিজি ক্যাম্পাসে বাইরে থাকতেন, বাড়ি থেকে যাওয়া-আসা করতেন, আর মাত্র কয়েক মাসই হল এই কলেজে জয়েন করেছেন বলে ওঁর সম্বন্ধে স্টুডেন্টরা এখনো ভালোমত জানে না। ক্যাম্পাসের মধ্যে যে প্রফেসররা থাকেন, তাদের সম্বন্ধে স্টুডেন্টরা সব কিছু জেনে যায়

কিছুদিনের মধ্যেই। সকাল বেলায় গেটের বাইরে থেকে সবজী কেনা থেকে, ছেলেমেয়েদের স্কুল বা গান-নাচের ক্লাসে নিয়ে যাওয়া, বাচ্চাকে স্ট্রলারে বসিয়ে ক্যাম্পাসের রাস্তায় ইভনিং ওয়াক, বা নতুন বৌকে নিয়ে চাঁদনী রাতে ওভাল মাঠের ধারে বসা- সবটাই স্টুডেন্টদের কাছে খোলা খাতা হয়ে যায়। আর তা নিয়ে অবশ্য কোন পক্ষেরই কোন মাথাব্যাথা নেই, এক ক্যাম্পাসে থাকতে গেলে এ তো হবেই। কিন্তু যারা ক্যাম্পাসের বাইরে থাকে, তাদের কথা একটু স্বতন্ত্র। তাদের ঘিরে একট পর্দা থাকে। অপরিচয়ের, অজানিতের একটা আবরণ।

এডিজি ক্যাম্পাসে থাকলে স্যার বিবাহিত কিনা একথা জানতে চার মাস অপেক্ষা করতে হত না কাউকে। সাতদিনের মধ্যেই জেনে যেত সবাই। এখন মাঝরাতে বিছানায় শুয়ে শুয়ে প্রিয়ার বলা কথাগুলো মাথায় ঘুরছে অন্তরার। বৌকে নিয়ে শপিং করছিলেন স্যার। প্রিয়া, রিখি, শান্তনুরা মিলে মাল্টিপ্লেক্সে সিনেমা দেখে পিৎজা খাচ্ছিল, তখনি প্রিয়া দেখে স্যারকে। পাশে শ্রীমতী। শাঁখা-পলা-সিঁদুরে শোভিত কনভেনশনাল সুন্দরী। স্যার ওদের দেখতে পেয়েও নাকি কাছে আসেননি, বৌএর সঙ্গে আলাপও করাননি। চট করে মুখ ঘুরিয়ে বৌকে নিয়ে কফিশপে ঢুকে গেছেন।

- কি কিপটে বোঝ? দেখে ফেললে যদি খাওয়াতে হয়? মাত্র ছ'জনকে কফি খাওয়াতে হবে সেই ভয়ে কেটে পড়ল? বৌ-এর সঙ্গে আলাপটা অব্দি করাল না।

অন্তরার ফ্যাকাশে মুখটা দেখে সোহিনীর বোধ হয় একটু মায়া হল। ধমকে থামাল প্রিয়াকে।

- চুপ কর তো, শুধু খাই খাই। কেন শান্তনুর ঘাড় ভেঙে তো পিৎজা খেয়েছিস, তাও মন ভরেনি? তারপর অন্তরার দিকে ঘুরে বলল, - এ তো তোকে আমি অনেকদিন আগেই বলেছিলাম অন্তরা।

ছেলেমানুষী করিস না। ওদিকে মন দিসনা। যাকগে, ওরকম একটু-আধটু ভাললাগা জীবনে অনেককেই লাগে, লাগবে, এবার ওসব ভুলে যা, মন দিয়ে পড়াশোনা কর।

নিজেকে সংযত করে পড়াশোনাতেই মন লাগাবার চেষ্টা করল অন্তরা অতঃপর। ক্লাসে একমনে মাথা নিচু করে নোট নিতে থাকে। কখনো কখনো ভুল হয়ে যায়, দেখা হয়ে যায় চশমার ওপারের গভীর চোখ, কিন্তু তারপরেই শাসন করে নিজেকে। একটা জিনিস, যাকে জড়িয়ে একুশ বছরের মন কল্পনার জাল বুনেছিল, মনে হয়েছিল পেলেও পাওয়া যেতে পারে, এখন কোনভাবেই তা আর পাওয়ার সম্ভবনা নেই জেনে সংযত করে নিজেকে। গুটিয়ে নেয়। যে ক্লাসটা সে আগে চাইত যেন কখনো শেষ না হোক, এখন শেষ হলে যেন হাঁফ ছেড়ে বাঁচে। পরীক্ষা শেষ হওয়ার মত অনুভূতি হয়।

এমন করেই শেষ হল সেমিস্টারটা। স্যারের সঙ্গে আরেকবার মুখোমুখি হতে হল। পরীক্ষার খাতা দেখাবার জন্য সবাইকে এক এক করে নিজের কেবিনে ডেকেছিলেন স্যার। নিজের খাতা দেখে চলে আসছিল অন্তরা, স্যার হঠাৎ ওকে ডেকে বললেন, - অন্তরা, আমি মাস ছয়েকের জন্য অস্ট্রেলিয়া যাচ্ছি। রিসার্চের কাজে।

অন্তরা বুঝল না, এত লোক থাকতে তাকেই হঠাৎ ডেকে এই কথাটা বলার মানে কি? তবু একটা ভাললাগাতে মনটা ভরে গেল। স্যার তাকে আপনজনের মত কথাটা বললেন।

- ভাল করে পড়াশোনা কোরো। ভালো থেকো, অন্তরা। ছ'মাস বাদে দেখা হবে আবার-।

আরো কিছু বলতে যাচ্ছিলেন এডিজি, কিন্তু দরজায় ততক্ষণে আরেকটা মাথা উঁকি মারছে। দীপ্ত। অন্তরার পরের রোল নম্বর, সে তখন নিজের খাতাটি দেখার জন্য অধীর।

কেবিন থেকে বেরনোর আগে আরেকবার ঘুরে তাকাল অন্তরা, স্যারের দিকে। এডিজি হাসিমুখে হাত নাড়লেন। আর হঠাৎ কেন কে জানে কান্না পেয়ে গেল অন্তরার। এত ভাল লাগে স্যারকে, সামনে এলেই মনটা যেন প্রশান্ত হয়ে যায়, তবু কেন যে-। কেন যে আরো বছর কয়েক আগে স্যারের সঙ্গে দেখা করাল না ভগবান? এমন কোন সময় যখন স্যার একা ছিলেন, দোকা হননি? কেন যে-।

কান্নাটা গিলে নিয়ে, দীর্ঘশ্বাসটা চেপে, করুণ একটা হাসি স্যারকে ফিরিয়ে দিয়ে কেবিন থেকে বেরিয়ে এল অন্তরা।

।৪।

ক্যাম্পাস ইন্টারভিউ চলছে। থার্ড ইয়ার শেষ করে এখন ফাইনাল ইয়ারে চলে এসেছে অন্তরাদের ব্যাচ। একটার পর একটা কোম্পানি আসছে, কেউ কেউ চাকরি পাচ্ছে, কেউ পাচ্ছে না। কোনো কোম্পানি এলেই সাজো সাজো রব পড়ে যায়। প্রথমে রিটন টেস্ট, তারপর কেতাদুরস্ত জামাকাপড় পরে ইন্টারভিউ। যে ছেলেরা গত সাড়ে তিন বছর রংচটা জিন্‌স, ঘেমো টিশার্ট, আর ফটাস ফটাস শব্দ তোলা হাওয়াই চপ্পল ছাড়া আর কিছু পড়েনি, তাদের হঠাৎ একদিন স্যুট-বুট পড়তে দেখে বকুল গাছের ডালে বসে থাকা কাকগুলো অব্দি অবাক হয়ে কা কা ডাক ছাড়ে। হঠাৎ করে এতগুলো কালো কোট-প্যান্ট পড়া মানুষ দেখে নিজেদের স্বগোত্রীয় কোন প্রাণী বলে ভাবে বোধহয়।

এই সময় ক্যাম্পাসে আরেকটা জিনিস হয়। প্রোপোজালের বন্যা বয়ে যায়। যারা এতদিন সাহস করে কোনো মেয়েকে মনের কথাটি বলতে পারেনি, তারা নতুন চাকরির ভরসায় সাহসী হয়ে সেই কাজটি করে ফেলে। কেউ সফল হয়, কেউ হয় না। তবে ফাইনাল ইয়ারের এই শেষ সুযোগটা কাজে লাগাতে চায় সবাই। এই রকম

হট্টগোলের মধ্যে অন্তরাকেও প্রোপোজ করে ফেলল একজন। রাজদীপ। রাজদীপ মুখার্জী। অন্তরাদের ক্লাসেরই একটি ছেলে। এতদিন একসঙ্গে ল্যাবে এক্সপেরিমেন্ট করেছে, ল্যাব রিপোর্ট লিখেছে, পাশাপাশি বসে ক্লাস করেছে, ক্যান্টিনে হাহা হিহি করেছে আর সকলের মতই, কিন্তু ছেলেটার মনে যে এই আছে, অনেকদিন ধরেই নাকি আছে, তা তো কখনো ঘুণাক্ষরেও বোঝেনিঅন্তরা। এমনকি যেদিন সন্ধ্যেয় রাজদীপ তাকে প্রোপোজ করতে এল সেদিন তাকে দেখে প্রথমে চিনতে অব্দি পারেনি সে। এতদিনের দেখা জিন্স-টিশার্ট-চপ্পল পড়া তালঢ্যাঙা হাহা-হিহি করা ছেলেটা আজ যেন কত অন্যরকম। ফর্মাল শার্ট-প্যান্ট-ব্লেজার, পালিশ করা জুতো। সারাক্ষণ ফাজলামি করতে থাকা মুখটা আজ সিরিয়াস, গম্ভীর। নভেম্বরের হিমেল সন্ধ্যেতেও ওর কপালে বিন্দু বিন্দু ঘাম। জীবনের প্রথম চাকরি পাওয়ার আনন্দ ঢেকে গেছে আরো বড় এক উৎকন্ঠায়। জীবনের সব আনন্দ আর দুঃখ ভাগ করে নেওয়ার জন্য সে এখন নতজানু তার সামনে দাঁড়ানো মানুষটির কাছে।

অন্তরা দ্বিধা করেছিল, দোনামোনা করেছিল। কিন্তু রাজদীপ তুড়ি মেরে সব দ্বিধা উড়িয়ে দিল। ঝড়ের মত কোথা থেকে কি যেন হয়ে গেল। ধীরে ধীরে অন্তরার দিনরাত সব ভরিয়ে দিল রাজদীপ। যতক্ষণ রাজদীপ তার কাছে থাকে, এক মুহূর্তের জন্যেও কোনও মনখারাপ, কোনও বিষণ্ণতা অন্তরার কাছে ঘেঁষতে পারে না। রাজদীপের অফুরান প্রাণশক্তির কাছে সব বিষণ্ণতা হার মেনে পালিয়ে যায়। এডিজির মুখ, হাসি, ভারী চশমার আড়ালে গভীর শান্ত চোখ, সব ধীরে ধীরে আবছা থেকে আবছাতর হয়ে গেল। হয়ত এই জগতের নিয়ম। এডিজি ছ'মাসের জন্য অস্ট্রেলিয়া গেছেন। কেউ কেউ বলছে ওখানেই সেটল করে যাবেন, আর ফিরবেন না। এদিকে এতরকম ঘটনা ঘটতে থাকে ক্যাম্পাসে-। সেকেন্ড ইয়ারের একটা ছেলে গঙ্গায় ডুবে মারা গেল, ক্যাম্পাসে পুলিশ এল, থার্ড ইয়ারের কয়েকটা ছেলে বাইরের গুন্ডাদের কাছে মার খেয়ে এল, দু-তিনবার বিভিন্ন কারণে

স্ট্রাইক হল, পরীক্ষা এল, গেল, সার্ভে ক্যাম্প হল-এত কিছুর মধ্যে এডিজির কথা আর কারো তেমন মনে রইলনা। অন্তরারও না।

।৫।

ছ'মাসের জন্য ভিজিটিং লেকচারারের চাকরি নিয়ে মেলবোর্ণ ইউনিভার্সিটিতে এসেছে আবীর। তাকে এরা আরো ছ'মাসে এক্সটেনশন দিয়েছে। কিন্তু আবীর আর এখানে থাকতে চায়না। মনটা পড়ে আছে হাওড়ার সেই ছায়াঘেরা শতাব্দী-প্রাচীন কলেজের ক্যাম্পাসে। আরো ছ'মাস এখানে থাকলে ফিরে গিয়ে আর সেই ব্যাচটাকে দেখতে পাবে না। তারা তো সামনের মে-জুন মাসেই পাশ করে বেরিয়ে যাবে। হারিয়ে যাবে বহির্বিশ্বে, মিশে যাবে বিপুল জনারণ্যে। হারিয়ে যাবে সেই জংলাছাপ চুড়িদার, হর্সটেইল চুল আর মায়াবী চোখের নির্নিমেষ চেয়ে থাকা। না, হারাতে চায় না আবীর। এই ক'মাস বিদেশে থেকে, এখানকার মানুষদের সঙ্গে মিশে, বিদেশের খোলামেলা পরিবেশ দেখে সে নিজেও আগের থেকে অনেক বেশি সাহসী আর আত্মবিশ্বাসী হয়ে উঠেছে। মনে তার স্থির সংকল্প, এবার ফিরে গিয়ে সে মনের কথা বলবেই।

জানুয়ারির এক কুয়াশা-ভেজা সকালে সে ফিরে এসে আবার যোগ দিল তার পুরনো কর্মস্থলে। যে ক্যাম্পাস ছেড়ে সে গেছিল আর যে ক্যাম্পাসে ফিরে এল দুটো যেন কত আলাদা। তখন ছিল রুক্ষ-শুষ্ক ক্যাম্পাস, গ্রীষ্মের তপ্ত বাতাস হু হু করে উড়িয়ে নিয়ে যাচ্ছিল দেবদারু গাছের শুকনো পাতা। আর এখন সব শান্ত, শীতল। হাল্কা কুয়াশার আবরণ সরিয়ে মুখ দেখাচ্ছে রাস্তার ধারে টবে সাজানো চন্দ্রমল্লিকার সারি। সব যেন একটু বেশিই ঠান্ডা, বেশিই শান্ত। হঠাৎ শীত করে উঠল আবীরের। হাতের তালু জমে যাচ্ছে মনে হল।

জ্যাকেটের পকেটে হাত-দুটো পুরে ধীরে ধীরে কলেজ বিল্ডিং এর দিকে এগিয়ে চলল আবীর।

ডিপার্টমেন্টের হেডের সঙ্গে দেখা হলে জানল তাকে এবার সেকেন্ড ইয়ারের একটা ক্লাস দেওয়া হয়েছে। ফোর্থ ইয়ারের কোনো ক্লাস পড়ানোর ইচ্ছে ছিল আবীরের। একটু মনঃক্ষুণ্ণ হল প্রথমে, তারপর ভাবল, ভালই হয়েছে, অধ্যাপক-ছাত্রীর সম্পর্কটা শেষ করা যাবে তাড়াতাড়ি।

দু-তিনদিন কেটে গেল, অন্তরাদের সঙ্গে দেখা হল না। ওদের ব্যাচের কয়েকজনকে সকালে দেখল ক্যান্টিনের সামনে জটলা করে চা খাচ্ছে, আগ্রহ নিয়ে ওদিক দিয়ে হেঁটে গেল আবীর, যদি তাকে দেখা যায়। কিন্তু না, দেখা গেল না।

সেকেন্ড ইয়ারের যে ক্লাসটা এবার আবীরকে দেওয়া হয়েছে তাতে একটা ল্যাবরেটরি পার্ট-ও আছে। মেটিরিয়াল টেস্টিং। কংক্রিটের ছোট ছোট কিউব ঢালাই করে, দু-সপ্তাহ জল দিয়ে ভিজিয়ে মজবুত করে তারপর নির্দিষ্ট যন্ত্রের সাহায্যে তার মজবুতির পরীক্ষা নেওয়া হয়। সেদিন সেই ল্যাব শেষ হতে হতে ছ'টা বেজে গেল। জানুয়ারির বিকেল। খুব তাড়াতাড়ি সন্ধ্যে নামে আজকাল। আলো-ঝলমলে শহরের তুলনায় বড় বড় গাছে, ঝোপ-ঝাড়ে ঘেরা এই ক্যাম্পাসে আরো দ্রুত অন্ধকার ঘনায়। ল্যাব থেকে বেরিয়ে বাস-স্ট্যান্ডের দিকে যাচ্ছিল সে। হঠাৎ একটা দৃশ্য দেখে থমকে গেল। পা দুটো আটকে গেল মাটিতে। নিঃশ্বাস বন্ধ হয়ে এল যেন। বকুল গাছের তলার নিচু পাঁচিলটতে বসে আছে অন্তরা। আর তার গা ঘেঁষে পাঁচিলে

হেলান দিয়ে দাঁড়িয়ে আছে ওদেরই ক্লাসের লম্বামত একটা ছেলে। আবীর চেনে ছেলেটাকে। নামটা এই মহূর্তে মনে পড়ছে না ওর। ছেলেটা মাথা ঝাঁকিয়ে কিছু বলছে আর তাই শুনে খুব হাসছে অন্তরা। ছেলেটার একহাতে অন্তরার হাত ধরা। ওদের দেখে বলে দেওয়ার দরকার হয় না যে ওরা প্রেমিক-প্রেমিকা। উল্টো দিকে মুখ করে থাকায় আবীরকে দেখতে পায়নি ওরা। আবীর ডাইনে বাঁক ঘুরে অন্যদিকের রাস্তাটা ধরল। বকুলতলা চোখের আড়াল হবার আগে আরেকবার ঘাড় ঘুরিয়ে দেখে নিল ওদের। সতেজ তরুণ-তরুণী। নাহ্, ওদের মানিয়েছে ভাল। সেই তো, একুশ বছরের পাশে ঝলমলে প্রাণবন্ত একুশ বছরই মানায়, তার মত গুরুগম্ভীর বইমুখো আঠাশ-বছুরে কেন মানাবে? চোখের নিচটা জ্বালা করছে, হাতের আঙুলগুলো ঠান্ডায় জমে বরফ যেন। হঠাৎ করে শীতটা আরো জাঁকিয়ে চেপে ধরল আবীরকে। চরাচরে কোথাও এক বিন্দুও উষ্ণতা নেই তার জন্য। ক্লান্ত শরীরটা টেনে নিয়ে বাস স্ট্যান্ডের দিকে এগিয়ে চলল সে।

।৬।

গল্পটা এখানেই শেষ হতে পারত। হলেও অন্তত কারও কিছু বলার থাকত না। কেননা, মানুষের জীবনের বেশিরভাগ গল্পই এরকম আধা-খ্যাঁচড়া "শেষ হইয়াও হইল না শেষ" ভাবেই শেষ হয়। কি হলে কি হতে পারত, অমুক কথাটা তমুককে ঠিক সময়ে বলতে পারলে জীবনটা কেমনভাবে বদলে যেতে পারত- এসব আমরা অবসর মুহূর্তে যতই ভেবে থাকি না কেন, জীবন থেমে থাকে না, চলতেই থাকে। যতরকম মুহূর্তই তৈরি হোক না কেন, সময়ের সামান্য এদিক-ওদিকে সব ফসকে যায়। একে ভবিতব্য বলো ভবিতব্য, কাকতালীয় বলো কাকতালীয়। যেমন হল এই গল্পের চরিত্রদের ক্ষেত্রে। কিন্তু যে অদৃশ্য গল্পলেখক এদের নিয়ে গল্প লিখছিলেন, তিনি অপেক্ষা করছিলেন একটা উপযুক্ত, লাগসই উপসংহারের জন্য। তবে তার জন্য অপেক্ষা ছিল। সাত বছরের অপেক্ষা।

।৭।

ক্যাম্পাসে ঢুকতেই প্রথম চমকটা অন্তরা পেলো কলেজের গেটে খোদাই করা নামটা দেখে। শুনেছিল বটে, কলেজের নামটা চেঞ্জ হয়ে গেছে, তবু দেখে মনটা খারাপ হয়ে গেল। নিজের, একদম নিজের কোনো পরিচিত জিনিস যেন অপরিচয়ের মোড়কে ঢেকে গেছে। গেট দিয়ে ভিতরে ঢুকে অবশ্য পুরনো আশ্বাস আবার খানিক ফিরে পেল। ওই তো সেই দেবদারু গাছ, চির চেনা বকুলতলা, কৃষ্ণচূড়ার রক্তিম আহ্বান। ওই তো স্বামী বিবেকানন্দের সেই দৃপ্তমূর্তি। একই তো আছে সব, যেমন ছিল সাত বছর আগে। দু-একটা ছোটখাটো পরিবর্তন অবশ্য চোখে পড়ে। যেমন ওই ঝাঁ চকচকে কফিশপটা। এটা নতুন। ক্যাম্পাসের মধ্যে সেই এক আদ্যিকালের ক্যান্টিন ছাড়া আর কিছু ছিল না তখন। তা একটু-আধটু পরিবর্তন তো হবেই। স্বাভাবিক। অন্তরার নিজেরই কি কম পরিবর্তন হয়েছে এই ক'বছরে? সেদিনের সেই ছিপছিপে রোগা মেয়েটা এখন আত্মবিশ্বাসী কর্পোরেট চাকুরে। চেহারাতেও একটা ভারিক্কি এসেছে। গত তিন বছর যাবৎ তারা নিউ-ইয়র্ক প্রবাসী। বিদেশ যাওয়ার আগেই বিয়েটা সারা হয়েছিল। এখন সে চাকরি করতে করতেই পার্টটাইমে এমবিএ করার কথা ভাবছে। চান্সও পেয়ে গেছে ওখানকার একটা ইউনিভার্সিটিতে। কিন্তু সেখানে ভর্তির জন্য তার আগের কলেজের সিলমোহর-যুক্ত মার্কশিট আর সার্টিফিকেট, যাকে ট্রান্সক্রিপ্ট বলা হয় তা জমা করতে হবে। এই ট্রান্সক্রিপ্ট সংগ্রহের উদ্দেশ্যেই তার আপাতত এখানে আসা। অবশ্য সেই সঙ্গে পুরনো স্মৃতিকে ছুঁয়ে আসার একটা বাসনা তো আছেই।

প্রথমেই অ্যাকাডেমিক অফিসে গিয়ে ট্রান্সক্রিপ্টের জন্য প্রয়োজনীয় ফর্ম ভরল সে। তারপর সিঁড়ি বেয়ে তিনতলায় উঠতে লাগল। সেখানে স্মৃতি ঘেরা সেই ডিপার্টমেন্ট, ল্যাব,

ক্লাসরুম -। ছেলেমেয়েরা কলকল করতে করতে ঢুকছে, বেরোচ্ছে, করিডরে দাঁড়িয়ে গল্প রছে। পায়ে পায়ে প্রফেসরদের কেবিন-গুলোর দিকে এগিয়ে চলল। নিজের অজান্তেই কখন এসে দাঁড়িয়েছে কোণার

দিকের শেষ কেবিনটাতে। কিন্তু থমকে গেল দরজার ওপরে খোদাই করা নামটা দেখে। না, আবীর দত্তগুপ্ত নয়, অন্য কারো নাম খোদাই করা আছে সেখানে। হয়ত কোনো নতুন প্রফেসর যাকে অন্তরারা দেখেনি কখনো। তবে কি এডিজি নিজের অফিস চেঞ্জ করেছেন? চারতলায় দেখবে কি একবার?

- অন্তরা, তাই না? তাই আমি দেখছি অনেকক্ষণ ধরে আর ভাবছি, চেনা চেনা লাগছে, কে এই ভদ্রমহিলা?

প্রফেসর কল্যাণ ব্যানার্জী, কেবি স্যার। অন্তরা হেসে এগিয়ে গেল কেবির দিকে। কেবিও তখন তরুণ ছিলেন, এখন ডিপার্টমেন্টের হেড। অন্তরাকে ডেকে নিজের অফিসে বসালেন কেবি। পিওনকে ডেকে চায়ের ফরমাশ দিলেন। খবর নিতে লাগলেন ওদের ব্যাচের অন্যান্য ছেলেমেয়েদের। অন্তরাও অন্যান্য প্রফেসরদের সম্পর্কে খোঁজ খবর নিতে লাগল। কথায় কথায় এডিজির কথাও উঠল। প্রফেসর ব্যানার্জী বললেন, - আর বোলো না ওর কথা, ওটা তো একটা পাগল। বিয়ে-টিয়ে করল না, সারাটা জীবন সমাজ-সংস্কার করেই কাটিয়ে দিল। রামকৃষ্ণ মিশনের ছাত্র ছিল একসময়, ওদিকে একটা ঝোঁক তো ছিলই। এখন রামকৃষ্ণ মিশন, বিবেকানন্দ সিমিতির কাজ ছাড়াও আশেপাশের অনাথ বাচ্চাদের নিয়ে নাইট স্কুল, তাদের জন্য মেডিকাল ট্রিটমেন্ট এসব নিয়েই থাকত। রির্সাচেও অবশ্য খুব সিরিয়াস। ফ্যামিলি-ট্যামিলি নেই তো, কাজ নিয়েই পড়ে থাকত দিনরাত। তবে এখন তো চলে যাচ্ছে। এই কলেজ ছেড়ে দিয়ে ভুবনেশ্বরের একটা নামী কলেজে ডীন হয়ে জয়েন করছে।

- স্যার বিয়ে করেননি? এখনো যেন চমক কাটে না অন্তরার।

- নাহ্, এখনো অব্দি তো নয়। পরে করবে কি না তা অবশ্য বলতে পারি না।

খানিকক্ষণ চুপ করে থাকে অন্তরা। মাথায় ঘুরতে থাকে ওই কথাটাই। তারপর মৃদুস্বরে জিগ্যেস করে, - স্যার কি চলে গেছেন?

- হ্যাঁ, রেজিগনেশন তো দিয়ে দিয়েছে। অফিস খালি করে জিনিসপত্রও সব নিয়ে গেছে দিন কয়েক আগে। তবে আজ তো একবার এসেছিল, এই একটু আগে, তুমি আসার ঠিক আগেই। রেজিস্ট্রারের অফিসে কি একটা কাজ ছিল বলল।

- থ্যাংক ইউ স্যার। আমি আসি। উঠে দাঁড়াল অন্তরা।

সিঁড়ি দিয়ে প্রায় দৌড়ে নামতে লাগল। যেন আবার কলেজ জীবনে ফিরে গেছে। থার্ড ইয়ারের সেই মেয়েটা হুড়মুড় করে নামছে সিঁড়ি দিয়ে। নিচে এসে লবিতে দাঁড়িয়ে হাঁফাতে হাঁফাতে এগলো রেজিস্ট্রারের অফিসের দিকে। কিন্তু অতদূর যেতে হলনা, তার আগেই করিডোরেই দেখতে পেল স্যারকে। মাথা নিচু করে একটা কাগজে চোখ বোলাতে বোলাতে এগিয়ে আসছেন। অন্তরাকে দেখতে পাননি। অন্তরা কাছে এসে মৃদুস্বরে ডাকল – স্যার!

এডিজি চমকে কাগজ থেকে মুখ তুললেন। থমকে গেলেন অন্তরাকে দেখে। অন্তরা দেখল স্যারের মাথার চুল অনেক পাতলা হয়ে গেছে, মুখটা একটু শীর্ণ হয়েছে, তাতে বয়সের ছাপ, আর চশমার কাচটা যেন আরো পুরু হয়েছে বলে মনে হল।

- কেমন আছ অন্তরা, অনেক দিন বাদে দেখা-। এখানে কি কোনো কাজে?
- হ্যাঁ স্যার, ট্রান্সক্রিপ্ট নিতে।

- বাহ্, তার মানে আবার পড়াশোনা করছ, খুব ভালো।

আরো একটা-দুটো কথার পরে এডিজি বললেন, দেখো তো কী কোইনসিডেন্স? আমার তো আজকে আসার কথাই ছিল না এখানে,

নেহাত কাল অন্য একটা কাজে আটকে গেছিলাম তাই। আর তুমিও তো অন্য কোনোদিনও আসতে পারতে, তাহলেও আর দেখা হত না-। একেই বলে কোইনসিডেন্স, তাই না?

চুপ করে থাকে অন্তরা।

- তোমার হাতে একটু সময় আছে তো অন্তরা? চলো এক কাপ কফি অন্তত খাওয়াই তোমাকে, এতদিন বাদে দেখা হল যখন।

একটু আগে দেখা সেই কফিশপ। দোকানের বাইরে বাগানে গাছের নিচের একটা টেবিলে বসল অন্তরা। কফির অর্ডার দিয়ে এসে বসলেন এডিজিও। অন্তরার মনে হল, এত সুযোগ, এত কোইনসিডেন্সের আয়োজন যখন, তখন সাহসী হয়ে করেই নেওয়া যাক সেই প্রশ্নটা। কেন স্যার বিয়ে করেননি এখনো? তবে সেদিন শপিং মলে কাকে দেখেছিল প্রিয়ারা?

কিছুক্ষণের জন্য থেমে গেল সময়। থমকে গেল সব কিছু। কৃষ্ণচূড়া, বকুল, দেবদারু গাছের পাতাগুলি নড়াচড়া থামিয়ে উৎকর্ণ হয়ে শুনতে লাগল সাত বছর আগে ফেলে আসা এক সময়ের গল্প। যেন কাহিনী এক।

অনেকক্ষণ বাদে মাথা নিচু করে কফির কাপে চামচ নাড়তে নাড়তে অন্তরা বলে, - আমার তখন মনে হয়েছিল আমি একটু দেরি করে ফেলেছি, স্যার। আরেকটু আগে দেখা হওয়া উচিত ছিল আপনার সঙ্গে।

বিষন্ন হাসেন এডিজি স্যার, - আর এখন দেখলে তো, দেরিটা আসলে আমিই করে ফেলেছিলাম।

চুপ করে থাকে দুজনেই। কিন্তু অতীতের ঘোর ভেঙে যায় আচমকাই। অন্তরার ব্যাগে মোবাইল বেজে ওঠে। রাজদীপ। ফোন ধরতেই হই হই করে ওঠে, - শোনো, তুমি কোথায়? এখনো ক্যাম্পাসেই আছো তো? ঠিক আছে ওখানেই থাকো.. আমার ভিসার কাজ মিটে গেছে.. এদিকে দীপায়ন আর সোমদত্তর সঙ্গে কথা হয়েছে, সোমের গাড়িতে আমরা তিনজনে এখুনি আসছি, জমিয়ে খানিক আড্ডা মেরে তারপর একসঙ্গে ফিরব।..

রাজদীপের ফোন রাখতে না রাখতেই বাগবাজার থেকে মাসিশাশুড়ির ফোন। আজ রাত্রে যে ওদের ওখানে নেমন্তন্ন আছে তা ভুলে যায়নি তো অন্তরা? রাজদীপের তো কিছুই মনে থাকে না, অন্তরা যেন ওকে ঠিক মনে করিয়ে আটটার মধ্যে চলে আসে।

এভাবেই বর্তমান এসে তার দাবী জানাতে থাকে। অতীতের ধূসর মায়াজাল কেটে দিতে চায়। এদিকে ফোনে কথা বলতে বলতে অন্তরা দেখতে পেল চার-পাঁচটি অল্পবয়সী ছেলেমেয়ে, এই কলেজের বর্তমান পড়ুয়া, এডিজিকে ঘিরে ধরেছে। স্যার চলে যাচ্ছে তাই স্যারকে ওরা উইশ করতে এসেছে। ওদের একজন বলছে, স্যার আমি পিএইচডির জন্য অ্যাপ্লাই করছি, আপনার নাম দেব রেকমেন্ডেশনের জন্য? আরেকজন জানতে চায়, স্যার আমি অস্ট্রেলিয়ার মেলবোর্ণ আর সিডনি দুটো ইউনিভার্সিটি থেকেই অফার পেয়েছি, কোনটা জয়েন করব? এডিজি ওদের সঙ্গে কথা বলতে থাকেন, ওদের প্রশ্নের উত্তর দিতে থাকেন ধৈর্য ধরে।

এভাবেই ধীরে ধীরে তারা নিজের নিজের বৃত্তে ঢুকে পড়ে। জীবন তার প্রাত্যহিকতার জাল বিছিয়ে জড়িয়ে নেয় তাদের। বিচ্ছিন্ন করে দেয় আরেকবার। অমোঘ ও প্রত্যাশিত ভাবেই। বকুল, রাধাচূড়া, কৃষ্ণচূড়া, দেবদারু, ইউক্যালিপটাসরা আবার নিজস্ব ছন্দে তাদের ডাল, পাতা নাড়াতে থাকে। এমন গল্প তারা অনেক শুনেছে, অনেক দেখেছে এমন দৃশ্য, রোজই দেখে। ডালপালা নাড়িয়ে নিজেদের মধ্যে

এই কথা বলাবলি করে তারা। হাওয়া তাদের কথা বয়ে নিয়ে যায়। কয়েকটা বকুল ফুল ঝরে এসে পড়ে রাস্তায়। শুকনো হাওয়া বকুলের গন্ধ বয়ে নিয়ে চলে দূর থেকে দূরান্তে।

ক্যানভাস
মানস দে

প্রথম পর্ব

সুজয় চোখ গোল গোল করে বন্ধু সুদীপকে জিজ্ঞেস করে
- এটা কে কী বলে?
- এটা হলো হ্যাম। শুকরের মাংস দিয়ে তৈরী।
- তুই কোথা থেকে পেলি?
- আমার ছোটমামা ইংল্যান্ডে কাউন্টি খেলতে গেছিল। ওখান থেকে এনেছে।
- তোর ছোটমামা কাউন্টি খেলে ইংল্যান্ডে?
- হ্যাঁ

সুজয়ের চোখে অবাক বিস্ময়। ইংল্যান্ড - সে তো অনেক দূর! সাগরপারে কোন অচিনপুর যেখানে শীতকালে বরফ পড়ে চারিদিক পুরো সাদা হয়ে যায়, সবাই ফার কোট গায়ে দিয়ে ঘুরে বেড়ায়। যেখানে সবাই ইংরেজিতে কথা বলে। যেখানে কাঠ দিয়ে বানানো বাড়িগুলোর চিমনি দিয়ে শীতকালে ধোঁয়া বেরোয়। ইংরেজি সিনেমাতে সে দেখেছে।

সত্তর দশকের শেষভাগ। নকশাল আন্দোলনের ক্ষত বুকে নিয়ে রক্তাক্ত শহরটা ধীরে ধীরে ছন্দে ফিরছে। সুজয় তখন কলকাতার এক অভিজাত ইংরেজি মিডিয়াম স্কুলে ক্লাস সিক্সের ছাত্র। ক্রিকেট খেলতে খুব ভালোবাসে। ইডেনে কোনো টেস্ট ম্যাচ হলে বাবার সঙ্গে দেখা চাই। সুনীল গাভাস্কার, গুন্ডাপ্পা বিশ্বনাথের ব্যাটিং তাকে মুগ্ধ করে। ইডেন গার্ডেনসের বিশালতায় বাইশ গজের পিচটা খুব ছোট্ট মনে হয়। সারা স্টেডিয়ামের চোখ বাইশ গজ বাই সোয়া তিন গজের সেই আয়তাকার জায়গাটায়। যেখানে হাতে ব্যাট নিয়ে একজন অন্যপ্রান্ত থেকে ছুঁড়ে দেওয়া লাল বলটার অপেক্ষায় দাঁড়িয়ে থাকে। ছোট্ট সুজয়ের মনে হতো সেও কোনোদিন বড়ো হয়ে এখানে খেলবে। আর তাকে দেখবে সারা স্টেডিয়াম ভর্তি লোক। একেকটা কভার ড্রাইভ মারবে আর হাততালিতে ফেটে পড়বে সারা স্টেডিয়াম।

সুজয় ক্রিকেটটা ভালোই খেলত। সুদীপের মামার বাংলার হয়ে রঞ্জি ট্রফি বা ইংল্যান্ডে কাউন্টি খেলা তাকে অনুপ্রাণিত করে। সুদীপকে বলে - "তোর মামার সঙ্গে একদিন আলাপ করিয়ে দিবি? আমার খুব দেখতে আর কথা বলতে ইচ্ছে করছে।" সুদীপ একদিন সুজয়কে নিয়ে আসে ওর মামার কাছে। এতো সামনে থেকে রাজ্যের কোন নামকরা ক্রিকেটারকে কখনো দেখেনি সুজয়। সুদীপের মামার বাড়িতে মামার আলাদা একটা রুম আছে। রুমটা বেশ ছোট্ট। একটা ছোট খাট ছাড়াও সেখানে কাঁচের আলমারিতে রাখা বিভিন্ন ট্রফি, একটা কোনে রাখা ব্যাট, প্যাড, গ্লাভস, ক্রিকেট বল। সুজয়ের চোখ চারদিক পরিক্রমণ করতে থাকে। সুদীপ বলে- "মামা, আমার বেস্ট

ফ্রেন্ড সুজয়। আমরা একসঙ্গে পড়ি। খুব ভালো ক্রিকেট খেলে। তোমার নাম শুনেছে। তোমার সঙ্গে দেখা করতে চায়।"

সুজয়ের বাবা হাইকোর্টের নামকরা ব্যারিস্টার। মা স্কুল টিচার। দু ভাইয়ের মধ্যে সুজয় বড়ো। অভাব সর্বত্র বিরাজমান। শুধু সুজয়ের ছোট্ট পৃথিবী যেন কোনো বিচ্ছিন্ন দ্বীপ যেখানে সে সেভাবে মাথা তুলতে পারে নি। বাইরের পৃথিবীটাকে জানলা দিয়ে যতটা দেখা যায় ততটাই দেখে। স্কুলের জানালা, গাড়ির জানালা, বাড়ির জানালা দিয়ে অভাবী পৃথিবীর নিষ্ঠুর রূপ তার অধরাই থেকে যায়। তাতে তার কিছু যায় আসে না। বাড়িতে বাবাকে বলে সে ক্রিকেটের আলাদা করে কোচিং নিতে চায়। সুদীপের মামার দৌলতে সে ভর্তি হয়ে যায় ময়দানের এক ভালো ক্রিকেট কোচের আন্ডারে। ক্রিকেটে সুজয়ের সহজাত প্রতিভা ছিল। তাকে ঘষে মেজে আরো ধারাল করে তোলে।

লেখাপড়াতেও যথেষ্ট ভালো ছিল সুজয়। অভাব যেমন তার পৃথিবীতে ছাপ ফেলতে পারেনি তেমন প্রাচুর্য্যও তাকে বিপথগামী করতে পারে নি কেননা প্রাচুর্য্যের সঙ্গে বাবা-মার শাসনের প্রাচুর্য্যও কিছু কম ছিল না। যে কোন বাঙালি পরিবারের মতো পড়াশুনাই ছিল শেষ কথা। তাই সুজয় যখন মাধ্যমিকের গন্ডি পেরোল তখন কোপ পড়েছিল ক্রিকেটের ওপর। এই কয়েক বছরে ক্রিকেট ধীরে ধীরে ওর মস্তিস্ক থেকে পা পুরোটাই ছড়িয়ে গেছিল। স্কুল টিমের এক নম্বর ব্যাটসম্যান ছিল সে। যে ওর খেলা দেখত সেই বলত ছেলেটার ন্যাচারাল ট্যালেন্ট আছে। ঠিক তালিম পেলে অনেক দূর যাবে। সুজয়ের বাবা-মায়ের কানেও কথাগুলো আসত। প্রথম প্রথম ভালোই লাগত কিন্তু সুজয় যখন বলল যে সে পুরোদস্তুর ক্রিকেটার হতে চায় তখন বাবা-মা যেন আঁতকে উঠলেন। প্রথমবার তাঁদের মনে হলো যে ছেলে বিপথগামী, এখুনি উদ্ধার না করলে সব শেষ হয়ে যাবে। তাই প্রথমেই তার কোচিং বন্ধ করে দেওয়া হলো। সুজয় অনেক প্রতিবাদ করল কিন্তু তাতে কাজের কাজ কিছু হলো না। সুজয়কে বলা হলো যে স্কুলের হয়ে ম্যাচ খেলতে পারে তাতে আপত্তির কিছু নেই কিন্তু তাকে ইঞ্জিনিয়ার হতে হবে। তাই আর বাকি পাঁচটা মেধাবী ছেলের মতো

মোটামোটা ফিজিক্স, কেমিস্ট্রি আর ম্যাথ বইয়ের তলায় চাপা পড়ে গেল তার ক্রিকেট সত্ত্বা।

মেধাবী সে ছিলই। তাই জয়েন্ট এন্ট্রান্সে মেধা তালিকায় বেশ উপরের দিকেই নাম ভেসে উঠল সুজয়ের। আর সেই অপরাধে তাকে ইঞ্জিনিয়ারিং ক্যারিয়ারে বন্দী করার সুযোগ ছাড়লেন না তার বাবা-মা। জীবনে প্রথমবার বাড়ির বাইরে পা রাখল সুজয়। ভর্তি হলো শিবপুর বি ই কলেজে। বলা ভালো মুক্তির পরিবর্তে যেন হাত পায়ে বেড়ি পড়লো একটা ইঞ্জিনিয়ারিং কলেজের চার দেওয়ালের মধ্যে।

হোস্টেলে এক রুমে চারজন। এতদিন তার বাড়িতে তার জন্যে আলাদা একটা রুম ছিল কিন্তু এখানে তার একান্ত বলতে মশারির মধ্যে ছয় ফুট বাই সাড়ে তিন ফুটের ছোট্ট বিছানাটুকু। তাও আলো নিভলে, নাহলে নিজের বিছানাটুকুও যেন নিজের থাকে না। নির্ভেজাল অন্ধকারও মাঝে মাঝে মনে হয় বিলাসিতা। কাঁচ ভাঙা জানালা দিয়ে এদিক ওদিক থেকে ছিটকে আসা কয়েক ফোঁটা আলো সেই অন্ধকারে ভেজাল মেশায়। অন্তরায় হয়ে দাঁড়ায় তার নিজস্ব পৃথিবীর প্রবেশদ্বারে। চোখ খুললেই সামনে আরো তিনটে মশারি। বাথরুম যেতে হলে মাথা আটকে যায় সেগুলোর কোন না কোন দড়িতে। মাথার ওপর ফ্যানের অবিরাম হাওয়ার বর্ষণও যে একদিন বিলাসিতা হবে সে কথা কখনো মাথায় আসেনি। তবে মাঝে মাঝে গঙ্গার হাওয়া মশারিকে আন্দোলিত করে তার অভাব বেশ খানিকটা পুষিয়ে দেয়। প্রথম কয়েকদিন ঘুম আসতে বেশ রাত হয় সুজয়ের। তাকে যেন হটাৎ করে কেউ টেনে তার নিজের পৃথিবী থেকে নিক্ষেপ করে ফেলে দিয়েছে অন্য আরেক পৃথিবীতে - যে পৃথিবীটাকে এতদিন সে জানলা দিয়ে দেখেছে।

কত কিছু নতুন। এখানে সবাইয়ের যেন একই রুটিন। বাড়িতে লোকজনের আলাদা আলাদা রুটিন ছিল। বাবার এক সময় কোর্টের টাইম, মায়ের এক সময় স্কুলের, কারো সঙ্গে কারো মিল ছিল না। এখানে সবাই এক জিনিস একই সময়ে করছে। সেখানেও কোন

নিজস্বতা নেই যেন। সবাই একসঙ্গে ঘুম থেকে উঠছে, একসঙ্গে কিছু না কিছু খেয়ে সকাল আটটায় ক্লাসে দৌড়োচ্ছে - একপাল ছেলে, এতগুলো ছেলের মধ্যে সেও একজন। সুজয় নিজেদের গাড়িটাকে খুব মিস করে এখন। সেই গাড়িটা যাতে করে সে রোজ স্কুলে যেত। তাকে যেন সবসময় ঘিরে রেখে আলাদা একটা অস্তিত্ব প্রদান করত। কিন্তু এখানে সব কিছুই যেন লুন্ঠিত।

মেধা তালিকায় সুজয় বেশ ওপরের দিকেই ছিল। তাই সে ইলেক্ট্রনিক্স নিয়েছে। এইটুকু সম্ভ্রম ছাড়া তার সবকিছুই যেন খোয়া গেছে। সুজয়ের রুমমেটের একজন ইলেক্ট্রনিক্স, আরেকজন মাইনিং, আরেকজন সিভিল। ইলেক্ট্রনিক্সের রুমমেটের নাম দীপঙ্কর, বাড়ি পুরুলিয়ায়। বাবা চাষবাস করেন। বাকি দুজনের বাবা সরকারি কর্মচারী। দীপঙ্করকে দেখলেই বোঝা যায় যে জীবনে লড়াইটা বেশ খানিকটা বেশি বাকি তিনজনের চেয়ে। একই ডিপার্টমেন্টের হওয়ার জন্যে একটা মিল পায় সুজয় দীপঙ্করের সঙ্গে। একটা প্রাথমিক বন্ধুত্ব গড়ে ওঠে মাত্র এইটুকু মিলকে মূলধন করে। বাকি সব দিক দিয়েই দুজন দুই মেরুর বাসিন্দা। তবুও একটা পৃথিবীতেই তো দুটো মেরু থাকে, পরস্পরের থেকে দূরে থাকলেও মিলও কিছু থাকে বৈ কি।

প্রথম প্রথম কোন কিছুই ভালো লাগত না সুজয়ের। সে তার বাড়িকে মিস করত খুব। সেই সুসংহত সকাল, সুশৃঙ্খল সন্ধ্যে, তার নিজস্ব রাত্রি। সবকিছুই নিজের ঘেরাটোপে। হটাৎ করে সেই ঘেরাটোপ ভেঙে যেন একরাশ বিশৃঙ্খলা তাকে ভাসিয়ে নিয়ে যেতে চাইছে। ক্লাসরুমের চারদেয়ালের মধ্যে সকাল বা বিকেলগুলো যেন অবরুদ্ধ। সেটা শৃঙ্খল না শৃঙ্খলা কে জানে? বিকেল আর সন্ধ্যেগুলো সেই শৃঙ্খল ভেঙে অনেকটাই অবিন্যস্ত। রাতগুলোও কেমন অগোছাল, অগভীর। ভালো লাগে না ইঞ্জিনিয়ারিংয়ের ক্লাস। ভালো লাগে না ইঞ্জিনিয়ারিং ড্রয়িং। সকালবেলায় বিশাল একখানা ড্রয়িং বোর্ড নিয়ে চারতলার এক কোনে কম্পাস, চাঁদা চালিয়ে মাপজোপ করে আঁকতে তার ভালো লাগে না। জানলার ধারেই তার সিট। সে চেয়ে থাকে বাইরের দিকে। জানলা দিয়ে দেখতে পায় খেলার মাঠ।

সেখানে বাইরের কিছু ছেলে সকালে ফুটবল খেলছে। তার মনে পড়ে এমনি সকালবেলায় তার ক্রিকেট কোচিংয়ের কথা। বছর দুই আগে পর্যন্ত সকালবেলা সে মাঠে যেত। সেই সময়টা তার খুব ভালো লাগত। ব্যাট আর বল পেলে জীবনে সে অনেক কিছুই ভুলে যেতে পারে। ভাবতে ভাবতে আনমনা হয়ে যায়। ওদিকে স্যার কি পড়িয়ে গেলেন কিছুই মাথায় ঢোকে না। সব মিলিয়ে শুরুর দিকে পড়াশুনার সঙ্গে একটা দূরত্ব তৈরী হয়ে যায় সুজয়ের।

মাস খানেক দিনগুলো কেমন এলোমেলো ভাবে কেটে যায়। ধীরে ধীরে এই ছন্দহীন জীবনে ছন্দ নিয়ে আসার চেষ্টা করতে করতে কিছুটা ছন্দ এনেও ফেলে সুজয়। দীপঙ্করের সঙ্গে বন্ধুত্ব অনেকটাই গাঢ় হয়ে ওঠে। এতদিনে সে শুনেছে কলেজের একটা ক্রিকেট টিমের কথা। তাতে বেশ কয়েকটা ভালো ভালো প্লেয়ারও আছে। খোঁজ খবর নিয়ে তাদের কয়েকজনের সঙ্গে আলাপ করে কলেজ টিমের হয়ে খেলার ইচ্ছা প্রকাশ করে। তাকে বলা হয় কিছুদিন পর একটা ট্রায়াল হবে সেই ট্রায়ালে যেন সে আসে। সেই দিনের জন্যে সব অপেক্ষা নিয়ে বসে থাকে সুজয়। কলেজ টিমে একবার ঢুকতে পারলে আবার ক্রিকেটে ফিরে যেতে পারবে সে। ট্রায়ালের নোটিশটা দেখে আশায় বুক বাঁধে।

ট্রায়ালের দিনে সাদা ট্রাউজার, সাদা টি-শার্ট পরে মাঠে আসে সুজয়। সে মূলতঃ ব্যাটসম্যান। গ্লাভস, প্যাড আর গার্ড পরে উইকেটের সামনে এসে দাঁড়ায়। অপরপ্রান্তে বল করতে আসে সেই সময়ের কলেজ টিমের সবচেয়ে সেরা বলার পার্থ। গার্ড নিয়ে খেলতে শুরু করে। কোনটা সামনে ঝুঁকে ব্লক, কোনটা ব্যাকফুটে গিয়ে স্কোয়ার কাট, কোনটা ফ্রন্টফুটে কভারড্রাইভ আবার কোনটা পুল। একের পর এক দৃষ্টিনন্দন শট খেলতে থাকে সুজয়। এই পরীক্ষাটার দাম জীবনে কোন অংশে কম ছিল না। জীবনে এক শূন্যতা নিয়ে ঘুরে বেড়াত। আজকের পর সেটা অন্ততঃ আর থাকবে না।

যে আভিজাত্য ও প্রাচুর্য্য নিয়ে বড়ো হয়েছে, সেটা সবসময় বয়ে বেড়ায় না সে। ফ্যান দিয়ে পাতলা করা ডাল, তেলের আস্তরণের

নিচে বাদামি জলের মধ্যে ডুবে থাকা ছোট এক পিস মাছ, আর আলুময় একটা তরকারিতে মানিয়ে নিতে অনেকের সঙ্গে সুজয়েরও কষ্ট হয়েছিল। কষ্ট যেখানে সবার, মানিয়ে নেওয়াও সেখানে অনেক সহজ। ধীরে ধীরে অন্য এক জীবন আবিষ্কার করছিল সে। পায়ে চামড়ার সু কে সরিয়ে চপ্পল নিজের জায়গা পাকা করেছিল বাকি ছেলেদের মতোই। অদ্ভুত এক সাম্যের জীবন যেন। গরিব, বড়োলোক সবার জন্যেই খাবার এক, থাকার জায়গা এক, পড়াশুনাও এক। সকাল, বিকেল, সন্ধ্যে সবার জন্যে সবই যেন এক। এতদিন অর্থ ও বৈভবের ঘেরাটোপে থাকা সুজয় মিশতে থাকে অভাবী ছেলেদের সঙ্গে, রাত কাটায় এক ছাদের তলায়।

তার রুমমেট তথা ক্লাসমেট দীপঙ্কর। খুব গরিব বাড়ির ছেলে। রোগাটে গড়ন। গায়ের রং চাপা। উচ্চতা মাঝারি। বাবা চাষবাস করেন। উচ্চমাধ্যমিকে ডিস্ট্রিক্ট ফার্স্ট। ভর্তির টাকা জোগাড় করতে কোন সমস্যা হয়নি, অনেকেই সাহায্য করেছে। তবে সাহায্যের সেখানেই শুরু আর সেখানেই শেষ। কলেজের বাইরে টিউশনি করে হাত খরচ চালানোর জন্য। এমনি ছেলের সঙ্গে মেশবার সুযোগ আগে পায়নি সুজয়। একদম প্রান্তিক পরিবার থেকে লড়াই করে উঠে আসা এক ছেলে। জীবনে স্বপ্ন বলতে যেন তেন প্রকারেন একটা চাকরি। পরিবারের সবাই তার মুখের দিকে তাকিয়ে। সে যেন একটা সেতুর মতো যে সেতু এখন নির্ণীয়মান যা নাকি অভাবী পৃথিবী থেকে তাদের নিয়ে যাবে সুখী পৃথিবীর দিকে। পাস করেই একটা চাকরি চাই দীপঙ্করের।

ধীরে ধীরে ক্লাস, বন্ধু, ক্রিকেট নিয়ে জীবন চলতে থাকে। ইতিমধ্যে সুজয়রা কলকাতার কয়েকটা কলেজের সঙ্গে ম্যাচ খেলেছে। সুজয় আগে পাঁচ নম্বরে ব্যাট করতে নামত। কিন্তু কিছুদিনের মধ্যেই পাঁচ থেকে ওর প্রমোশন হয় তিনে - ব্যাটসম্যানের সবচেয়ে প্রেস্টিজিয়াস জায়গা। টিমের অনেক আশা, ভরসার জায়গা। সুজয় এখন ক্লাস থেকে ফিরে বেশ কিছুটা সময় জিমে কাটায় বা মাঠে প্র্যাক্টিস করে। ধীরে ধীরে বাড়ি থেকে দূরে চার

দেওয়ালের ঘর, হোস্টেল, খেলার মাঠ, ক্যাম্পাসের মধ্যে রাস্তার সঙ্গে একটা সম্পর্ক স্থাপন হয়ে যায়। পরস্পর যেন পরস্পরকে চিনতে থাকে আরো নিবিড় ভাবে। তবুও এই নিবিড়তার মধ্যে কিছু জিনিস অচেনা থেকে যায় - পড়াশুনা। ক্লাসে সেইভাবে কোনো ইন্টারেস্ট পায়না। এক উদাসীনতা কাজ করে।

সেদিন যাদবপুরের সঙ্গে খেলা ছিল। যাদবপুর ভালো টিম। ওরা কলেজে খেলতে এসেছে। ওভালে খেলা হচ্ছে। প্রথমে ব্যাট করে যাদবপুর পঁয়তিরিশ ওভারে একশো ঊনআশি রান করে। পরে ব্যাট করতে নেমে একটার পর একটা উইকেট পড়তে থেকে বি ই কলেজের। প্রথম ওপেনার দু রানের মাথায় আউট হতে সুজয় নামে। তারপর দলের পাঁচ রানের মাথায় আরেক ওপেনার আউট। যাদবপুরের সঙ্গে লড়াই একটা ইজ্জতের লড়াই সবসময়। একসময় স্কোর দাঁড়ায় আট ওভারে কুড়ি রানে তিন উইকেট। সুজয় তখন ক্রিজে। নিজেদের মাঠে খেলা হওয়ার জন্যে পুরো হোম টিমের সাপোর্ট ছিল। মাঠে ছিল সুজয়ের ক্লাসের অনেকেই। ছিল ইন্দ্রানীও। সুজয়ের হয়ে সবাই গলা ফাটাচ্ছিল। সুজয়ের মনে হলো এভাবে খেলে ম্যাচ হারা শুধু সময়ের অপেক্ষা। একবার রিস্ক নিয়ে দেখা যাক। এতক্ষণ শুধু ঢাল নিয়ে যেন লড়াই চালাচ্ছিল নিজেকে বাঁচাবার। তারপর যেন খাপ থেকে তরোয়ালটা বের করে ঝাঁপিয়ে পড়ল বিপক্ষের ওপর। একটার পর একটা কভার ড্রাইভ, পুল, স্কোয়ার কাটে বল যাচ্ছিল বাউন্ডারি লাইনের বাইরে। ততক্ষণে হোস্টেলে হোস্টেলে খবর পৌঁছে গেছে যে ম্যাচ জমে উঠেছে। যে ছেলেগুলো হতাশ হয়ে একসময় খেলা ছেড়ে হোস্টেলে চলে গেছিল তারা আবার ভিড় জমাতে থাকে। বাইশ ওভারে বি ই কলেজের স্কোর দাঁড়ায় পাঁচ উইকেটে একশো তেরো। সুজয় তখনও ক্রিজে। খেলাটা যেন হচ্ছিল সুজয়ের সঙ্গে যাদবপুরের। তিরিশ ওভারে স্কোর গিয়ে দাঁড়ায় আট উইকেটে একশো বাহান্ন। পুরো ডিপার্টমেন্ট, হোস্টেলের ছেলেরা 'সুজয় সুজয়' বলে চেঁচাতে থাকে। জয় থেকে দুটো দলই একই দূরত্বে দাঁড়িয়ে। আরো এক উইকেট হারিয়ে চৌতিরিশ ওভারে স্কোর দাঁড়ায় ন' উইকেটে একশো পঁচাত্তর। যাদবপুর আর জয়ের মাঝে শুধু

সুজয়ের ব্যাট। সারা টিমের আশা সুজয়ের ব্যাট। ইন্দ্রানীর আশা সুজয়ের ব্যাট। এতদিন সে সুজয়ের থেকে কিছু আশা করার কথা ভাবেনি। তবে আজ আশা করছে। শুধু কলেজের জন্যে নয়, শুধু সহপাঠী বলেও নয়, আজকের আশা আরো অনেক কিছু। কখনো এমনি করে সুজয়ের থেকে কিছু আশা করেনি। আগের ওভারের শেষ বলে বাউন্ডারির সুবাদে সুজয় এখন নন-স্ট্রাইকার এন্ডে। আর উল্টোদিকে স্ট্রাইক নিচ্ছে টিমের শেষ ব্যাটসম্যান। প্রথম বল ব্যাটে লাগল না। সারা মাঠ জুড়ে শোনা গেল "ওহঃ"। দ্বিতীয় বলেও সেই একই অবস্থা। যাদবপুরের সব প্লেয়ার সামনে চলে এসেছে। কিছুতেই এক রান নিতে দেওয়া যাবে না। তৃতীয় বল কোনরকমে ব্যাটে লাগিয়েই দৌড়। রানটা হয় না। ভাগ্য ভাল ডাইরেক্ট হিটে উইকেট ভাঙ্গেনি। সুজয়ের স্ট্রাইক এবার। চতুর্থ বল অন সাইডে থার্ড ম্যানের দিকে ঠেলে দিয়ে দুরান। সারা মাঠ জুড়ে হাততালি আর চিৎকার। লাফিয়ে উঠল ইন্দ্রানী, সেও চেঁচাচ্ছে। পঞ্চম বল একটু শর্ট ছিল অফ স্টাম্পের বেশ বাইরে। সুজয় ব্যাকফুটে গিয়ে স্কোয়ার কাট করে বলটা সীমানা ছুঁতেই মাঠের মধ্যে ছুটে এল সবাই। ছুটে এসেছিল ইন্দ্রানীও। শুধু একবার ছুঁতে চায় ক্লাসের বন্ধুকে। ছুটে এসেছিল দীপঙ্করও। আজ যে সুজয়ের দিন। সুজয় পঁচাত্তর রানে অপরাজিত থেকে ম্যাচ জিতিয়ে রাতারাতি হিরো।

সুজয়ের ঘামে ভেজা হাতটা ছুঁয়েছিল অনেক হাতকেই। ছুঁয়েছিল ইন্দ্রানীর হাতকেও। মুহূর্তে একটা বিদ্যুৎ খেলে গিয়েছিল যেন ইন্দ্রানীর মাথা থেকে পা পর্যন্ত। সন্ধ্যেবেলা রুমে ফেরে খানিক আনমনা হয়ে যায় ইন্দ্রানী। আজ একটু আলাদা থাকতে পারলে যেন ভালো হতো। কিন্তু তা হবার তো জো নেই। তবুও আজ নিজের চারপাশে একটা দেওয়াল তুলে তারমধ্যেই থাকার চেষ্টা করছিল। সুমনা জিজ্ঞেস করেছিল – "কি রে ইন্দ্রানী সব ঠিক আছে তো? আজকে কেমন লাগছে তোকে।" মুখে একটা হাসি এনে মনের অদৃশ্য দরজাটা সুমনার সামনে একবার খুলেই আবার বন্ধ করে দিয়েছিল। সেই অদৃশ্য চার দেওয়ালের মধ্যে ইন্দ্রানী আর সুজয়। এমনি করে সুজয়কে নিয়ে আগে কখনো ভাবেনি। রাত হলেও দুটি

পাতায় ঘুম নামেনি অনেকক্ষণ। একটা আবেশ, একটা স্বপ্নময়তায় আচ্ছন্ন হয়ে কখন যেন জীবনে আরেকটা সকাল হয়ে গেল। এই সকালটা গত সকালগুলোর চেয়ে কত আলাদা। এমন সকাল আগে আর কখনো আসেনি ইন্দ্রানীর জীবনে। সব রং ঢেলে দিয়ে আজকের সকালটা কে যেন সাজিয়ে সামনে ধরেছে ইন্দ্রানীর।

সুজয়কে বুকে নিয়েই দিনগুলো কাটাচ্ছিল ইন্দ্রানী। ক্রিকেট খেলার জন্যে অনেকদিনই ক্লাস মিস করত সুজয়। সে সব দিনগুলো খুব লম্বা মনে হতো ইন্দ্রানীর। যেন কাটতেই চাইত না। পরে ক্লাসে এলে এর ওর কাছ থেকে নোট চাইত। কয়েকদিনের মধ্যেই ইন্দ্রানীর নোটের ওপর ভরসা করতে শুরু করল সুজয়। হয়তো সুজয়ের জন্যেই আরো বেশি করে যত্ন নিত ক্লাসে। এমনি মেয়েরা পড়াশোনায় একটু বেশি সিরিয়াস হয় কিন্তু সুজয়ের ঔদাসীন্য ইন্দ্রানীকে যেন আরো সিরিয়াস করে তুলেছিল। ক্লাসে না এলে দীপঙ্করের থেকে মাঝে মাঝে খোঁজ নিত ইন্দ্রানী। ক্লাসে এলে ইন্দ্রানী অপেক্ষা করত কখন সুজয় ওর খাতা চাইবে। সেই দেওয়ার মধ্যে এক তৃপ্তি পেত ইন্দ্রানী। পরের ক্লাসে আসতে না পারলে দীপঙ্করের হাত দিয়ে ইন্দ্রানীর নোটস ফেরত পাঠিয়ে দিত সুজয়।

দীপঙ্কর এমনিতেই বুদ্ধিমান। তার ওপর দারিদ্র্য যেন পেছনে সবসময় তাড়া মারছে একটা চাকরির জন্য। তাই আপাতত তার একটাই জায়গা- পড়াশুনা। ক্রিকেট ম্যাচের জন্যে সুজয় ক্লাসে অনিয়মিত। তার প্রভাব ইন্দ্রানীর নোটস পুষিয়ে দেবার জন্যে যথেষ্ট ছিল না। সেই হিজিবিজি লাইনগুলো মাথায় দাপাদাপি করত কিন্তু ঠিকভাবে বসত না। সে জন্যে দীপঙ্কর ছিল তার শেষ ভরসা। সুজয়ের জন্য অনেক সময় খরচ করেছিল দীপঙ্কর। কৃতজ্ঞতায় একদিন ইন্দ্রানী ও দীপঙ্কর দুজনকে নিয়ে একসঙ্গে রেস্টুরেন্টে খেতে যায় সুজয়। অনেক কথা হয় ওদের মধ্যে- পরিবারের কথা, জীবনে চাওয়া-পাওয়ার কথা, তিন জনের তিন রকম ভাবে বেড়ে ওঠার কথা। একে ওপরের জীবনে বেশ খানিকটা ভেতরে ঢুকে পড়ে। এই প্রথম ইন্দ্রানীও উঁকি মারে সুজয়ের আকাশে।

হোস্টেলে ফিরে আজ অনেক কিছু ভাবতে থাকে ইন্দ্রানীকে নিয়ে। সুজয়ের নীল আকাশে মেঘ জমে। ছিন্ন ভিন্ন মেঘের মতো ইন্দ্রানী ঘুরে বেড়ায় সুজয়ের খোলা আকাশে। দিন যত যেতে লাগলো সুজয়ের আকাশ আরো মেঘলা হতে থাকল। মেঘ জমতে জমতে একসময় বৃষ্টির আশঙ্কা। ফার্স্ট ইয়ারের শেষে পরীক্ষা যেদিন শেষ হলো, লেডিজ হোস্টেলের সামনে ছেলেদের লম্বা লাইন। প্রপোজের। বেশ কিছু ছেলে মাল্টিপিল অপশান নিয়ে আসত। একটা না হলে আরেকটা। প্রেম যেন লটারির টিকিট। কেউ স্রেফ একদিনের কথাকে কেন্দ্র করে আবার কেউ বা স্রেফ সিনিয়রিটিকে পুঁজি করে প্রপোজ নামক লটারির কাটতে এসেছে। কলেজে মেয়েদের বেশ সেলিব্রিটি স্ট্যাটাস। কে কতগুলো 'না' করতে পারে তারই যেন প্রতিযোগিতা চলছে নিজেদের মধ্যে। সুজয় যখন যাবে কি যাবে না করতে করতে লেডিজ হোস্টেলের তলায় এসে দাঁড়ালো ইন্দ্রানীর স্কোরলাইন তখন ৩-০। চারিদিকে এতো ব্যর্থতার মধ্যে সুজয়ের আত্মবিশ্বাস একটা মোটা দড়ি থেকে একটা সরু সুতোর মতো ক্ষীণ হয়ে গেছিল। এরপর তো গরমের ছুটির জন্য প্রায় দুমাস আবার দেখা হবে না। নাহলে আসার দরকার পড়ত না। কিন্তু দীর্ঘ দুমাস অতটা টেনশন নেওয়া যাবে না। সুজয় যে ইন্দ্রানীকে প্রপোজ করতে যাচ্ছে সেটা শুধু দীপঙ্করকে বলেছিল। দীপঙ্কর ওকে অনেক সাহস জুগিয়েছে। কিছুটা দীপঙ্করের ঠেলাতেও আসা। যাই হোক ইন্দ্রানীকে ডেকে পাঠিয়ে একবুক ঢিবঢিবানি নিয়ে অপেক্ষা করছিল সুজয়। এই মুহূর্তটার জন্যেই যেন অপেক্ষা করছিল ইন্দ্রানী। সুজয় এসেছে শুনে দৌড়ে নেমে আসে। চোখে মুখে একটা উদ্বেগ। যে ইন্দ্রানীর সঙ্গে এতদিন স্বতঃস্ফূর্তভাবে কথা বলেছে তার সামনেই পুরো কুঁকড়ে গেল সুজয়। বহু কষ্টে, অজানা আশঙ্কায় বুকের মধ্যেকার অস্বস্তিকে কোনভাবে ভাষায় প্রকাশ করে দরদর করে ঘামছিল। রাস্তার আলো গাছের ডালপালা ভেদ করে চুঁইয়ে পড়ছিল এদিক ওদিক। মৃদু মন্দ হাওয়ায় প্রজাপতির মতো কেঁপে কেঁপে উঠছিল ছায়াগুলো। আলো-আঁধারি পরিবেশ পরস্পরের অস্বস্তিকে বেশ কিছুটা ঢেকে দিয়েছিল। ইন্দ্রানী তো 'হ্যাঁ' বলার জন্যেই বসে ছিল। তারপর আরো অনেকক্ষণ সেই অগভীর রাতে তাদের মধ্যে কথা হয়েছিল। যেগুলো আগে

কখনো হয়নি। হোস্টেলে ফিরেছিল বেশ দেরি করে। এসে শুধু দীপঙ্করকে বলেছিল কথাটা।

ফার্স্ট ইয়ারে সুজয়ের রেজাল্ট খুব একটা ভালো হয় নি। ভালো হবার কথাও ছিল না। দীপঙ্কর ফার্স্ট হয়েছিল আর ইন্দ্রানী ফোর্থ। সুজয় ইন্দ্রানীর ব্যাপারটা আর মোটেও ক্লাসিফায়েড ব্যাপার ছিল না কলেজে। এদিকে সেকেন্ড ইয়ারে সুজয় কলকাতার একটা সেকেন্ড ডিভিশন ক্লাবে যোগ দেয়। কলেজের খেলা, ক্লাবের হয়ে খেলার পর যা সময় বাঁচত সেই সময়টুকু ক্লাসে আসত। কলেজের পর বিকেলে ক্রিকেট প্র্যাক্টিস। প্রেম করলে সেখানেও সময় দিতে হয়। তাই উইকএন্ডে বাড়ি যাওয়া বন্ধ হলো। কখনো বোটানিক্যাল গার্ডেনে গঙ্গার পাড়ে পড়ন্ত আলোয়, কখনো বা লঞ্চ পেরিয়ে বাবুঘাট, ধর্মতলায় একসাথে ঘুরতে যাওয়া বা সিনেমা দেখা। অনেক কাছাকাছি এসেছিল এই কয়েক মাসে তবুও আরো কাছাকাছি, নিবিড়তার বন্ধনে নিজেদের বাঁধতে চাইছিল। নিজেদের মধ্যে অন্তিম গোপনীয়তাটুকু ঘুচিয়ে দিতে চেয়েছিল। কোনো এক উইকএন্ডে দুজনে মিলে দীঘা বেড়াতে যায়। সামনে আদিগন্ত বিসৃতৃত বঙ্গোপসাগর। একের পর এক ঢেউ আছড়ে পড়ছে সমুদ্র সৈকতে। অবিরাম, অনবরত। সমুদ্র যেন সৈকতের সঙ্গে এক নিবিড়তার বন্ধনে আবদ্ধ। আবহমানকালের বন্ধন যেন। একের পর এক ঢেউ প্রগাঢ় চুম্বন এঁকে ফিরে যাচ্ছে নিজের জায়গায়। ইন্দ্রানী যেন আজ পুরো সমর্পনের জন্যে তৈরী। অন্তিম ব্যবধানটুকু ঘুচে গিয়ে দুজন মিশে যায় পরস্পরের সাথে।

দ্বিতীয় পর্ব

সুজয় ক্লাসে আরো অনিয়মিত। ইন্দ্রানী বলতে থাকে ক্লাব ছেড়ে একটু পড়াশুনায় মন দিতে। কিন্তু কে কার কথা শোনে? ক্লাস টেস্ট, হাফ-ইয়ার্লিতে বেশ খারাপ অবস্থা। খুঁড়িয়ে খুঁড়িয়ে চলছে যেন। সুজয়ের কাছে এখন ক্রিকেটটাই প্রধান হয়ে দাঁড়িয়েছে। সুজয় স্বপ্ন

দেখে সে একদিন রাজ্যের হয়ে রঞ্জি খেলবে। ইউনিভার্সিটির খেলাগুলোতে কলেজের হয়ে খুব ভালো খেলত। জেভিয়ার্সের কয়েকজন ছেলে মোহনবাগান, ইস্টবেঙ্গলে খেলে। সুজয়ের খেলা দেখে তারা বলল যে ফার্স্ট ডিভিশনের কোন ক্লাবে যোগ দিতে। সুজয়ের যা স্কিল তাতে কোন না কোন ভালো ক্লাব পেয়ে যাবে। ক্রিকেট নিয়ে অনেক দূর চলে গেছিল ইঞ্জিনিয়ার হতে আসা একটা ছেলে। সুজয় সেকেন্ড ইয়ারে পাস করল স্রেফ টেনে টুনে, সবার শেষে। যে কোনো মুহূর্তে খসে যেতে পারত কিন্তু খসল না।

সুজয়কে খুব একটা উদ্বিগ্ন দেখায় না রেজাল্ট নিয়ে। ইতিমধ্যে সে স্পোর্টিং ইউনিয়নে খেলার ছাড়পত্র পেয়ে গেছে। বেশ ভালো ক্লাব। রঞ্জিখেলা দু-একটা প্লেয়ারের সঙ্গেও আলাপ হয়েছে খেলার সূত্রে। বাড়িতে বাবা-মা ওর ক্লাবের হয়ে খেলার কথা জানতে পারে না। তবে রেজাল্ট যে খারাপ হয়েছে সেটা জানে এবং বেশ বকাঝকাও শুনতে হয় সুজয়কে। সবাইকে এড়িয়ে সে চালিয়ে যায়। থার্ড ইয়ার যথেষ্ট কঠিন। ইন্দ্রানী বেশ বুঝতে পারে সুজয় কি চায়। একদিন উইকএন্ডের এক বিকেলে ইন্দ্রানী বলে

- সুজয়, তুই কি চাস জীবনে?
- তোকে চাই।
- ইয়ার্কি মারিস না। আমি বলছি ইঞ্জিনিয়ার হতে না ক্রিকেটার হতে?
- দুটোই।
- দুটো হতে পারবি না। তোকে একটা বেছে নিতে হবে। তুই এমনি করে চললে থার্ড ইয়ার পাস করতে পারবি না। ইউ আর রুইনিং ইওর ওউন ক্যারিয়ার। তুই তো আমার ভরসায় পড়তে আসিস নি।
- তোকে আমার জন্যে টাইম দিতে হবে না। থ্যাংক ইউ ফর হোয়াটএভার ইউ হ্যাভ ডান ফর মি।
- আমি সেটা বলিনি সুজয়। আই স্টিল লাভ টু হেল্প ইউ। কিন্তু তোকেও তো একটু বুঝতে হবে। আমাকে ভুল বুঝিস না।

- আমার যা বোঝার আমি বুঝে গেছি। আমার কারো হেল্পের দরকার নেই। আমি যা করছি জেনে বুঝেই করছি।

- তাহলে তুই আমার কোন কথাই শুনবি না? আমার কোন দাম নেই তোর কাছে? সুজয় আই হ্যাভ গিভেন মাই এভরিথিং টু ইউ। শুধু বলছিলাম ক্লাব ছাড়লে কী আর এমন হয়ে যেত? ক্রিকেটারই যদি হতে চেয়েছিলি তো ইঞ্জিনিয়ারিং পড়তে এলি কেন?

- কে বলেছে দুটো একসঙ্গে হওয়া যায় না? আমি দেখিয়ে দেব।

মেয়েরা ভালোবাসার মানুষের মধ্যে তার ভালোবাসার প্রতিফলন দেখতে চায়। দেখতে চায় একটা চরিত্র কেমন করে তাকে কেন্দ্র করে আবর্তিত ও পরিবর্তিত হচ্ছে। কিন্তু সুজয়ের ক্ষেত্রে কোন পরিবর্তন চোখে পড়ে না ইন্দ্রানীর। ইন্দ্রানীর মনে হয় কোথায় যেন সে সুজয়ের কাছে টেকেন ফর গ্র্যান্টেড। ইন্দ্রানী নিজেকে পুরোপুরি সমর্পন করেছে সুজয়ের কাছে। সবকিছুই যেন একতরফা। যে কোন সম্পর্কে একটা বিনিময় থাকে কিন্তু সুজয়ের কাছ থেকে সে কিছুই পায়নি। সে শুধু নিয়ে গেছে দেয়নি কিছুই। তাকে একটা নিরেট গোঁয়াড় বলে মনে হয় ইন্দ্রানীর। মনে হয় খুব আত্মকেন্দ্রিক একটা ছেলে। সুজয় কেন বুঝছে না যে সে পাশে না দাঁড়ালে সে সেকেন্ড ইয়ারের গণ্ডিই পেরোতে পারত না? তবে কি সুজয় সত্যি তাকে ভালোবাসে না ভালোবাসার অভিনয় করে? প্রেমিকা হিসাবে সে তার সমস্ত কিছু দিয়ে ভালোবেসেছে সুজয়কে। সুজয়কে ইন্দ্রানীর হটাৎ করে যেন মনে হয় একটা ঠগ, প্রতারক, চূড়ান্ত স্বার্থপর এক চরিত্র।

যে দ্রুততায় তারা কাছাকাছি এসেছিল, তার থেকে অনেক বেশি দ্রুততায় তারা দূরে সরতে থাকে। একটা সময় তাদের একটাই পৃথিবী ছিল। আজ সেই পৃথিবী ভেঙে তাদের দুটো ভিন্ন পৃথিবীর সৃষ্টি হয়েছে। সুজয় সত্যি ইন্দ্রানীকে খুব ভালোবাসত। কিন্তু সেটা বোঝাতে ব্যর্থ হয়েছে ইন্দ্রানীকে কারণ ভালোবাসার রূপ ফোটে ত্যাগে। ক্রিকেট তার প্রাণের খুব কাছের। সম্পর্কের জন্যে সেটাকে ইন্দ্রানী ত্যাগ করতে বলেছে। এটা তার মনে হয়েছে একরকমের ব্ল্যাকমেইল। সুজয়ের মনে হয় ইন্দ্রানী যেন পড়াশুনার সঙ্গে কোন কম্প্রোমাইজ

করতে রাজি নয়। মনে হয় সে খুব ক্যারিয়ারিস্ট। সুজয়ও ক্যারিয়ার চায় কিন্তু অন্য জগতে। তার এই অন্য জগৎটাই ইন্দ্রানী মেনে নিতে পারছে না। কি আর করা যাবে?

ক্লাসে অনিয়মিত, ক্লাস টেস্টে গরহাজির, পড়াশোনায় চূড়ান্ত অনীহা। যা হবার তাই হলো। থার্ড ইয়ার যেন সুজয়কে রেড সিগন্যাল দিয়ে দাঁড় করিয়ে দিল। বাকি ক্লাসটা হুশ করে তার চোখের সামনে দিয়ে বেরিয়ে গেল সেই শুধু ঠেকে গেল। ইন্দ্রানী এবার থার্ড, দীপঙ্কর এবারেও ফার্স্ট। দীপঙ্কর অনেক সাহায্যের চেষ্টা করেছিল কিন্তু সুজয়ের চরম ঔদাসীন্য সেই স্থিতাবস্থা কাটাতে দেয় নি। নিজের ক্লাসের ছেলেরাই যেন হটাৎ করে সিনিয়র হয়ে গেল। জুনিয়রদের সম্ভ্রম উধাও। বাড়িতে না জানিয়ে কোন উপায় ছিল না। খবরটা এতটাই আকস্মিক ছিল ওদের কাছে প্রথমে ওরা ঠিক বিশ্বাস করতে পারেনি। নিজেকে সামলাতে না পেরে বাবা একটা গালে কষিয়ে চড় মেরেছিল সুজয়ের। বলেছিল - "তুই কি নিজেকে গাভাস্কার ভাবছিস? ক্রিকেট খেলে কত টাকা রোজগার করবি? দুবেলা পেটের ভাতও জুটবে না। কুলাঙ্গার কোথাকার। যা পাড়ায় গিয়ে সবাইকে বল যে তুই ফেল করেছিস।"

সুজয়ের আজ বড়ো একা মনে হয়। কোথাও যাবার জায়গা নেই। কাউকে মনের কথা যে খুলে বলবে সে রকমও কেউ নেই। কলেজে সবাই সিমপ্যাথি দেখায় কিন্তু এম্প্যাথি নয়। তার সঙ্গে আরো কয়েকজন ফেল করেছে তবে নিজের ডিপার্টমেন্ট থেকে সে একা। বাকি যারা ফেল করেছে তারা সব অন্য ডিপার্টমেন্টের। তাদের কারোর সঙ্গেই অত বন্ধুত্ব নেই তবে এখন যেন সেই ছেলেগুলোর সঙ্গেই বেশ একাত্মতা বোধ করে। মানুষ তাদেরই বন্ধু ভাবে যাদের সঙ্গে তার নিজের সমস্যা মেলে। সেইসূত্রেই নতুন কিছু বন্ধু হয়। নিজের ক্লাসে তাকে খুব একা মনে হয়। মনে হয় সবাই তাকে করুণার চোখে দেখছে। এই ব্যাপারটা তার কাছে খুব অস্বস্তিকর লাগে।

ইন্দ্রানী, দীপঙ্কর এখন পরের ক্লাসে। তার ওপর ফাইনাল ইয়ার বলে দীপঙ্করের এখন অন্য হোস্টেলে। যাতায়াতের পথে দেখা হয়, কথা হয় ঐটুকুই। ইন্দ্রানীর সঙ্গে মুখোমুখি হলে দুজনেই দৃষ্টিটাকে সোজা রাখার চেষ্টা করে। এতটাই সচেতনভাবে সোজা, তাতে মনে হয় পরস্পর পরস্পরকে না দেখতে চাওয়ার এক অলিখিত চুক্তিতে বন্দী।

ভালোবাসার মানুষকে জোর করে অগ্রাহ্য করা যায়, আর যতই অগ্রাহ্য করা যায় সে ততই গেড়ে বসে মনের ভেতর। সুজয়ের ফেলের খবরে ইন্দ্রানীও দুঃখ পায়। পরমুহূর্তে খুশি হবার মতো একটা সান্ত্বনা খোঁজার চেষ্টা করে এই ভেবে যে সুজয়কে অন্ততঃ এটা বোঝাতে পেরেছে যে সে কতটা ঠিক ছিল। সে আগে থেকেই সাবধান করতে চেয়েছিল। ফাইনাল ইয়ারে দীপঙ্করের সঙ্গে সখ্যতা বাড়ে ইন্দ্রানীর। ল্যাব বা প্রোজেক্ট সবেতেই তারা পার্টনার। এদিক ওদিক ঘুরতেও দেখা যায়। এই বয়েসে এমনি মেলামেশাকে কেউ স্রেফ বন্ধুত্ব তকমা দিতে রাজি নয়। তাই তাদের সম্পর্ক ঘিরে কানাঘুষো অনেক কিছুই শুনতে পাওয়া যায়।

এদিকে একটা কার একসিডেন্টে সুজয়ের বাবা মারা যায়। সেই বজ্রপাতে তার প্রাচুর্য্যের পৃথিবীতে দেখা যায় দীর্ঘ এক ফাটল। যে ফাটল দিয়ে অজানা আশঙ্কার বাণ তাকে ভাসিয়ে নিয়ে যেতে চায়। তার বড্ড ভয়করে এখন। বাবাকে সে বড্ড ভালোবাসত। একটা বটগাছকে উপড়ে ফেলে কেউ যেন তাকে দাঁড় করিয়ে দেয় বৈশাখ জ্যৈষ্ঠের প্রচণ্ড রৌদ্রে। চারপাশে বাস্তবের ধু ধু প্রান্তর যেন তাকে গিলে খেতে আসে। ইন্দ্রানীর ভালোবাসা তার চরিত্রে কোন পরিবর্তন আনতে পারেনি। কিন্তু এই মৃত্যু যেন কয়েকদিনেই তাকে অনেকটাই পাল্টে দিয়েছে। সে বুঝতে পারে শখ আর স্বপ্নের দূরত্ব। ফার্স্ট ডিভিশনে খেললেও পরের লেভেলে যেতে প্রচুর মেহনত করতে হবে। তারপর আরো উপরে উঠতে গেলে তাকে ক্রিকেটকেই ধ্যান জ্ঞান করতে হবে। কিন্তু তাতেই বা লাভ কী? রঞ্জি খেলতে পারলেই বা কী? ম্যাচ পিছু পনেরশো, বড়ো জোর খেলার জন্যে একটা চাকরি। কম বয়সে বাস্তবকে স্বীকার করতে পারা ম্যাচিওরিটির লক্ষণ। আর

বাস্তবকে স্বীকার করে নিজেকে প্রস্তুত করে তাকে মোকাবিলা করা হলো স্বপ্নপূরণের লক্ষণ। ক্লাবের হয়ে লীগ খেলা সে ছেড়ে দেয়। পড়াশুনায় মন দেয়।

আজকাল ইন্দ্রানীর সঙ্গে সঙ্গে সুজয় যেন দীপঙ্করকেও এড়িয়ে যেতে চায়। দীপঙ্কর বেশ কয়েকবার সুজয়ের সঙ্গে কথা বলতে গেলে বুঝতে পারে সুজয় তাকে এড়িয়ে যেতে চাইছে। এমনিভাবে বেশ কয়েকবার হবার পর দীপঙ্করও স্বাভাবিক ভাবে সুজয়কে এড়িয়ে যায়। তিন বছরের বন্ধুত্ব সুজয়ের থার্ড ইয়ারে থমকে যাওয়ার মতোই যেন থমকে যায়। একদিন বিকেলে দীপঙ্কর ইন্দ্রানীকে বলে

- ইন্দ্রানী একটা কথা বলার ছিল।

- কী?

- তোর সঙ্গে আমার সম্পর্ক নিয়ে অনেক কথা কানে আসছে।

- তোর কী মনে হয় দীপঙ্কর? তুই কী বিশ্বাস করিস?

- আমার বিশ্বাস বা অবিশ্বাসের কি দাম আছে?

- দাম অনেকেই আছে। তাছাড়া আমি কার সঙ্গে মিশব না মিশব সেটা সম্পূর্ণ আমার ব্যাপার। যদি তোর আমার সঙ্গে মিশতে অসুবিধা থাকে তাহলে মিশতে হবে না।

- ব্যাপারটা ঠিক তা নয়। আসলে সুজয়ের সঙ্গে তোর তো একটা সম্পর্ক ছিল। সুজয় ও আমার মধ্যেও একটা যথেষ্ট গাঢ় বন্ধুত্ব ছিল। সেই এঙ্গেল থেকে.....

- দীপঙ্কর, তুই সুজয়কে কি ভাবে ম্যানেজ করবি সেটা তোর ব্যাপার। তবে আবারও বলছি তোর যদি আমার সঙ্গে মিশতে অসুবিধা হয় তাহলে মিশবার দরকার নেই। কে কী বললো তাতে কিছু যায় আসে না আমার।

সুজয়ের মনে হয় সে যেন সব দিক দিয়ে হেরে যাচ্ছে। ব্যর্থতার আচ্ছাদনে আচ্ছাদিত এক মানুষ। বাবার মৃত্যু ইতিমধ্যেই একটা শূন্যতা সৃষ্টি করেছিল তার মনে। ইন্দ্রানী তাকে ছেড়ে চলে

গেছে। দীপঙ্কর, যার সঙ্গে তার এতোটা বন্ধুত্ব ছিল তাকেও যেন আজ বিশ্বাসঘাতক, সুযোগসন্ধানী, স্বার্থপর মনে হয়। মুখোমুখি ইন্দ্রানীকে এড়িয়ে যেতে যত না অস্বস্তি হয়, দীপঙ্করকে এড়াতে তার অস্বস্তি হয় বহুগুন। দীপঙ্করের সঙ্গে ইন্দ্রানীর মেলামেশা তাকে কষ্ট দেয়। পুরানো ক্লাসে এক বছরের ছোট ও চেনা মুখগুলোর সঙ্গে সম্পর্কের নতুন সমীকরণ সিনিয়র-জুনিয়র থেকে ক্লাসমেট তার ওপর খুব ভারীভাবে আরোপিত হয় যেন। নিজেকে গুটিয়ে ফেলে সুজয়।

সুজয় কলেজ টিমে থাকে কিন্তু প্র্যাক্টিসে বেশ অনিয়মিত। ইস্টার্ন জোনে ইঞ্জিনিয়ারিং কলেজ চ্যাম্পিয়নশিপে প্রথম খেলা হোম গ্রাউন্ডে আই আই টি খড়্গপুরের সঙ্গে। খুব খারাপ খেলে সুজয়। টিমমেটরা হারের জন্যে দায়ী করে সুজয়কে। বিকেলবেলায় হোস্টেলে না ফিরে, একা মাঠে বসে থাকে। বিমর্ষ। ক্রিকেট মাঠও যেন আজ তাকে শূন্য হাতে ফেরাল। মালি গুরুচরণের সাথে সুজয়ের খুব ভাব। গুরুচরণের বাড়ি বিহারে। এমনিভাবে ওকে বসে থাকতে দেখে গুরুচরণ বলে

- বাবু, জীবনে হার জিত তো থাকেই। এমনি করে ভেঙে পড়লে কি চলে?

- গুরুচরণদা, ভাবছি আর খেলব না।

- কেন? ক্রিকেট মাঠে হেরে না হয় বাবু আপনি ক্রিকেট ছেড়ে দেবার কথা ভাবছেন। কিন্তু এটাই যদি জীবনে হয়? বাবু, জানেন আমার একটা ছেলে ছিল। আজ বেঁচে থাকলে আপনার মতোই হতো। বছর দশেক আগে কি একটা রোগে হটাৎ করে চলে গেল। আমার মনে হয়েছিল, আমি যদি ছেলেটার কাছে থাকতাম তাহলে এটা হতো না। কতই বা আর পয়সা পাই এখানে। মনে হয়েছিল সব কিছু ছেড়ে ছুড়ে দিয়ে গাঁওতে গিয়ে থাকি। পারি নি। এই কলেজের সঙ্গে, আপনাদের সঙ্গে একটা সম্পর্ক তৈরী হয়ে গেছে কতদিনের। সব কিছু মেনে নিয়ে আবার ফিরে এসেছি।

- তোমার ছেলে ছিল? মারা গেছে? আগে তো কোনদিন বলনি।

- বলার দরকার পড়ে নি। তাই বলিনি বাবু। তাই বলছি শুধু শুধু মনখারাপ করবেন না। যান হোস্টেলে ফিরে যান সন্ধ্যে হয়ে এল।

হোস্টেলে সন্ধ্যেবেলায় ফিরে এলে বাকি ছেলেরা বলে - "কেনই বা খেলিস? রান করতে পারিস না, ক্যাচ ধরতে পারিস না, তোকে টিমে কে নিয়েছে বল তো?" মাথা নিচু করে রুমে চলে যায় সুজয়। আজকের সন্ধ্যেটা খুব ভারী লাগে। মনে হয় কেউ কোথাও নেই। বড়ো একা। গুরুচরণের কথাগুলো যেন কানে বাজে।

কয়েকমাস পর ইন্দ্রানী, দীপঙ্কররা কলেজ থেকে পাস করে বেরিয়ে যায়। সুজয় ফাইনাল ইয়ারে ওঠে। যা রেজাল্ট করত তার চেয়ে অনেক ভাল। দেখতে দেখতে আরো একবছর পর সুজয়ও পাস করে। এই দীর্ঘ পাঁচ পাঁচটা বছর জীবনের যেন এক অতি মূল্যবান অধ্যায়। দিয়েছেও যেমন নিয়েছেও অনেক কিছু। শুধু ডিগ্রী নয়, দিয়েছে অনেক উপলব্ধি। আগাগোড়া আভিজাত্য ও প্রাচুর্য্যে মোড়া এক পৃথিবী থেকে অন্য এক পৃথিবীর বাসিন্দা এখন।

তৃতীয় পর্ব

প্রায় বছর তিরিশ পর, সুজয় এখন ঘোরতর সংসারী। ভালো চাকরি করে। স্ত্রীর সঙ্গে সম্পর্ক খুব ভালো। এক ছেলে চাকরি করে আর এক মেয়ে এখন কলেজে। এই কানেক্টেড পৃথিবীতে সুজয় আজও খুঁজে ফেরে এক মেয়েকে। কোথায় যেন উবে গেল। কেউ তার খোঁজ দিতে পারে না। দীপঙ্করেরও কোন খোঁজ নেই। ওরা কি বিয়ে করে সংসার করছে এখন? কোথায় আছে? কেমন আছে? জীবনে কিছু প্রশ্ন নতুন করে কিছু দিতে না পারলেও তার উত্তর অনেক স্বস্তি দেয়। আজ আর কারো উপর তার কোন ক্ষোভ নেই, অভিমান নেই। সময় এতদিন ধরে পলি ফেলে তার ক্ষত বুজিয়ে দিয়েছে। সে যেন সবাইকে ক্ষমা করে দিয়েছে। শুধু একবার শুনতে চায় ইন্দ্রানী ভালো আছে।

সুজয়ের গল্প পড়ার অভ্যাস অনেকদিনের। ন্যাশনাল লাইব্রেরীতে গিয়ে একটা উপন্যাস নিয়ে আসে - "ক্যানভাস"। অনেক পুরানো তবে প্রচ্ছদটা এখনও বেশ স্পষ্ট। অস্তমিত সূর্যের দিকে মুখ করে হেঁটে যাচ্ছে এক তরুণীর অবয়ব। সেই দিকে চেয়ে দাঁড়িয়ে থাকে একটা ছেলে। উল্টেপাল্টে এদিক ওদিক কয়েক পাতা পড়েই বেশ ভালো লেগে যায়। বইটা বাড়িতে নিয়ে আসে। উপন্যাসটা পড়ে স্তম্ভিত হয়ে যায়। পরতে পরতে কেউ যেন তার কথাই লিখে গেছে। প্রতিটা কথা সত্যি। গোপনীয়তা রক্ষার জন্যে যেন শুধু স্থান, কাল আর পাত্র পরিবর্তন করা হয়েছে। সুজয়ের চরিত্রের নাম জয়, ইন্দ্রানীর ইন্দু আর দীপঙ্করের নাম দীপ। প্রেক্ষাপট যাদবপুর ইউনিভার্সিটির ইঞ্জিনিয়ারিং ডিপার্টমেন্ট। তবে যেখানে ওদের শেষ ব্যবধানটুকু ঘুচে গেছিল সেই জায়গার কোন পরিবর্তন করা হয়নি। উপন্যাসের শেষের দিকের পাতা থেকে তুলে দিলাম।

"হটাৎ করিয়া পাতাল ফুঁড়িয়া যেন উদয় হইল ইন্দু। অন্তিমবার যখন সাক্ষাৎ হইয়াছিল কলেজে সেই মুখাবয়ব কালের প্রবাহে বেশ কিছুটা ক্ষয় হইয়া গিয়াছে। যাহা কিছু এখনো অবশিষ্ট আছে, তাহাতে পুরানো ইন্দুকে চিনিতে অসুবিধা হইল না জয়ের। হঠাৎ করিয়া যেন এক রাস্তায় দুইটি গাড়ি বাঁক ঘুরিয়ায় প্রবলভাবে ব্রেক কসিয়াছে। একদম মুখোমুখি পরস্পরের। মুহূর্তগুলো থমকে গিয়াছে। তাহারা পূর্বের বাক্যালাপের চুক্তি বিস্মৃত হইয়া পরস্পরের মুখোমুখি দন্ডায়মান। জয় এক্ষণে একা। ইন্দুর সহিতও কেহ নাই। শুধু রহিয়া গিয়াছে বিস্মৃতপ্রায় মুহূর্তগুলি। অনেক বিবর্ণ হইয়াও জীবিত। জয় কহিল

- ইন্দু তুই?

- তুই জয় না?

- চিনতে পারলি তাহলে?

ঈষৎ হাসিয়া ইন্দু কহিল

- ভুলতে চাওয়া মানুষের হাতে কিন্তু ভুলে যাওয়া তো মানুষের হাতে নেই।

- তোর হাতে যদি সময় থাকে তাহলে আমরা একটা জায়গায় বসতে পারি।

- হ্যাঁ, বেশ খানিকটা সময় আছে। চল কোথাও একটা বসি।

তারপর উহারা পাশাপাশি বসিল। বিগত কয়েক দশক জীবন যেভাবে প্রবাহিত হইয়াছে তাহার বিবরণ পরস্পরকে প্রদান করিল। ইন্দু জানাইল সে বিবাহ করে নাই। ইহা ইন্দুর ব্যক্তিগত পরিসর বটে। কিন্তু একদা বন্ধুত্বের সম্পর্ক পুঁজি করিয়া জয় ইহাতে আগ্রহ দেখাইয়া প্রশ্ন করিল

- কেন?

- জীবনে যাকে সবকিছু দিয়েছিলাম একদিন, সেইভাবে আর কাউকে কোনোদিন এতটা দিতে পারব, সে ভরসা বা বিশ্বাস নিজের ওপর ছিল না। এর পরে কাউকে বিয়ে করলে শুধু তাকে নয়, নিজেকেও ঠকানো হতো।

কিয়ৎকাল দুপক্ষই নীরব হইয়া বসিয়া রহিল। অকস্মাৎ বাণ আসিয়া জয়কে যেন ভাসাইয়া লইয়া গেল। বিমূঢ়ের ন্যায় বসিয়া রহিল কিয়ৎকাল। ভাবিল ইন্দুর এই ত্যাগের প্রতিদানে সে কিই বা প্রদান করিয়াছে? যাহার জন্য এই ত্যাগ, সে তাহার বিন্দুবিসর্গ টের পাইল না? এতৎকাল যাবৎ জয় যাহাকে ক্ষমা করিয়া দিবার কথা ভাবিয়াছে তাহার নিকট যেন নিজেই আজ ক্ষমাপ্রার্থী। ইন্দুর মুখের পাণে চাহিবার ক্ষমতা যেন লোপ পাইয়াছে জয়ের। তাহার শরীরের সমস্ত শক্তি কে যেন শুষিয়া লইয়াছে। কোনোক্রমে জয় কহিল

- আমি ভাবলাম দীপের সাথে তোর....

- দীপ আমার খুব ভালো বন্ধু ছিল। সবাই আমাদের সম্পর্ক নিয়ে ভুল ভাবত। দীপ বলত বন্ধুর প্রেমিকার সঙ্গে এমনি মেলামেশায় তার অস্বস্তি হচ্ছে। আমি বলেছিলাম আমার সঙ্গে না মিশতে। হয়তো এক ক্লাস উপরে চলে যাবার জন্যে, ক্লাস ও হোস্টেল দুটোই চেঞ্জ হয়ে যায় দীপের। দূরত্ব বেড়ে যায় তোর সাথে। আগের মতো হয়তো তোর আর দীপের সাথে সেভাবে কথা হতো না। তোকে নিয়ে ও অনেক কথা বলত।

- এখন কোথায় আছে দীপ?

- জানি না। যোগাযোগ নেই। তবে শুনেছি বিয়ে করেছে চাকরি পাবার কয়েক বছর পর।"

উপন্যাসের একদম শেষ প্যারায় লেখা: "সময় আসন্ন হইলে উহারা উঠিয়া দাঁড়ায়। বিগত কয়েকঘন্টা কেমন যেন সংকুচিত হইয়া মনে হইল কয়েকটি মুহূর্তমাত্র। আসিয়াই যেন চলিয়া যাইতে উদ্যত। ইন্দু আজ লাল-সাদার সংমিশ্রণের শাড়ী পরিয়াছে। লাল ব্লাউজ আর কপালের লাল টিপের একমাত্র অলঙ্কার তাহাকে আজ মাত্রাতিরিক্ত রক্তিম করিয়া তুলিয়াছে। ইহা কি ইন্দুর রূপ না জয়ের অন্তরের মূর্ছনা? ইন্দুকে পূর্বে এই রূপে কখনো দেখে নাই জয়। সেই রক্তিম আভায় এক বাটি তপ্ত দুগ্ধের ন্যায় জয়ের হৃদয় উথলাইয়া উঠিল। ইন্দু যেন আজ তাহাকে সম্পূর্ণভাবে গ্রাস করিয়াছে। সূর্য কখন পশ্চিম আকাশে ঢলিয়া পড়িয়াছে। দিক্‌চক্রবাল জুড়িয়া দিগন্তের রক্তিম ছটা এই ধরিত্রীকে অপরূপ রঙে রাঙাইয়া দিতেছে। জয় যেন প্রার্থনা করিল

- ইন্দু, আবার দেখা হবে তো?

- জানি না। দেখা করার মতো পরিস্থিতি তো নেই। জোর করে দেখা করতে চাইলে কষ্ট বাড়ে। জীবনের কোনো বাঁকে কে জানে হটাৎ করে যদি আবার দেখা হয়? যেমন আজ হলো, কে বলতে পারে?

বলিয়া উঠিয়া পা বাড়ায় ইন্দু। জয় নির্নিমেষ চাহিয়া থাকে তাহার পানে।"

পড়া হয়ে গেলে কেমন একটা আচ্ছন্নতার আবেশ তাকে ঘিরে ধরে। লেখক পরিচিতির পাতায় দেখে এই লেখকের একমাত্র লেখা এই উপন্যাস। আর কিছু তিনি কখনো লেখেননি। তার মৃত্যু হয়েছে সুজয়ের কলেজে ঢোকার আগেই। এই লেখকের নাম আগে সে শোনেনি। প্রকাশকের নাম দেখে। সেটাও অচেনা। শুধু প্রকাশকের ঠিকানাটা এখনো রয়ে গেছে। কলেজ স্ট্রিটের এক

গলিতে। ঠিকানা ধরে গেলে সেখানে দেখে এখন একটা বইয়ের দোকান।

নাম "ক্যানভাস"! কী আশ্চর্য সমাপতন! মাথাটা মনে হলো একবার ঘুরে গেল।

ফুটপাথের রেলিংটা ধরে একবার দাঁড়িয়ে যায় জয়। কয়েকটা বড়ো বড়ো শ্বাস নিয়ে দোকানে ঢোকে। সেখানে দেখে এক বয়স্ক গাল তোবড়ানো লোক নাকের ওপর একটা চশমা এঁটে বসে আছে। তাকে লেখক বা প্রকাশকের নাম বলাতে বলল - "আগে অনেক প্রকাশক ছিল এই অঞ্চলে। হবে হয়তো কোন কালে সেই প্রকাশকের ঠিকানা এটা ছিল। আমি জানি না। আমার ব্যবসা গত বারো বছর ধরে এখানে। আমার আগে যে ছিল, তারও বইয়ের দোকান ছিল। কেন বলুন তো? কিছু কি দরকার ছিল?" "না" বলে চৌকাঠের বাইরে পা রাখে সুজয়।

(কৃতজ্ঞতা স্বীকার: উপরের গল্পটির জন্যে আমি নিম্নলিখিত ব্যক্তির কাছে বিশেষভাবে কৃতজ্ঞ। শৈবাল ঘোষাল, ১৯৮৮, কম্পিউটার সায়েন্স, বি ই কলেজ)

দিশা
অনিন্দ্য মুখার্জী

আধ ঘন্টার মধ্যে মিটিং আছে চেয়ারম্যানের সাথে।

বিশাল বিশাল দুটো গ্লোবাল অর্গানাইজেশান মার্জ হলো, গাদা গাদা স্টেকহোল্ডারস, তাদের নানান ভেস্টেড ইন্টারেস্টস। সব কিছু ব্যালান্স করে ওর বিসনেস ইউনিটটাকে স্টিয়ার করা সহজ নয় ঠিকই, কিন্তু ব্যাপারটা সহজ হলে কি আর অগ্নির ঘাড়ে দায়িত্ব পড়তো?

চেয়ারম্যানকে অগ্নি চেনে ভালো করে, কিন্তু স্টিল হি নিডস টু বি এট হিজ বেস্ট - টেনশন হচ্ছে মিটিংটা নিয়ে একটু হলেও। হি নিডস টু মেক আপ হিজ মাইন্ড সুন এবাউট দা স্টোরিলাইন - ফাইনালি ইট উইল কাম ডাউন টু আ মিনিট প্রবাবলি।

এরকম সময়,মাঝে মধ্যে অগ্নির কিরকম একটা লাগে। কোথায় ক্যানারি হোয়ার্ফে বিশাল বিল্ডিঙের ৩৪ তলায় বোর্ডরুমে চেয়ারম্যানের সাথে মিটিং,আর কোথায় নবগ্রামে রজতদার সাথে তর্ক রাজনীতি নিয়ে। এখনো মনে পড়ে নবগ্রামে চায়ের দোকানে বসে আড্ডা মারতো অগ্নি। রাজা উজির মারতো গণশক্তি আর বর্তমান পড়তে পড়তে। নবগ্রাম বিদ্যাপীঠ, দিনে খান চল্লিশেক বিড়ি খাওয়া, সারাদিন আড্ডা, তারপর পাড়াতুতো এক দাদার কোচিংয়ের দৌলতে কোনোভাবে তালেগোলে জয়েন্ট এন্ট্রান্সে চান্স,তারপর বি ই কলেজ। স্বপ্নের মতন লাগে এখনো।

চোখটা আবার দেখাতে হবে অগ্নির। কাছের জিনিস দেখতে অসুবিধা হচ্ছে। সারফেসটার ফন্টটা বাড়ালো যাতে ডেকের নম্বরগুলো একটু ভালো করে পড়তে পারে। ম্যাকিনসের ছেলেগুলো টাকা বেশি নিলেও স্লাইডগুলো ভালোই বানিয়েছে। ওদের ভাষায় স্ট্রাটেজিক

স্টোরিটেলিং। অগ্নি ভাবছিলো - সেই এক কায়দা - সিচুয়েশন, কমপ্লিকেশন, রিসোলিউশন। রাজা রানী আর রাজকন্যা, তারপর রাজ্য আক্রমণ হবে। সুদর্শন এক রাজপুত্র এসে রাজ্য উদ্ধার করবে এবং রাজকন্যেকে বিয়ে করবে। সেই হোয়াইট নাইটের গল্পই আদি অনন্তকাল ধরে চলছে - রূপকথায়, বিসনেস ওয়ার্ল্ডে, জীবনে সর্বত্র। ম্যাকিনসেও সেই গল্পই বলছে মার্জারটা নিয়ে। স্টোরিটেলিং এট ইটস বেস্ট। আসলে মানুষ আশা দেখতে চায়। হোপ ইস হোয়াট কিপস আস এলাইভ। স্বভাবতই ম্যাকিনসে থেকে নবগ্রামের রজতদা - সবাইর গল্পের শেষেই আশা থাকে কারণ নাথিং সেলস লাইক হোপ।

স্টোরিটেলিং ভাবলেই অগ্নির এখনো মন প্রাণ স্মৃতি জুড়ে শুধুই দিশা। প্রায় ৩৫ বছর আগের কথা কিন্তু এখনো অটুট স্মৃতি। আই হল বি ই কলেজে চলছে এক্সটেম্পোর কম্পিটিশন। তখন অগ্নি সেকেন্ড ইয়ার, দুর্দান্ত কথা বলতো। ও তখন রাজনীতি করছে কলেজে - কিঞ্চিৎ নাম হয়েছে সুবক্তা হিসেবে। এক্সটেম্পোর কম্পিটিশন শোনার দর্শক খুব কমই ছিল তখন বি ই কলেজে। যারা ছিল হাততালি দিলো। ওর পরে

বলতে উঠলো ফার্স্ট ইয়ারের একটা মেয়ে। অগ্নির মুখ চেনা - কিন্তু আলাপ নেই। অগ্নির মনে আছে ও মন্ত্রমুগ্ধ হয়ে শুনেছিলো দিশার বক্তৃতা। পুরো হল চুপ - দিশা শেষ করার পর যারা ছিল হলে, সব্বাই প্রায় মিনিট তিনেক হাততালি দিয়েছিলো। ওরকম বলার পরে দিশাকে ফার্স্ট হতেই হতো। অগ্নির একদিকে কষ্ট হচ্ছিলো ভীষণ - ও ভেবেছিলো ও ফার্স্ট হবে। আবার ভালোও লাগছিলো - কি তীক্ষ্ণ যুক্তি, কি স্টোরিটেলিং - একটা বিষয় কে ১ মিনিটের প্রিপারেশন টাইমে এতো সুন্দর করে কাউকে বলতে অগ্নি আগে শোনেনি। এক্সপেক্টেডলি অগ্নি সেকেন্ড হলো। দিশা ফার্স্ট। রেজাল্টের পর অগ্নি বকুলতলায় দাঁড়িয়ে সিগারেট ধরিয়েছে একটা খুরশিদদার ক্যান্টিন থেকে কিনে - সেই মেয়েটি এসে বললো "অগ্নিদা, তুমি দারুণ বলেছিলে কিন্তু। আমি তোমার বক্তৃতার ফ্যান - তুমি আমাদের হোস্টেলে এসেছিলে ক্যাম্পেইন করতে"। অগ্নি প্রথমে ভেবেছিলো যে মেয়েটা বাজে আওয়াজ দিচ্ছে। প্রচন্ড রাগও হয়েছিলো, কিন্তু দিশার মুখ দেখে বুঝেছিলো যে সিন্সিয়ারলি বলছে দিশা। হেসে ফেলে অগ্নি বলেছিলো "কামিং ফ্রম ইউ, আই উইল টেক ইট আজ আ কমপ্লিমেন্ট "।

সেই বন্ধুত্বের শুরু হয়েছিলো ওদের। কমন বিষয় ছিল কবিতা, নাটক, রাজনীতি ,সাহিত্য – সিটিসি বাসে করে দ্বিতীয় হুগলী ব্রিজ পেরিয়ে এক সাথে নন্দনে সিনেমা দেখা, রবীন্দ্রসদনে নাটক, বাদল সরকারের থার্ড ফর্ম আর মোমোপ্লাজায় মোমো - কি না করেছে দুজনে!মানিকজোড়ের মতন। কলকাতার বিভিন্ন কলেজ ফেস্টগুলোতে একসাথে কলেজের হয়ে ডিবেট করেছে অগ্নি আর দিশা। বইমেলায় ঘন্টার পর ঘন্টা লিটল ম্যাগাজিনের দোকানগুলোতে ঘুরে বেরিয়েছে - জীবনমুখী গান শুনেছে, রাজনীতি, ফিল্মমেকিং নিয়ে আড্ডা মেরেছে এক সাথে - ওয়ার্কশপ করেছে।

একটা ফেজে কলেজের বন্ধুরা বলা শুরু করেছিল - তোদের কি অ্যাফেয়ার চলছে? সারাক্ষণ একসাথে ঘুরে বেড়াস। কিন্তু অগ্নি জানে - ওটা সের্ফ বন্ধুত্ব! কারণ অগ্নি তখন প্রেম করছে নীলার সাথে চুটিয়ে। নীলা ঠান্ডা মাথার মেয়ে - অসম্ভব ভালো পড়াশোনায় - দুরন্ত ভালোবাসে অগ্নিকে। অগ্নিও নিজেকে উজাড় করে সব কিছু বলে নীলাকে। নীলা অর্থাৎ সমর্পণ - দিশা মানেই তর্ক, যুদ্ধ, বন্ধুত্ব!

নীলার নাটকে, সিনেমায়, রাজনীতিতে উৎসাহ নেই, সময় নেই। সেখানে অগ্নির পার্টনার দিশা। নীলার ভালোবাসা শুধুই রবীন্দ্রনাথ। খালি গলায় এল স্কোয়ারের একটা জায়গায় বসে নীলা গান শোনায় - অগ্নি শোনে বিভোর হয়ে। নীলা বোঝে অগ্নিকে - অগ্নি যেরকম, ঠিক সেভাবেই অগ্নিকে ভালোবাসে নীলা। কোনোদিন অগ্নির মনে হয় নি নীলার কোথাও কোনো প্রশ্ন আছে দিশা আর অগ্নির বন্ধুত্বকে নিয়ে। নীলা কোনোদিন কোনো অনুষ্ঠানে গান গায় নি, শুধু অগ্নির জন্যই গাইতো নীলা। অগ্নি অনেকবার বলতো কেন নীলা অনুষ্ঠান করে না? নীলার এক উত্তর - ওর গান শুধু অগ্নির জন্য। এদিকে দিশাও প্রেম করছে তখন রাজীবের সাথে। রাজীব যাদবপুরের ইলেকট্রনিক্স। জয়েন্টে বোধহয় দশের নিচে র‍্যাঙ্ক সারা বাংলায়। মাঝে মধ্যে বি ই কলেজে আসতো রাজীব। একসাথে চার জন আড্ডাও মারতো। কিন্তু কখনোই সেইভাবে অগ্নি আর রাজীব কানেক্ট করে নি। অগ্নির বন্ধু ছিল দিশাই।

কলেজের বছরগুলো অগ্নির কেটেছে রাজনীতি প্রেম আর বন্ধুত্ব নিয়ে। ইঞ্জিনিয়ারিংটাতে খুব একটা সময় দিতে পারে নি - ভালোও লাগতো না। একদিন সিংজির দোকান থেকে প্রচুর বাংলা খেয়ে অগ্নি আর প্রান্তিক ফিরছে - প্রান্তিক জিজ্ঞেস করেছিলো, হ্যাঁ রে, তোর কখনো দিশাকে ভালোবাসতে ইচ্ছে করে নি? তোরা এতো অন্তরঙ্গ - একটু হলেও উইয়ার্ড। মনে আছে অগ্নির - ও অনেকক্ষণ ধরে প্রান্তিককে বুঝিয়েছিলো যে - দিশা যদি ছেলে হতো তাহলে কি প্রান্তিক

এই প্রশ্নটা করতো? আসলে আমাদের সমাজ অপোজিট জেন্ডারের বন্ধুত্ব মেনে নিতে পারে না। দিশা অগ্নির বন্ধু, সোলমেট - যার সাথে প্রাণ খুলে আড্ডা মারা যায়, তর্ক করা যায়, কিন্তু বোধহয় প্রেম করা যায় না। প্রেম শুধু নীলার সাথে। প্রান্তিক জিজ্ঞেস করেছিলো - হ্যা রে অগ্নি, কোনোদিন কখনো কোনো দুর্বল মুহুর্তে মনে হয়নি তোর দিশাকে জড়িয়ে ধরে ঠোঁটে ঠোঁট রেখে চুমু খেতে? অগ্নি কথাটার উত্তর দেয়নি সেদিন। চুপ করে গেছিলো। কখনো কি ইচ্ছে করে নি? অগ্নি জানতো না...আজও এতো বছর পরেও জানে না। দিশাকে ভালো লাগতো। সান্নিধ্য পছন্দ ছিল, কিন্তু জীবন মানে তো নীলা। মাঝে মধ্যে অগ্নিও যে এই নিয়ে ভাবে নি এরকম নয়। নিজেকেই প্রশ্ন করেছে - এরকম কি সম্ভব? মনের মধ্যে তীব্র ঝড় গেছে – কলেজে তো এরকম সম্পর্ক আর কোনো ছেলের নেই। অগ্নি কেন আলাদা? কেন দিশার সাথে ক্যান্টিনে দেখা না হলে অস্থির লাগে অগ্নির? আবার কেনই বা নীলার সাথে সন্ধেবেলায় সময় না কাটালে মনে হয় জীবন বৃথা? কে জানে? অনেক সময় অনুভূতিগুলো আসে যায় - না থাকে সেগুলোর নাম, না যায় বোঝানো অন্যকে। তারপর নিজেই রাশেনলাইজ করেছে অগ্নি - যে ও তো পৃথিবী পাল্টানোর কথা বলে, সমাজ পাল্টানোর কথা বলে, সেই অগ্নি কি না সমাজের তৈরী করা নিয়মে, ঘেরাটোপে আটকে ফেলবে নিজেকে? অগত্যা হি লেট ইট গো। অগ্নির রাজনৈতিক দিকনির্দেশক দিশা কিন্তু জীবনের নায়িকা নীলাই।

মনে আছে ইংলিশ আগস্ট সিনেমাটা দেখে এসেছিলো অগ্নি আর দিশা। উপমন্যু চ্যাটার্জী র লেখা - কিনে পড়ে ফেললো বইটা দুজনেই। তারপর প্রায় স্টোনড অবস্থায় হঠাৎ দিশার মনে হলো - ১/২ এর ২ নাকি গ্রাভিটির এট্ট্রাকশন এ পড়ে গেছে। ফলে হাফ শব্দটা বিলুপ্ত হয়ে যেতে পারে। এবং হাফ শব্দটা পৃথিবীতে বিলুপ্ত হয়ে গেলে হাফ-টিকেট থেকে হাফ-প্যান্ট থেকে হাফ-প্যাডেল থেকে হাফ-ডিম সব মুছে যাবে। সভ্যতার ওপর সংকট নেমে আসছে এই ভেবে রাত্রি ১১ টার সময় দিশা আর অগ্নি বিভিন্ন জায়গায় ২ খুঁজে বেড়াচ্ছে, এই

করতে করতে বি গার্ডেনের পাঁচিল টপকে কখন বি গার্ডেনে ঢুকে পড়েছিলো দুজনে। ঘুটঘুটে অন্ধকার, হঠাৎ ভয় পেয়ে ছিটকে অগ্নির বুকে চলে এসেছিলো দিশা। মুহূর্তে বিদ্যুৎতরঙ্গ খেলে গেছিলো অগ্নির সারা শরীরে মনে। আলতো করে দিশাকে জড়িয়ে ধরে বলেছিলো "ভয় পাস না দিশা... আই আম আরাউন্ড". দিশা থর থর করে কাঁপছিলো..ভয়? অগ্নি প্রশ্ন করে নি। কিছুক্ষণ পর সরে গেছিলো দিশা। নাটকীয় নয় - খুব আস্তে আস্তে - তারপর দুজনে ফিরে এসেছিলো কলেজে। ফেরার পথে কেউ একটাও কথা বলে নি। ফিরে দিশা লেডিস হোস্টেলে ঢুকে গেছিলো - মেট্রনদিদির সাথে কিছু একটা ছক করে দিশা পারতো যে কোনো সময় লেডিস হোস্টেলে ঢুকতে।

পরের দিন আবার নিয়ম করেই দুজন খুরশিদদার ক্যান্টিনে বসেছিলো। স্বাভাবিক নিয়মেই ফিরে গেছিলো তৎকালীন রাজনীতি আর সিনেমার মধ্যে। অগ্নির ভীষণ ইচ্ছে করেছিল প্রথম কয়েকদিন জিজ্ঞেস করতে - হ্যাঁরে দিশা তুই কাঁপছিলি কেন সেদিন আমি জড়িয়ে ধরার সময়? কিন্তু করেনি প্রশ্নটা। প্রত্যেক মানুষেরই কিছু

একান্ত ব্যক্তিগত মুহূর্ত থাকে - সেগুলো ব্যক্তিগত থাকতে দেওয়াটাই তো বন্ধুত্বের নিদর্শন। কিই বা জিজ্ঞেস করবে অগ্নি আর কিই বা উত্তর দেবে দিশা।

তারপর যা হয়, সময় পেরিয়েছে। অগ্নি কলেজ থেকে কোনোরকমে পাস করে টিসিএস এ চাকরি নিয়ে ত্রিভান্দ্রাম। নীলা উইপ্রো বেঙ্গালুরু। তখনকার দিনে মোবাইল ছিল না - ফলে কলেজ থেকে পাস করে বেরোনোর পর থেকেই যোগাযোগ চলে যায় দিশার সাথে অগ্নির। শেষ বিদায় কি নেওয়া হয়েছিল? বোধহয় না! হলে নিশ্চই মনে থাকতো - কিন্তু প্রায় দেড় হাজার ছেলে মেয়ে কলেজে - কটা বন্ধুর কাছেই বা বিদায় নিয়েছিল অগ্নি? নতুন চাকরি, মধ্যবিত্ত্ব জীবন থেকে ছিটকে বেরোনোর তীব্র ইচ্ছে ছাপিয়ে গেছিলো বন্ধুত্ব, পিছুটান গুলোকে। অগ্নি নীলাকে নিয়েই পাড়ি দিয়েছিলো জীবনের রাস্তায়। আর পেছনে তাকায় নি।

অনেক ঝড়, বাধা বিপত্তির মধ্যেও অগ্নি আর নীলা একে অপরকে জড়িয়ে ধরে রেখেছে। গঙ্গা আর টেমস দিয়ে অনেক জল গড়িয়েছে - পঁয়ত্রিশটা বছর - পূর্ণ সংসার অগ্নির আর নীলার এখন। ছেলে চয়ন সাইড বিসনেস স্কুলে ভর্তি হয়েছে কয়েক মাস হলো। অক্সফোর্ডে চলে গেলো। পড়াশোনায় ভালো, দুরন্ত ডিবেটার। চয়ন বেরোনোর পরে কেমন জানি নীলা মনমরা হয়ে গেছে। সারাক্ষণ কাজে ডুবিয়ে রাখে নিজেকে, না হলে জিমে প্রচুর সময় কাটায়। এমনিতেই চুপচাপ নীলা। ছেলে চলে যাওয়ার পর যেন আরো চুপ করে গেছে। অগ্নি নিজের কষ্ট চেপেই সব করে চলেছে - কারণ নবগ্রাম থেকে ক্যানারি হোয়ার্ফ এর একটাই শিক্ষা - এগিয়ে চলার নামই জীবন।

বিগত এতো বছরে কখনো কখনো অগ্নি আর নীলা যখন শনিবার সন্ধেবেলায় একটা সিঙ্গেল মল্ট নিয়ে বসে গল্প করে - দিশা ঠিক চলে আসে ওদের গল্পে। রবীন্দ্রনাথের গান আর দিশা - এতো বছরের দাম্পত্য জীবনের দুটোই কমন থিম। কিন্তু অগ্নি এতদিনেও সেই বি

গার্ডেনের ঘটনা নীলাকে বলে উঠতে পারে নি। কোনো অপরাধবোধ নেই অগ্নির এই ব্যাপারে। কেন জানি অগ্নির মনে হয় ওই এক টুকরো ঘটনা শুধু ওর আর দিশার বন্ধুত্বের স্মারক। ওই ঘটনায় আর কারোর ভাগ নেই - না নীলার, না চয়নের। যখন একটু সময় পায়, যখন পুরোনো বন্ধুদের কথা মনে পড়ে অগ্নির, দিশার কথা খুব মনে হয়। কেমন আছে? কোথায় আছে? রাজীবকেই বিয়ে করলো দিশা? পরের ব্যাচের ছেলেমেয়েদের কাছে খোঁজ করেছিল দিশার - কেউই সেইভাবে বলতে পারে নি। সোশ্যাল মিডিয়াতেও নেই দিশা কিংবা রাজীব কেউই।

হঠাৎ অগ্নির সম্বিত ফেরে হোয়াটস্যাপ নোটিফিকেশনে - চয়ন লিখেছে – "বাবা কল করবে সময় থাকলে?"

চয়ন সাধারণত এরকম লেখে না। ছেলেটা অগ্নির মতনই হয়েছে। আপস্টার্ট আর কনফিডেন্ট - তাই ছেলে ফোন করতে বলেছে ভেবে মনটা একটু কু ই ডেকে উঠলো অগ্নির। ভয়ে ভয়ে ফোন করলো - "বাবা, আই থট আই শুড শেয়ার দিস উইথ ইউ"।

অগ্নি : "বল - কি হয়েছে? সব ঠিক আছে তো?"

চয়ন: "না না - অল গুড – মেট আ বং লেডি ইন মাই ক্লাস".

অগ্নি : "সে কি রে? ভালো দেখতে? ক্লাসমেটের জন্য তুই আমাকে ফোন করতে বললি ওয়ার্ক আওয়ার্স এ? এনিথিং কুকিং?"

চয়ন: "বাবা - সারাক্ষণ এরকম করোনা - সেকেন্ড জেনারেশন ইন্ডিয়ানদের সমস্যা তুমি বুঝবে না। এনিওয়ে উই হ্যাভ বিকাম গুড ফ্রেন্ডস - তো একটু আগেই আজকে মিতালি বললো ওর মা তোমার কলেজের। তুমি আর মা তো এখনো কলেজের নামে এক্সসাইটেড হয়ে যাও। ভাবলাম - ফোন করে বলেই দি"।

অগ্নি : "নাম কি? কোন ব্যাচ?"

চয়ন: "ব্যাস – গ্রো আপ বাবা। ওর মা তোমার কলেজের শুনেই লাফিয়ে পড়লে – এন্ড ইউ ওয়ের আস্কিং মি ইফ এনিথিং ওয়াস কুকিং? আসলে মিতালীর মা তোমার পরের ব্যাচ। ওর মার নাম দিশা মুখার্জী…চেনো?…হ্যালো…বাবা -..তুমি চুপ কেন? কি হলো?"

অগ্নি : "না রে বাবা..অল গুড - এবার যেতে হচ্ছে অক্সফোর্ডে। মিতালিকে বলিস আই নো হার মাদার ভেরি ওয়েল এন্ড উই উড লাভ টু মিট হার মাদার - হার পেরেন্টস।

হালকা একটা হাসি খেলে গেলো অগ্নির মুখে…নীলাকে ফোন করতে হবে। দিশার সন্ধান পাওয়া গেছে এত বছর পরে - জীবনের গল্পগুলোতে কেন জানি না একটা শেষ থাকে ম্যাকিনসের স্লাইড গুলোর মতোই .… ছোটগল্প হলেও।

একটা ভীষণ সুন্দর ভালো লাগার পরশ আর সারফেসটা নিয়ে অগ্নি টাইটা ঠিক করলো। তারপর রওনা দিলো বোর্ডরুমের দিকে - মনে হচ্ছে আজ এক্সটেম্পোরই দিতে হবে।

১৬৮ এ পা – আBE দৌড়ে যা
সুজিত সাহা

আঙুল: নমস্কার। দেখছেন চ্যানেল হাটে-হাঁড়ি। ঘণ্টা-খবর নিয়ে আমি চোখে-আঙুল দাদা। আজকের সবথেকে বড় খবর আসছে কলকাতার প্রাণ-কেন্দ্র এসপ্ল্যানেড থেকে। আমরা সোজা চলে যাচ্ছি আমাদের সংবাদদাতা শ্রীমতি কাঠি দে র কাছে।

কাঠি: ধন্যবাদ আঙুল-দা। একেবারে ভোর বেলা, মেট্রো সিনেমার সামনে সৃষ্টি হয়েছে একটা আংশিক বিশৃঙ্খলা। প্রায় ২০০-৩০০ জনের একটা দল এখানে জড়ো হয়েছে। আমরা জিজ্ঞাসা করে জেনেছি যে এরা সবাই বি ই কলেজ এর প্রাক্তন বা বর্তমান ছাত্র, কলেজ এর ১৬৮ বছর বয়স উপলক্ষে এসপ্ল্যানেড থেকে কলেজ পর্যন্ত একটা দৌড়ের আয়োজন করেছেন। সমস্যা হল যে পুলিশ এদের এখনও দৌড় শুরু করতে দেয়নি।
আমরা কথা বলব এখানে উপস্থিত এক পুলিশ ইন্সপেক্টর এর সঙ্গে।
"...আচ্ছা, আপনারা এদের দৌড় শুরু করতে দিচ্ছেন না কেন ?"

ইন্সপেক্টর: দেখুন দেশের বর্তমান পরিস্থিতিতে ছোট বাইরে পর্যন্ত পারমিট ছাড়া করা যাবে না। বড় বাইরের উচ্ছৃঙ্খলতা আটকানোর জন্যও ভারত মুক্তকচ্ছ অভিযান চালানো হচ্ছে। তাই আমরা এদের কাছে পারমিট দেখতে চেয়েছিলাম। ওদের বক্তব্য যার কাছে পারমিট ছিল সে তাড়াতাড়ি আসার জন্য রাত্তিরবেলাই পার্ক স্ট্রীট অলিপাব চলে এসেছিল এবং সেখানেই ঘুমিয়েছিল, কিন্তু দারোয়ান

চাবি নিয়ে চলে যাওয়ায় সেখান থেকে বেরোতে পারছে না। অলিপাব খুললে সে আসবে আর আমরা পারমিট দেখে দৌড়োতে দেব।

আরেকজন সিনিয়র অফিসার (ইন্সপেক্টর এর কানে কানে): এই যে আতা কেলানে, মহিলা সাংবাদিক দেখেই দুম করে বলে দিলে পারমিট দেখলেই দৌড়োতে দেবে। এইবার ফেসবুক, টুইটার ইত্যাদি একশো উড়ে তোমার এই অমৃতবাণীর বাঁশটা সবার কানে পৌঁছে দেবে আর তারা শেয়ার, লাইক এর তেল মাখিয়ে ওটি তোমার ইয়েতেই......।

কাঠি: আঙুলদা, যদিও পুলিশ বলছে পারমিট দেখলেই দৌড়তে দেবে, বিশ্বস্ত সুত্রে আমরা জেনেছি সমস্যা তৈরি করছে এই অনুষ্ঠানের দেওয়া নাম। এটা নিয়ে বিভিন্ন বিতর্ক তৈরি

হয়েছে। তাই এটা সহিষ্ণু না অসহিষ্ণু অনুষ্ঠান তা না জেনে দৌড়তে দেওয়া হবে না।

আঙুল: সে কি ? আচ্ছা, দর্শকদের তুমি জানাও যে এই দৌড় এর নাম কি রেখেছেন
উদ্যোক্তারা ?

কাঠি: আঙুল-দা – এই দৌড় এর নাম "১৬৮ এ পা – আBE দৌড়ে যা"

আঙ্গুল: জটিল নাম। পুলিশের সন্দেহের অবশ্যই কারণ আছে। আমি বলছি এই নাম অনেক তদন্তের এর দাবি রাখে। কিন্তু এই নাম রহস্যের উত্তর পেতে আপনাদের ফিরে আস্তে হবে ব্রেক এর পর। দেখতে থাকুন "চ্যানেল হাটে-হাঁড়ি – ভাঙবে তাড়াতাড়ি"।

টিং –টং (বিজ্ঞাপন)

দৌড়ও ...... বাবিন ... দৌড়োও ,

দ্যাখ পিঙ্কি কেমন দৌড়োছে ...জানিস বসিরহাট টাইমসে ওর বাবা – মা র ইন্টারভিউ পর্যন্ত বেরিয়ে গেছে।

কি করি বলুন তো , আমার বাবিন কিছুতেই দৌড়োতে চায় না।

এসে গেল– নতুন টনিক "শিশুগাঁট" যা গ্যারান্টি দিয়ে দৌড় করাবে।

কিন্ডারগাটেন এনট্রান্সে টপ করা, রিয়ালিটি শো তে পারফরমান্স অফ লাইটইয়ার, সিরিয়ালে কুচুটে শিশুর চরিত্রে অভিনয়ের সুযোগ, সাহেব দের মত ইংরাজি বলা - এইসব চূড়ান্ত সাফল্যের জন্য

প্রয়োজনীয় আড্রিনালিন চোলাই করে বানানো এই টনিক খেলেই বাবিন পেছনে লংকা দেওয়ার মত দৌড়বে।

(গান) ছেলে হবে চ্যাম্পিয়ন /আপনি দেবেন বাইট
এক চামচ শিশুগাঁট / মর্নিং আর নাইট

টিং –টং (বিজ্ঞাপন শেষ)

আঙুল: ফিরে এলাম ব্রেক এর পর।
আমরা বোঝার চেষ্টা করছি এই উদ্যোক্তারা আসলে কারা? এই নামের মানে কি ?
আমাদের সঙ্গে আছেন সহিষ্ণু ফোরাম এর চেয়ারম্যান শ্রী আরেভাই মানলে এবং অসহিষ্ণু সংঘের প্রধান শ্রী দেশমারো বাপুকি। আচ্ছা মানলে ভাই, এরা কি আপনার গোষ্ঠীর কেউ?

আরেভাই মানলে: নিঃসন্দেহে। নামেই তো ক্লিয়ার । শুধু "পথে এবার নামো সাথীর" বদলে "আবে দৌড়ে যা"। দৌড়ন কমরেডরা। দৌড়ন সমাজবাদী রা।

দেশমারো বাপুকি: একেবারেই না। আপনারা কি লক্ষ্য করেছেন ওদের নামের প্রথমে কি আছে? ১৬৮। দেখুন -১৬, ৮ সব ই ৪ এর মাল্টিপল। আর ছাপান্নও ৪ এর মাল্টিপল । এরা ইঞ্চি ইঞ্চি করে ৫৬ তে পৌঁছাবেন। এই অনুষ্ঠান এর তেজস্বী ,যশস্বী কারিয়াকরতা দের আমার নমন।

আঙুল: অতএব দেশের দুই গোষ্ঠীই এই দৌড়ের উদ্যোক্তা দের তাদের সমর্থক বলে দাবি করেছেন। কিন্তু উদ্যোক্তারা নিজেরা কি বলছেন ? আসুন জেনে নি সরাসরি তাদের মুখ থেকে।

কাঠি তুমি কি ওদের জিজ্ঞাসা করতে পারবে যে ওরা কোন দিকের লোক ?

কাঠি: এই মুহূর্তে আমার সঙ্গে আছেন উদ্যোক্তাদের একজন। "আপনার নাম টা?"

নির্মাল্য: কেলে নির্মাল্য। না,না নির্মাল্য রায়।

(পেছন ফিরে তাকিয়ে) তখন থেকে বলছি কেলে-কেলে বলিস না এই বয়েসে। হল তো ? বউ এবার সেঁকে দেবে।
(সাংবাদিক এর দিকে ঘুরে) বলুন কি দাবি ?

কাঠি: আপনারা নিশ্চয়ই জানেন যে মিডিয়াতে আপনাদের এই দৌড় কি রকম ঝড় তুলেছে ?

নির্মাল্য: হ্যাঁ। নেতা আর জেঠু বলে গেল লাইভ স্ট্রীমিংএ কি সব দেখেছে। ওরা সবাইকে বোঝানোর চেষ্টা করছিল প্রেসকে কি বলতে হবে, কিন্তু মাঝে জনগন বাওয়াল দিয়ে দিলো।

কাঠি: অ বাবা ! আপনাদের সঙ্গে কি পলিটিশিয়ান আর রিলেটিভ রাও আছেন?

নির্মাল্য: আরে না না- ওদের ওইরকম হালকা স্বভাব ছিল তাই জনতা ডাকে। এখনও শুধরোয় নি।

কাঠি: কিন্তু সবথেকে বড় যে প্রশ্নটা উঠছে তা হলে আপনারা কোন লবির? শ্রী দেশ মারো বাপুকি বলেছেন যে আপনারা তাদের দলে অর্থাৎ আপনারা সংখ্যাগুরু মানুষের প্রাধান্যে বিশ্বাস করেন। এটা কি ঠিক?

নির্মাল্য: এটা আবার কি কেস ? দাঁড়ান দাঁড়ান ভেবে দেখি।

(বিড় বিড় করে) মাল খাবো ঠিক করে আমরা কজন বেরোলাম। কিন্তু পয়সা নেই। ঠিক হলো যে হোস্টেল থেকে বেরিয়ে ফার্স্ট গেট অব্ধি যার সঙ্গে দেখা হবে সবার কাছে ভিক্ষা করা হবে। ভোমা ভিকিরির মতো "গুরু না ভজি মুই..।"গেয়ে টাকা চাইল, আমরা কয়েকজন সেন্টু দিয়ে চাইলাম। যারা খুব লজ্জা পেয়েছিল ইশারায় চাইলো। ২০০-২৫০ টাকা উঠল। বেশীরভাগ ডোনার বললো সিংজীর বাংলা খেয়ে শরীর খারাপ করিস না - গার্ডেন বার যা। খালি কিছু খচড়া বললো ভিক্ষের পয়সা তে বাংলাই খাস।
কিন্তু আমরা তো গার্ডেন বারেই গেলাম। সালা মাইনরিটির মত তো ফুটে গেছিলো।
(জোরে –সাংবাদিক কে) না না আমরা মাইনরিটি মতকে গুরুত্ব দিই না।

(পাশ থেকে অন্য একটা লোক এগিয়ে এসে): ওরে কেলে-কি সব ভুলভাল ফান্ডা দিচ্ছিস।
এই যে ম্যাডাম কাঠি, ধরুন আপনার ক্লাসে ৫ জন অন্য খুব জরুরি কাজে ব্যস্ত থাকায় ক্লাস টেস্ট এর প্রিপারেশন করতে পারেনি, তা আপনারা বাকি ৪৫ জন কি তাতে কর্ণপাত করবেন?
আমাদের কেসে, এই ৫ জন বলা মাত্র বাকি সবাই যুদ্ধ কালীন পরিস্থিতিতে কাজ চালু করবে -
কারা ট্যাঙ্কের কল রাত্তিরে খুলবে, কারা সাইকেলে করে ভোরবেলা সব হোস্টেলে-হোস্টেলে বলবে (যাতে অন্য ক্লাসের যাদের ক্লাস টেস্ট ছিল তারাও নিশ্চিন্ত হয়ে আবার ঘুমিয়ে পড়ে), কারা "হোস্টেলে জল না থাকার প্রতিবাদে" ফার্স্ট লবি

আর সেকেন্ড লবি ব্লক করে সবার কলেজ এ ঢোকা আটকাবে- এই সব ঠিক হয়ে যেতো রাত্তিরেই।

পরের দিন "জল- বাওয়ালি"(জলের সাপ্লাই নেই বলে কলেজ স্ট্রাইক) নামত মাখনের এর মতো।

সবাই যখন কলেজে ঢুকতে না পেরে ফিরছে আর ক্লাস টেস্ট মুলতুবি হয়ে গেছে - সেই ৫ জন ক্লাস টেস্টের পড়া না করতে পারা ছেলে বিছানা থেকেই ওঠেনি।

মাইনরিটির জন্য মেজরিটির এরকম স্যাক্রিফাইস দেখেছেন ?

কাঠি: আঙুল দা, দুজনের দুরকম কথা থেকে কিন্তু বোঝা গেল না এরা মেজরিটারিয়ান কি না।

আঙুল: একদম কাঠি, এদের কথা শুনে কিন্তু এখনো বোঝা গেল না এরা কোন দিকে? আমরা আমাদের প্যানেলিস্ট দের কাছে ফিরে যাবো এবং জিজ্ঞাসা করবো যে ঠিক কি প্রশ্ন করলে এদের আসল পরিচয় জানতে পারা যাবে?

আমাদের তর্ক জমে উঠেছে কিন্তু এই জ্বলন্ত প্রশ্নের কোনও নিষ্পত্তি হয়নি। এখনও দেশ জানতে চায়, পৃথিবী জানতে চায়, সোলার সিস্টেম জানতে চায় "১৬৮ এ পা – আBE দৌড়ে যা" আসলে কারা? কেন? আমরা ফিরে আসব ব্রেক এর পর। দেখতে থাকুন "চ্যানেল হাটে-হাঁড়ি –ভাঙবে তাড়াতাড়ি"।

টিং- টং (বিজ্ঞাপন)

গায়ের চামড়া যখন – ফিনফিনে হয়ে যায়
BE-দরদ নিয়ে আসে টলারেন্স – তোমার স্কিনের গোড়ায়।
BE-দরদ খিস্তি সওয়ায়, BE-দরদ – নিন্দা মানায়,
BE-দরদ কেলানি হজম করায়,
BE-দরদ ডবল অ্যাকশন টলারেন্স পাউডার নিন,

আর যাদের অল্পেতেই গা জ্বলে যাচ্ছে অথচ এখনও ভয়ানক গোস্বামীর পাবলিক টয়লেট চ্যানেল শোনেননি, তারা আমাদের "বেসুদিং" স্কিন লোশান্ ব্যবহারে দেখতে পারেন।

টিং টং ... (বিজ্ঞাপন শেষ)

আঙুল: ফিরে এলাম ব্রেক এর পর। আমরা সোজা চলে যাব দেশমারো বাপুকিজীর কাছে। বাপুজী- আপনি বলেছিলেন

যে ওরা আপনাদের লোক, কিন্তু ওনাদের কথা থেকে তো সেটা প্রমাণ হল না। আপনি কি বলবেন ?

দেশমারো বাপুকি: আপনারা কি লক্ষ্য করেছেন "১৬৮ এ পা - আBE দৌড়ে যা" নামটার মধ্যে একটা "আবে" আছে ? এটা বাংলা শব্দ নয়। মর্যাদা-পুরুষোত্তমের রাজ্য উত্তরপ্রদেশ এ রাষ্ট্রভাষায় এই অনুপ্রাস ব্যবহার করা হয়।
এটা বলে দিচ্ছে "এক দেশ-এক ভাষা" এই মহান আদর্শ প্রচার করতে এসেছেন এরা।
এনারা বলছেন-সংখ্যাগরিষ্ঠ মানুষের ভাষাই বেঁচে থাকার অধিকারী। ১০০ জনের মধ্যে যদি ৫১ জন রাষ্ট্রভাষা ভালবাসে তাহলে বাকি ৪৯ জনের উচিত তাদের নিজের নিজের বর্ণপরিচয় বাথরুম এর টিস্যু হোল্ডারে রেখে দেওয়া।

আঙুল: বাপুজি একটা খুব গুরুত্বপূর্ণ দৃষ্টিকোণ এনেছেন। আচ্ছা কাঠি তুমি ওনাদের জিজ্ঞাসা করো যে ওরা কি সারা দেশে এক ভাষা চালু করার পক্ষে ?

কাঠি: (একজন উদ্যোক্তার সামনে মাইক ধরে) দাদা - আপনারা কি মনে করেন যে সারা দেশে একই ভাষা চালু করা উচিত ?

জনৈক উদ্যোক্তা: ও বাবা ভাষার ব্যাপার। তাহলে ডক্টর গুপ্ত কে ডাকি। ওয়ে ডক্টর – এদিকে আয়।

(ডক্টর গুপ্ত এগিয়ে আসে)

কাঠি: আচ্ছা আপনি কি বি ই কলেজ থেকেই ডাক্তারি পড়েছেন ?

ডক্টর গুপ্ত: আরে না না ...

কাঠি: সরি আমার ই ভুল। PhD করেছেন ?

ডক্টর গুপ্ত: আরে চাপুন তো। আমি হোস্টেলে ফার্স্ট ইয়ারদের টিচার আর কোয়েশ্চেন সেটার ছিলাম, তাই জনতা ভালবেসে ওরকম ডাকে। আপনার দাবিটা দূর থেকে শুনলাম। আলবৎ পুরো দেশে একটাই ভাষা চালু করা উচিত।

কাঠি: তাহলে আপনি মানেন যে পুরো দেশে হিন্দি চালু করা উচিত?

ডক্টর গুপ্ত: যা বাবা হিন্দি কেন হবে? আমাদের ভাষা।

কাঠি: আপনাদের আবার আলাদা ভাষা আছে?

ডক্টর গুপ্ত: সবার সামনে বাঙালি "আমার বাচ্চা হাগু করবে" না বলে " বাবু পটি করবে " কেন বলে?

কারণ ইংরাজি ভাষায় ন্যাপি পরানো আছে।

অথচ, রায়বাহাদুর তিনকড়ি মেমোরিয়াল বিদ্যালয়ে সিক্স থেকে ইংরাজী পড়া লাল্টু বিশ্বাসের ইংরাজী তার পিসির মতোই নিটোল। কি করে সে তাহলে তার ছানার পটি কে ন্যাপিবন্দি করবে?

আমরা অনেকদিন আগেই আমাদের ভাষায় এই সমস্যার সমাধান করে ফেলেছি। কঠিন ইংরাজী বলতে হবে না।

ধরুন বয়ফ্রেন্ড এর দেওয়া আংটি হারিয়ে ফেলেছেন – ন্যাপি পরানো ইংরাজিতে " বাবু আমি না রিং টা মিস-প্লেস করে ফেলেছি " বললেও ওর রাগ কমবে না। কিন্তু আমাদের ভাষায় যখন বলবেন "বাবু আংটিটা না মায়া হয়ে গেছে" তখন বাবুর সত্যি সত্যি মায়া হবে।

বা ধরুন অধস্তন কর্মচারী কে বলতে চান "তুমি এতো অলস কেনো" কিন্তু জানেন যে এই শুনে খেরে গিয়ে কাল কামাই করলে আপনার আপনার মুস্কিল, তখন অলস শব্দের খোঁচা দেওয়া কোন গুলো লেদ এ ছেঁটে বলুন "তুমি এত ল্যাদখোর কেন"। দেখবেন এক গাল হাসি।

এই যে রিপোরটিং করতে গিয়ে সেই একই একঘেয়ে "ভয়ঙ্কর বিশৃঙ্খলা", "চরম বিশৃঙ্খলা", "ভীষন বিশৃঙ্খলা" বলে ঘটনার তারতম্য বোঝান সেগুলো কাটিয়ে দিন । তীব্রতা অনুযায়ী বলুন "ডেল বাওয়াল, "উদুম বাওয়াল", "মেগা বাওয়াল" । মিষ্টি-স্লিক এই রিপোর্টিংয়ের পর আপনার চ্যানেলের টি আর পি কোথায় যায় দেখুন।

কাঠি: কিন্তু এইরকম একটা নতুন ভাষা ......

ডক্টর গুপ্ত: নতুন ভাষা? কি বলছেন? ১০০ বছর আগেথেকে এই ভাষার ভিত তৈরি হয়েছে। রামায়ণ, মহাভারত সব এই ভাষায় অনুবাদ করা হয়েছে। দুঃশাসন যে রামদেবের বহু আগেই হাওড়া ব্রিজে যোগ সাধনা করে গেছিলেন তা তো আমরাই প্রথম জানালাম।

দাঁড়ান আপনাকে একটা ভাল শ্লোক শোনাই -

" ধরায় বিখ্যাত ছিল দধীচির ত্যাগ ....

(পরের লাইন শেষ করার আগেই অনেকে মিলে মুখ চেপে ধরে ডক্টরকে নিয়ে চলে
গেল)

কাঠি: আঙুল দা আমার কিন্তু সব গুলিয়ে যাচ্ছে। এদের রাজনৈতিক বা সাংস্কৃতিক পরিচয় ক্রমশ জটিল হচ্ছে। কোন চেনা ছকে মিলছে না।

আঙ্গুল: সত্যি আমিও ঠিক ধরতে পারছি না। মাথাটা একটু ঠিক করার জন্য নিচ্ছি একটা ব্রেক –

টিং- টং (বিজ্ঞাপন)

আমার নাম অবিরাম ভাটিয়া
এবারের অক্লান্ত ভাট বিশ্বকাপে আমি ফার্স্ট হয়েছি।
আমার এই সাফল্যের পেছনে IIEST Alumni সংসদ সম্পাদিত ভাটসাগর বইটির অবদান অনস্বীকার্য

(গান)

কিচ্ছু চাইনি আমি আজীবন ভাট মারা ছাড়া
আমিও তাদেরি দলে – ডিনারের পর রয়ে যায় যারা
সময়ের ঘষা লেগে – হোস্টেল কলেজেই যায় রয়ে
আমি একা প্রবাসে থাকি – বুড়ো ভাম alumni হয়ে
অফিসে মালিক আর বাড়িতে সাতপাক নেওয়া ফাঁড়া
কিচ্ছু চাইনি আমি আজীবন ভাট মারা ছাড়া।
.....

টিং- টং (বিজ্ঞাপন শেষ)

আঙ্গুল: ফিরে এলাম ব্রেক এর পর। আচ্ছা কমরেড মানলে। বাপুজির লাস্ট দাবিও সত্যি প্রমান হয়নি। আপনি কি ওদের কিছু জিজ্ঞাসা করতে চান যাতে প্রমাণ হয় যে এই লোকগুলো বাপুজির রক্ষনশীল দলের লোক নয় আপনাদের প্রগতিশীল দলের লোক ?

আরেভাই মানলে: আমি এতক্ষণ ধরে সব শুনলাম। আমি নিশ্চিত এই মানুষগুলো মোটেই রক্ষনশীল সনাতনী নন- মুক্তমনা। ওনাদের এইটা জিজ্ঞাসা করলেই নিশ্চিত হওয়া যাবে।

আঙুল: কাঠি – আশা করি তুমি শুনেছ কমরেড কি বলেছেন ? তুমি কি এই প্রশ্নটা করবে?

কাঠি: (একজনের সামনে মাইক ধরে) এই যে দাদা আপনার নামটা বলবেন ? কমরেড মানলে বলেছেন যে আপনারা মুক্তমনা তাদের দলের লোক – সনাতনী রক্ষণশীল নন। আপনি কি বলবেন ?

জ্যেঠু (যার সামনে মাইক ধরা হয়েছে): আমি অর্ণব কিন্তু ভাল নাম জ্যেঠু।
গোলাপিরা যথারীতি ভুলভাল বলেছে।
অ ...গোলাপি মানে বুঝলেন না ... কম রেড – কম লাল – গোলাপি।

আমাদের ছাত্রাবাসগুলোর নাম -Wolfenden, Richardson, Macdonalds, সেন আর সেনগুপ্ত, অর্থাৎ ইংরেজ ঠিক আছে কিন্তু সেখান থেকে সটান হিন্দু বদ্যি। ইলতুৎমিস, বাহাদুর শাহ এমন কি আকবর ও নয়। আমরা সনাতনী নয়ত কে?

আমাদের ক্যাম্পাস এর দুটো মাঠের নাম জানেন ? LORDS আর OVAL. আমরা যদি রক্ষনশীল না হই তাহলে Tories are stories ।

(জ্যেঠুর পিঠে চাপড় মেরে অন্য একজন): কি বে জ্যেঠু, ভাবির পুরিয়া খেয়ে বকছিস নাকি ?

শুনুন কাঠি ম্যাডাম - আমরা আমাদের কলেজের fluid mechnics lab এর চৌবাচ্চায় তেলাপিয়া চাষ করতাম, , সাহেব পাড়ায় না থেকে মুচি পাড়ায় থাকার জন্য গর্ব করতাম, বক্সিং রিং এ প্রেম করতাম, নেতাজী ভবনের গ্যালারীতে রাত্তিরবেলা যা করতাম তাতে নিশ্চিতভাবে উনি ওনার বক্তব্য বদলে বলতেন "তোমরা আমার নাম কেটে দাও - আমি তোমাদের ধন্যবাদ দেব।"
এই ডিকন্সট্রাকশন কে যদি সনাতনী রক্ষণশীল বলেন তাহলে দেরিদা আপনাকে তেরি মা তুলে গালি দেবে।

(এই সময় পুলিশ ইন্সপেক্টর এসে জ্যেঠু কে ডেকে ফিস ফিস করে " স্যার – আগে বলবেন তো যে আমাদের এস পি সাহেব শঙ্কর পারুই আপনাদের কলেজের বন্ধু । তবে ভালোই হয়েছে – উনি যে এমন প্রাণ কাড়া গালি দিতে পারেন তা জানা ছিল না। এইবার আপনারা আস্তে আস্তে দৌড়টা শুরু করুন – কিন্তু প্লীজ মিডিয়াকে কিছু বলবেন না ")

কাঠি: আঙুল দা – আমাদের এই প্রশ্নটাও কিন্তু ব্যর্থ হল । এখনো বোঝা গেল না এরা হার্মাদ না জল্লাদ।

আঙুল: একদম ঠিক বলেছ কাঠি। আমি তোমাকে শেষ প্রশ্ন করতে বলব – সিমপ্লি জিজ্ঞেস করো – আপনারা টলারেন্ট না ইনটলারেন্ট ?

কাঠি: জ্যেঠু-দা আমার লাস্ট প্রশ্ন । আপনারা টলারেন্ট ন ইনটলারেন্ট ?

জ্যেঠু: (এক গাল হেসে) যাক আপনিও "জ্যেঠু-দা" বললেন । একমাত্র আমাদের কাছে এলে আপনি " জ্যেঠু দা / বাবা -দা / মামা-দা / কাকা -দা / মাসি -দি " শুনতে পাবেন । আপনার বয়েস কমবে।

যাই হোক, কাঠি দিদি একটা ছবি কল্পনা করুন। আপনি বিগ বেন দেখতে গিয়ে হঠাৎ একটা ছেলেকে দেখে চেঁচিয়ে উঠলেন "আবে ওই ডগি"। ছেলেটি মুখ ফিরিয়ে একগাল হেসে এগিয়ে এসে আপনাকে জড়িয়ে ধরল। যে নামে কেউ আপনাকে ডাকলে আপনি তার মা -বোন কে ডেকে আনবেন, ছেলেটা সেই নাম গঙ্গা থেকে টেমস বুকে নিয়ে বেড়ায়- সেই নামে ডাকের জন্য অপেক্ষা করে। জঘন্য ডাকনাম -যা সে

কলেজের ফার্স্ট ইয়ারে পেয়েছিল। আমরা যদি টলারেন্ট না হই...

নির্মাল্য (কাঠির কাছে এগিয়ে এসে): হ্যাঁ হ্যাঁ আমরা বিন্দাস, সবার কথা শুনি, রেগে না গিয়ে কাটিয়ে দাও ফরমুলা আপ্লাই করি ...শুধু ইয়ে ...মানে হোস্টেল তুলে কথা না বললেই হল।

কাঠি: সে কি? সামান্য হোস্টেল নিয়ে ...

নির্মাল্য: দেখেছেন, আপনি কিন্তু হোস্টেলকে সামান্য বলছেন। এরপর যদি কলেজ নিয়ে কিছু বলেন – আপনার ওই মাইক, ক্যামেরা, ক্যামেরাম্যান সবকিছু মায়া করে দেব কিন্তু।
(অনেকে মিলে নির্মাল্যকে কাঠি র সামনে থেকে সরিয়ে নিয়ে যায়)

কাঠি: আঙুলদা আপনি নিশ্চয়ই একমত যে সামান্য হোস্টেলকে নিয়ে যারা মারমুখি হয়ে ওঠেন তাদেরকে টলারেন্ট বলা যায় না।

আঙ্গুল: একদম ঠিক কাঠি। তোমায় জানিয়ে রাখি এইমাত্র আমাদের দুই দলের প্রধানই কিন্তু এদের সঙ্গে তাদের সমস্ত রকম যোগাযোগ অস্বীকার করেছেন।

কাঠি: চোখে আঙ্গুল দা-এদিকে হঠাৎ দৌড় শুরু হয়ে গেছে। আমি জানি না কেন পুলিশ তাদের আসল পরিচয় পাওয়ার আগেই পারমিশান দিয়ে দিল।

কেলে নির্মাল্য: (কাঠির মাউথপিস কেড়ে নিয়ে) । এবার আপনাদের আসল কথাটা বলি । আমাদের দৌড় শুরু হয়ে গেছে । ১০ কিমি. পরে যেখানে থামবো সেখানে ১৬৮ বছর ধরে প্রতিবছর কয়েকশো টলারেন্ট - ইনটলারেন্ট, সোশ্যালিস্ট – ডেমক্র্যাট, ল্যাটা - ডান হাতি, পড়তে আসে। পাস করে বেরোনোর সময়, টলারেন্ট এর জামা থেকে যায় ইনটলারেন্ট এর কাছে, সোশ্যালিস্ট সিনিয়রের বইগুলোর উত্তরাধিকারী হয় ডেমোক্র্যাট-জুনিয়র আর ল্যাটা ডানহাতে চোখ মোছে। আBE দৌড়ে যা - ঠিক জায়গা তে পৌঁছবেন ।

সেইসব দিনরাত্রি

বিশ্বজিৎ ঠাকুর

তুমি ছাড়া শূণ্য লাগে

তুই ফেলে এসেছিস কা'রে মন, মন রে আমার! এই যে শান্তোচ্ছল স্রোতস্বিনী নির্মোহে বয়ে যায় যুগ থেকে যুগান্তে...দুই শহরের ঠিক মাঝখানে কোন অলঙ্ঘ্য ব্যবধান রচনা করেছে সে গভীর রাতের এই নির্ঘুম মস্তিষ্কের আরক্ত চোখের সামনে! কেন মনে পড়ে কাকভোরে ট্যুশন পড়তে বেরনো! কেন মনে পড়ে তড়িঘড়ি ফিরে কোনোমতে নাকে মুখে দুটো গুঁজে কলেজের প্রথম ক্লাসের জন্য দৌড়নো, আর্টস আর সায়েন্সের একসাথে ইংরেজি ক্লাস, কী এমন মোহ সেই যৌথ অধ্যয়নের! কী এমন টান সেই লাইব্রেরী সংলগ্ন রিডিংরুমে একটানা বসে সস্তার ফুলস্ক্যাপ এ নোট বানানোর! আহা সেই বিস্‌তৃত মাঠ ছোট্ট কাকচক্ষু পুষ্করিণীটিকে পাশে রেখে, আহা সেই মাঠমধ্যের শাখাপ্রশাখার অনন্ত বিস্তারে দ্বিপ্রাহরিক সূর্যের আলোছায় পাতায় পাতায় ঝিকিয়ে বিশ্রামরত বোধিবৃক্ষের ছায়ায় দুটি শস্তার সুখটান, আহা সেই অনন্ত রুমালচোর খেলা ফেলে রেখে বিকেলের পদার্থবিদ্যার গতিসূত্র, আহা সেই সদ্যতরুণীর হলদে বাটিকপ্রিন্ট কামিজের একঝলক দেখার প্রত্যাশায় বুকের মধ্যে কুলছাপানো ঝর্ণার কলকল!

কলেজ শেষের গোধূলিরোদ গায়েমেখে জনাকুড়ির একসাথে সেই বাড়িফেরা, ঘাসে ঢাকা ট্রামলাইন ধরে হাঁটতে হাঁটতে হাঁটতে, কেন মনে পড়ে! কেন মনে পড়ে, বাড়ি ফিরেই সেই সান্ধ্য শহরতলীর অলি থেকে গলিতে বন্ধুবান্ধবদের সাথে নিশ্চিন্ত উদ্দেশ্যবিহীন দৈনন্দিন সাইকেলভ্রমণ! আহা সেই রোববার সকালের আঁকার ইস্কুলের স্টীললাইফ, আহা সেই বম্মা'র দেওয়া ছোট্ট টেপরেকর্ডারে

কিশোরকুমারের 'এই যে নদী' চালিয়ে স্থানাংক জ্যামিতির সূত্র বোঝার ফাঁকে ফাঁকে দুই বন্ধুর কাছেই গুরুত্বপূর্ণতর হয়ে ওঠা - পড়ার টেবিলে 'কেন বলে না'র ঠেকা'র ইমপেক্কেবল টাইমিং, আহা সেই লোডশেডিং এর আশীর্বাদধণ্য কোজাগরী রাতের আকুল জ্যোৎস্না গায়ে মেখে একের পর এক বন্ধুদের বাড়িতে গোবিন্দভোগ চালের ভোগের খিচুড়ি আর বাঁধাকপির তরকারির রসনাতৃপ্তি, আহা সেই শীতের বিকেলের ব্যাডমিন্টন কোর্ট পাড়ার এককোণে অবহেলায় মুখ লুকিয়ে থাকা একচিলতে জমিতে, আহা সেই 'কখনো যেন না থামে' টুর্নামেন্টের পাশ দিয়ে চলে যাওয়া খোয়া ওঠা গলিরাস্তায় সদ্যতরুণীগুচ্ছের আপাত উদাসীন উন্নাসিক শুধু যাওয়া আসা আর স্রোতে ভাসা, আহা সেই লিটল ম্যাগাজিন এ প্রথম কবিতা ছাপা, আহা সেই প্রান্ত হায়ার-সেকেন্ডারি, ক্ষান্ত জয়েন্ট-এন্ট্রান্স, শান্ত দুপুরব্যাপী কোনোদিন মঞ্চস্থ না হওয়া নাটকের আবেগী রিহার্সাল, আহা সেই বাড়ির টিনের চালে অবিরাম বৃষ্টিশব্দে ভরে ওঠা নিশিথের অনিদ্রা!

কে রচিল ব্যবধান! কোথায় ছিন্ন হলো সূতো! কেন এই নিবিড় শ্যামলাবৃত শতাব্দীপ্রাচীন ক্যাম্পাসে এত স্তব্ধ একলা লাগে আমার! কেন ইচ্ছে করে না ক্লাসে যেতে! কেন ইচ্ছে করেনা সলিড মেকানিক্স এর বই নিয়ে বসতে! কেন এত প্রিয় ড্রয়িং বোর্ড - ড্রাফটার ছুঁড়ে ফেলে দিতে ইচ্ছে করে! ইতনা সন্নাটা কিঁউ ভাই!

ফিরবো বললে ফেরা যায় না কি

ফিরে যাবো। পোষাচ্ছে না আমার। পোষাবে না আমার এখানে। এই একের পর এক উর্দিধারী রোবটের মত ঝিমিয়ে থাকা হোস্টেলবাড়ির নির্বান্ধব সারি অসহ। এই প্রতি সোমবারের সাতসকালের ঠাকুরপুকুর মিনি – পিটিএস – সি৬ – কুয়াশা ঢেকে থাকা বিদ্যাসাগর সেতু – লেভেলক্রসিং আটকে ঝিমিয়ে চলতেই থাকা অনন্ত মালগাড়ির কামরা অসহ। এই আটটা-চারটের জোয়াল অসহ। এই বৈচিত্রহীন

দিন অসহ। এই হা-ক্লান্ত বিকেলের বিষন্ন রোদ্দুর কী মায়া আলোকে ঢেকে রেখেছে নদীর অইপারে প্রিয়তম শহরকে - হোস্টেলের জানলা জুড়ে সেই অপার্থিব ক্যানভাস অসহ। এই অকারণ হুল্লোড়ে মেতে ওঠা অসহ সন্ধে, এই ইনফাইনাইট সিরিজ এর মতো এক নির্ঘুম থেকে আরেক নির্ঘুমে বয়ে চলা অর্থহীন রাতের অসহ সারি, এই বিস্বাদ চায়ের সাথে সস্তার বাটার টোস্টের জঘন্য সঙ্গতে আরও এক অসহ সকালের শুরুয়াত পোষাচ্ছে না আমার। অতএব ফিরলাম আমি।

অতএব ফিরলাম সেইখানে - 'বিকেল যেখানে চৌরাস্তার গলি পেরিয়েই হয় সান্ধ্য শহরতলী'। তবু সেই পুরনো নুক্কড় কাঙ্ক্ষিত শান্তি দিলো না আমাকে, সেই পুরনো চারণ প্রত্যাশামত উদ্বেল করলো না আমায়, সেই পুরনো আড্ডার ঠেক নিরুচ্চারে বলে উঠলো - তুমি আর নেই সে তুমি। আমার আজন্মলালিত নিশ্চিন্ত আশ্রয়ের সুখকল্পনা ফিরিয়ে দিলো আমাকে। প্রাচীন বৃক্ষরাজির ছায়াবিলাসে মগ্ন অতিপ্রিয় সেই প্রান্তর, অজস্র দুপুর-বৈকাল-সন্ধে যেখানে কেটেছে বন্ধুদের সাথে অনন্ত আলাপচারিতায়, কানে কানে বলে গেলো – তফাৎ যাও-সব ঝুট হায়। অতএব ফিরলাম এক গভীর অনুভূতিহীন উদ্বিগ্ন অবসাদের গোলোকধাঁধায়। অতএব ফিরলাম নাইট্রাজিপাম আর নেক্সিটো'র অসহায় নির্ভরতায়, ফিরলাম এক ঘেঁটে যাওয়া মন ও অস্থির মগজে, ফিরলাম বন্ধুহীনতায়, ফিরলাম এক আপাত সীমাহীন বর্ষব্যাপী একাকীত্বে। মাথার মধ্যে জন ডেনভার গাইতেই থাকলেন···

খুব ধীরে পৃথিবীর পরে
ক্লান্তিকর দিন নামে কোনো কোনো দিন
প্রাঞ্জল উচ্ছ্বাস ঘুমের সুরঙ্গে মুখ গোঁজে
সূর্য দেয় না আলো
রোদ্দুর শুধুই পোড়ায়

অতএব সেই পেরিয়ে আসা পিচ্ছিল দেশকাল, যে খুড়োর কলের মতো মায়াবী প্রলোভনে নাকাল করে চলেছে এই জগতসংসার, এই ধূলোমাটিমাখা মরপৃথিবী শুধু একবারই পায় যা'কে, তা'কে অতিক্রম করে ফেরা হলো না আমার। অতএব আবারও ফিরে গেলাম আমি।

হয়তো পেলেও পেতে পারি কোনো সঙ্গী

বন্ধু চল। শুধু এই ডাকটুকুর প্রত্যাশায় এতটা অধীর উন্মুখ বসে ছিলো আমার অস্তিত্ব বুঝিনি আমি। লাঞ্চ-ব্রেকের আগের শেষ ক্লাস যখন বিরক্তির শেষ সীমায় পোঁছনোর ঠিক আগে জিভ বার করে কুকুরের মতো শ্বাস নেয়, ঠিক তখনই ক্লাসের শেষ সারি বরাবর বয়ে গেল নিঃশব্দ হিল্লোল - বন্ধু চল! বন্ধু চল!

কোথায়! সেই যেখানে মাঝরাতের ফাঁকা টাটা প্যাসেঞ্জার ছুটে যায় কু ঝিকঝিক। সেই যেখানে গ্রীষ্মের ভোরবেলাতেও কুয়াশামেখে অপেক্ষা করে 'চায়গ্রম' এগিয়ে দেয় শান্ত মফস্বলি ইস্টেশন। সেই যেখানে মাঠ পেরিয়ে দাঁড়িয়ে থাকে এক ভাঙাচোরা জগদ্দল ট্রেকার যার ছাদ অবধি লোকভর্তি না হলে একপাও এগোবে না বলে ধনুর্ভাঙা পণ করেছে সে। সেই যেখানে অনন্ত প্রান্তরের মাঝখানটিতে আমাদের পঞ্চপান্ডব কে বেলাবেলি নামিয়ে দিয়ে ধূলো উড়িয়ে চলেও যায় সেই কপিদ্ধজ। সেই যেখানে শুধু আমাদের আশ্রয় আর দুটি ডাল, ভাত, আলুভাজার পরিতৃপ্তি দেওয়ার জন্যেই মুর্গির ঠ্যাঙের ওপর হেলান দিয়ে রয়ে যায় ডাইনি বাবা-ইয়াগা'র কুটিরের মতো পাতায় চাল ছাওয়া এক মুদির দোকান, না কি ভাতের হোটেল। সেই যেখানে দুপুরের রোদটুকু কোনোমতে সইয়ে নিয়ে বিকেল বিকেল হাঁটতে শুরু করি আমরা, তীব্র নীল আকাশের প্রেক্ষিতে ছোটো ছোটো পাহাড়ের সারিকে সাথে নিয়ে, দুপাশের শাল মহুয়ার বন দেখতে দেখতে, আহা যেন পিকচার পোস্টকার্ড! সেই যেখানে উপলখণ্ড বিস্তৃত একের পর এক শীর্ণ জলধারা, বড়জোর গোড়ালি ডুবিয়ে

পেরিয়ে যাই আর হাঁটতেই থাকি আর হাঁটতেই থাকি আর ভাবি রাস্তা হারিয়ে ফেললাম না কি, যতক্ষণ না শ্যামল পাহাড়ের গায়ে হেলান দিয়ে আমাদের স্বাগত জানায় এক ছোট্ট গ্রাম, তার গুটিকয় মেটে বাড়ি আর অমৃতস্বাদ জলের এক ইঁদারা আর পাকানো গোঁফের ফাঁকে সদাহাস্যমুখ মোড়লকে নিয়ে। সেই যেখানে ঠাণ্ডা জলে চান করি আমরা আর শরীর জুড়িয়ে যায় আমাদের। সেই যেখানে ইতিমধ্যেই সন্ধ্যা নেমে গেছে ঝুপ করে, শনশন বয়ে চলা হাওয়া গায়ে মেখে আমরাও তরল আর ঈষৎ তূরীয়। সেই যেখানে তারপরে কখন নেমে এলো অপার্থিব রাত আর আমরাও জেগে রইলাম ঘুমের তোয়াক্কা না করেই।

এখন গভীর রাত এখন অরণ্য নিঝঝুম
এখন সুপ্রাচীন পাহাড়ের চোখ জুড়ে ঘুম শুধু ঘুম
বোবা চাঁদ খণ্ডমাত্র হয়ে
নিতান্ত ন্যাড়া এক ভৌতিক গাছের
আড়াল আবডাল থেকে উঁকিঝুঁকি দেয়
দূরে পাহাড়ের গাঁয়ে
সাঁওতালী মাদলের আদিম আওয়াজ
ক্রমশঃ স্তিমিত হয়ে আসে
সমস্ত আকাশ জুড়ে গম্ভীর তারারা
অসীমের মগ্নতায় ভাসে
বাতাস নিঃশ্বাস ফেলে
রোমাঞ্চিত জেগে থাকা আমার কপালে

বন্ধু চল! শুধু এই ডাকটুকু বরাবরের মতো পালটে দিয়ে গেলো আমাকে।

ভালো লাগে স্বপ্নের মায়াজাল বুনতে

ঐ যে দূরে একসারি কারখানার চিমনির পাশটি ঘেঁষে আকাশ আর জলকে কমলা লালের হরেক মিশ্রণে রাঙিয়ে সূর্য বিশ্রামে গেলেন, বি-গার্ডেন এর পাশের ঘাটটিতে বসে এই দৃশ্যের সুস্বাদ এখন আমাদের নিত্য-নৈমিত্তিক। দুপুর বিকেলের ল্যাব ক্লাস কোনোমতে শেষ করেই হোস্টেল থেকে ভোকাট্টা। আমরা এখন এই নদীর পাশেই বসে থাকবো যতঃক্ষণ না রাত্রি গভীর তমসাময়ী। অথবা হৈ হৈ করে সিটিসি'র বাস ধরে এসপ্লানেড - নিউ এম্পায়ার, লাইট হাউস, গ্লোব। অথবা সোওজা কলেজস্ট্রীট কফি হাউস, বা প্রতাপ চাটুজ্জে লেন এ বন্ধুর মেসের চারতলার ঘর। রাত গেলে হোস্টেলে ফিরবো - বা ফিরবো না। যদি না ফিরি, তবে সেই প্রবাদের রাস্তার এপ্রান্ত থেকে ওপ্রান্ত হন্টন আর নরক গুলজার। যদি ফিরি তবে তলানিতে পড়ে থাকা দুহাতা ডাল, ঘ্যাঁটের তরকারি আর কড়কড়ে শুকনো ভাত, তাই ই সই, সাপটে খেয়ে কোনো না কোনো, কারো না কারো, ঘরের ঠিকানায় আড্ডার শুরু। রাত বারোটা, রাত্রি তখন সদ্যোজাত, রাত্রি তখন জায়মান, রাত্রি তখন সবে এই ঘোর কলিকালের নিষ্পাপ সন্ধ্যে। সেই

ধুঁন্ধলা আবহে তখন এই মহাবিশ্বের মহাকাশের মহাকালোর সমস্ত সম্ভাব্য বা অসম্ভাব্য আলোচ্য এসে আড়মোড়া ভেঙে যাচ্ছে। রাত্রি একটায় কমনরুমের এক লওতা টিটি বোর্ড এ বেজে উঠছে পিংপং বলের টকাটক। রাত্রি মোটে দুটো, এবার তো বেড়নোই যায় ক্যাম্পাসের প্রাত্যহিক নৈশভ্রমণে, ফিরবো কখন জানা নেই...

তোমাকে চেনেনা কেউ কাউকে চেনোনা তুমি সেই তো ভালো

এই যে বসে আছি কতিপয়, চৌমাথার অতি পরিচিত মোড়ে, রাস্তার ধারে নীচু রেলিঙের ওপর যে যার নিজের মধ্যে ডুব দিয়ে, আর এখনো হাওয়া বইছে শনশন। জোর বৃষ্টি হয়ে গেছে কিছুক্ষণ আগেই সাথে ঝড়। ইতস্তত ছড়িয়ে রয়েছে কিছু টুকরো টাকরা ডালপালা। আমাদের প্রাত্যহিক নৈশভ্রমণ তবু অব্যহত - ছেদ পড়েনি সেই রাত্রিচারণে। রাত্রি ভালোবাসি আমরা, এই নিশাচর যূথবদ্ধতা ব্যাখ্যার অতীত তৃপ্তি দেয় আমাদের কজন কে। বিস্তৃত ক্যাম্পাসের এ প্রান্ত থেকে ঐ প্রান্তে নিঃশব্দে হাঁটতে থাকি আর হাঁটতেই থাকি আর চারপাশের প্রাচীন বৃক্ষরাজি আন্দোলিত হয় অব্যক্ত মুখরতায়। হলদে ল্যাম্পপোস্টের আলোয় শতাব্দীপ্রাচীন বাড়িগুলোর ছায়া দীর্ঘ থেকে দীর্ঘতর হয় আর সেই আধো তমিস্রাকে সাক্ষী রেখে যেন কাল থেকে কালান্তে হেঁটে চলি আমরা এক অবিচ্ছিন্ন দ্যেজাভ্যু সুলভ অভিজ্ঞতার নিশিডাকে সাড়া দিয়ে।

আজ, এই রাত্রিতে, কিছুক্ষণ আগেও যে ছিলো বরিষণমুখরিত এবং এই মুহূর্তে শনশন হাওয়ার প্লাবনে কম্পমান, এই চৌরাহায় বসে ঝিম হয়ে আমি ভাবছি তোমারই কথা। এই যে ভাবছি আর ভেবেই চলেছি যেন কতকাল, এও এক অনন্ত দ্যেজাভ্যু। চারপাশে যেসব সুহৃদেরা যে যার নিজের মধ্যে বুঁদ, আমার দিকে তাকালেই তারা দেখতে পেতো আমি ভাবছি তোমারই কথা, আর আমার ঠোঁটের কোণ ঘেঁষে ফুটে উঠছে একচিলতে হাসি। একটাই সিগারেট ঠোঁট থেকে ঠোঁট এ ঘুরে বেড়াচ্ছে আর আমরা সবাইই হয়তো একমনে

ভেবে চলেছি তোমাদেরই কথা। ভাবতে ভালো লাগছে। ভাবছি, আর ঝুলকালি মাখা পুরনো হোস্টেলঘর আমাদের হয়ে উঠছে আলোকময় প্রাসাদ। ভাবছি, আর বিচিত্র বারমুডা-টীশার্ট, তেলচিটে চাদরমোড়া বিছানা-বালিশ, স্যাঁতসেঁতে গামছা শোভিত অবান্তর দৈনন্দিন আমাদের হয়ে উঠছে অর্থময়। ভাবছি, আর বাঁকানো সিঁড়ির পথে আমাদের জীবনে নেমে আসছে এক অপার্থিব চাঁদের আলো। ভাবছি, আর মনে হচ্ছে আজ রাতে আর হোস্টেলে ফিরবো না থাক, বরং ঘুমিয়ে পড়ি রাস্তার পাশের ঘাসের আর ঝরাপাতার এই কবিতার মত সিক্ত নরম বিছানায়, আসন্ন ব্যস্ত সকালের অজস্র জনসমাগম কে তোয়াক্কা না করেই।

তোমাকে আমি ঠিক বুঝে উঠতে পারিনি
যেদিন তুমি আমার দিকে তাকালে
সেই রাত্তিরেই উঠলো ঝড় আর কী বৃষ্টি কী বৃষ্টি
যেন পৃথিবী ডুবতে চলেছে
আমি আলো নিভিয়ে দিয়েছিলাম
বিদ্যুতে চিরে যাচ্ছিলো আকাশ
আর আমি দেখছিলাম তোমাকে

এই কি প্রেম! তুমিই কি ঝড় বৃষ্টির দেবী!
আমি তোমাকে ঠিক বুঝে উঠতে পারিনি
যেদিন তুমি মেঘ রঙের ওড়নায় শরীর ঢাকলে
আর ফিরেও তাকালেনা আমার দিকে
সেই রাতেও ঝড় বা বৃষ্টির কিছু কমতি ছিলো না

কখনো রাতপরী নামে চুপিসারে

মোহন রাত্রি যখন এক আকাশ চাঁদের আলোয় ডুব দিয়ে আসর জমালো চরাচর জুড়ে, সেই আসরে সঙ্গতের প্রত্যাশায় যখন স্কেল

মেল্‌লো শহরের বুক চিরে বয়ে যাওয়া ছলাতছল, আর সেই আবহে হারমোনাইজ করতে লর্ডস আর ওভাল ঘিরে নৈশপ্রহরী বৃক্ষরাজির শাখাপ্রশাখা নেচে উঠলো শনশন হাওয়ায় - শতাব্দীপ্রাচীন ক্যাম্পাসের ঘরের পর ঘরে তখন নির্ঘুম পেশাদারিত্বের প্রস্তুতি। টী-স্কোয়্যার আর ড্রাফটার টেবল ল্যাম্পের আলোতেই ঝলসে উঠছে নিখুঁত হাতিয়ারের মতো কবেকার পালিশ উঠে যাওয়া ড্রয়িংবোর্ডের রণক্ষেত্রে - যে জমির মালিকানা আজ আর কারোরই মনে নেই। পাতার পর পাতা ল্যাবশীট ছড়িয়ে রয়েছে এ হোস্টেল থেকে ও হোস্টেলে নিখুঁত সাম্যবাদী বন্টনে - কপিরাইট ইনফ্রিঞ্জমেন্টের তোয়াক্কা না করেই।

কাল সাবমিশন, পরশু ভাইভা'র এই অমোঘ রথচক্রধ্বনীতে সহ্যের শেষ সীমায় পৌঁছে যাওয়া মনের অন্তঃস্থল থেকে যখন উঠে আসতে চায় – ধ্যাত্তেরি আর ধুত্তেরিকা! - ঠিক তখনই ম্যাকডোনাল্ড হলের দোতলার লবির থেকে ভেসে আসে - 'এই তো ভালো ভাবি একা ভুলে থাকা'। ড্রয়িং বোর্ডের ওপর ড্রাফটার থমকে যায়, ল্যাবের কাগজে হার মেনে নেয় রোটোম্যাক পেনের ধাবমানতা, থমকে মুখ ঘুরিয়ে অবাক তাকায় স্টেডলার পেন্সিলের শীস। বেরিয়ে আসি ঘর থেকে আধপোড়া ফ্লেক ঠোঁটে নিয়ে, মন্ত্রমুগ্ধের মত সিঁড়ি বেয়ে উঠি, সেই অলৌকিক আবহকে এতটুকু বিরক্ত না করে আলগোছে বসি ছোট্ট দশ-বারোজনের জটলার ধারটিতে। মনে হয় এরকমই বসে আছি যেন প্রাগৈতিহাসিক কোনো সময় থেকে রাতচরা এক কাফিলার পাশে আশ্রয়হীন ভিখিরি'র মতো। মেকানিকালের কৌশিক গেয়ে যায় - 'বড়ো একা লাগে এই আঁধারে' আর আমাদের মনে হয় সেই সুরপ্লাবনের সামনে চরাচর থেমে গেছে। কোথাও কোনো অতীত নেই, ভবিষ্যৎ নেই, তাড়া নেই, ডেডলাইন নেই, চাহিদা নেই, প্রাপ্তি নেই, শোক নেই...

পাঁচশো মাইলের গানটা

এই মাটিকে আমি চিনি, এই আকাশ আমার অসীম, এই হাওয়া আমার সাথে গল্প করে, এই সকাল আমাকে ঘুমন্ত দেখে, এই চার দেওয়াল আমার নিঃসঙ্গতা ভোলায়, এই রাত্রি আমার পায়ের শব্দে রোমাঞ্চিত। সব পড়ে রইলো, চললাম। বছর চারেকের সংসার। সঞ্চয় বলতে দেওয়ালের ঝুল, মেঝেতে সিগারেট উচ্ছিষ্ট ধুলো, ইতস্ততঃ এলোমেলো ছড়ানো পুরনো ল্যাবশীট, ক্লাসনোটের জেরক্স, অর্থহীন আঁকিবুঁকির কাগজের টুকরো, কয়েকজন মানুষ, সেইসময়গুলো - যারা ওদের চেনে। না...বোঝার মতো কেউ চেপে নেই আমার ঘাড়ে। পড়ে রইলো, চললাম। ফেলে আসা এইসমস্ত ঘর, ছাদ, আকাশ, মাটি, দেওয়াল, দরজা আমি বন্ধ করিনি কোনোদিন। তাই ওরাও আমার হাত টেনে ধরেনি, পা আঁকড়ে ধরেনি পুরনো চটির কংকাল। প্রত্যক্ষে বা অলক্ষ্যে কেউ, কোনো কিছুই, একবারের জন্যেও বলে ওঠেনি - যেতে নাহি দিব। চলে আসার সময় ওদের দিকে ফিরেও তাকাইনি আমি।

আসতে দেরী তুমি করলে যেই

আমার ট্রেন ছেড়ে দিল সেই
তার বাঁশীর সুর শুধু আসবে ভেসে বহুদূর

আরও দূর আরও আরও দূর
তারও দূর তার চেয়েও দূর
সেই বাঁশীর সুর শুধু আসবে ভেসে বহুদূর

এক নয় দুই দুই নয় তিন
তিন নয় চার চার নয় পাঁচ
রইলো পরে ঘর পাঁচশো মাইল দূরে বহুদূর

রইলো পড়ে সব রইলো পড়ে
সময় স্মৃতি মন রইলো পড়ে
রইলো মানুষগুলো পড়ে পাঁচশো মাইল দূরে বহুদূর

নেই একটা বাড়তি জামাও গায়ে দেওয়ার মতো
ফুটো পকেটের হালও নয় বলার মতো
তবু হবে না ফেরা সেই চেনা রাস্তায় বহুদূর

সেই চেনা রাস্তায় চেনাজানা রাস্তায়
আর হবে না ফেরা ফেলে আসা রাস্তায়
সব রইলো পড়ে সেই পথের ধারে বহুদূর

সত্যানন্দ
শঙ্খ কর ভৌমিক

"কোথায় যাবেন?" টিটি শুধালেন।
সাধুবাবা বললেন, "ভবানীমাণ্ডি"।

"টিকিট দেখি?"

আকাশ থেকে পড়ে সাধুবাবা বললেন, "টিকিট? সাধুর?"

টিটি লজ্জিতভাবে বললেন, "সত্যি তো, টিকিট! সাধুর? সামান্য টিকিটের জন্য আপনাকে বিরক্ত করা উচিত হয়নি। আপনি বরং নেমে যান।"

সাধুবাবা বললেন, "নেমে যাব? ট্রেন যে চলছে।"

টিটি বললেন, "সত্যি তো। ট্রেন যে চলছে। এক কাজ করুন, চলন্ত ট্রেন থেকেই লাফিয়ে পড়ুন। নাহ, থাক। ট্রেন থামলেই লাফাবেন বরং। পরের স্টেশনে। আচ্ছা, না লাফালেও চলবে। ধীরেসুস্থে হেঁটেই নামবেন না হয়।"

সাধুবাবা বললেন "সন্ন্যাসীর উপকার করলে ভগবান আপনাকে ভাল রাখবেন।"

টিটি বললেন, "সেই লোভেই তো উপকার করছি। আপনাকে শ্রীঘরে পাঠানোর ব্যবস্থা করছি না।"

সাধুবাবাকে দেখে মনে হয় আমার বয়সী। তবে কিনা জটাজূট আর গোঁফদাড়ির দৌলতে সাধুসন্ন্যাসীদের সর্বদাই প্রকৃত বয়সের চেয়ে বয়স্ক দেখায়। বাবাজীর পরিধানে বেঁটে আলখাল্লা- গেরুয়া নয় কালো, তাপ্পিমারা। সারাগায়ে হালকা করে ছাই মাখা আছে বলে মনে হয়। কাঁধে ঢাউস ঝোলা আছে।

অনেকক্ষণ ধরে সাধুবাবার সঙ্গে আলাপ করার ইচ্ছে জাগছিল। ধর্মীয় কারণে নয়। এমনকি বাবাজিকে দেখে নিজের সমবয়স্ক মনে হচ্ছিল বলেও নয়। এহেন ইচ্ছার কারণ সাধুবাবার হাতে ধরা বইখানা, যেটা উনি টিটি উদয় হবার আগে পর্যন্ত মন দিয়ে পড়ছিলেন। থার্মোডিনামিক্স সংক্রান্ত বই। সাধুসন্ন্যাসী গোছের লোকের হাতে

বেদ-পূরাণ-গীতা-ঊপনিষদ মানিয়ে যায়, কিন্তু থার্মোডিনামিক্সের বই কিঞ্চিৎ বেমানান নয় কি?

কৌতূহল তখন থেকেই হচ্ছিল, কিন্তু কথোপকথন চালু করার ব্যাপারে তেমন দক্ষতা নেই। এবারে একটা অজুহাত পেলাম।

ভয়ে ভয়ে টিটিকে বললাম, "আচ্ছা, কিছু পয়সা খরচ করলে সাধুবাবার ভবানীমন্ডি পৌঁছনোর ব্যবস্তা করা যায় না?" (বলার সময় বুকটা দুরুদুরু করছিল, কারণ সঙ্গে টাকাপয়সা যা আছে তা আক্ষরিক অর্থেই গোনাগুন্তি।)

টিটি সন্দিগ্ধ দৃষ্টিতে তাকিয়ে বললেন, "পয়সা খরচ? কে করবেন? আপনি? আর আপনার অত পীরিতই বা কিসের? উনি সাধু মানুষ, ভবানীমন্ডি যান আর টিম্বাকটু যান, তাতে ওনার কী যায় আসে? আপনারই বা কী যায় আসে?"

আর বেশ খাপ্পা স্বরে সাধুকে বললেন, " বেশ, আপনার যেখানে ইচ্ছা সেখানে নামুন। আমাকে জ্বালাবেন না আর।"

অবাক কান্ড, সাধু টিটিকে কখনোই জ্বালান নি, বরং টিটিসাহেবই সাধুবাবাকে অস্বস্তিতে ফেলেছিলেন এতক্ষণ। টিটি গজগজ করতে করতে প্রস্থান করলেন। সাধুবাবা আমার দিকে তাকিয়ে একটা বন্ধুত্বপূর্ণ হাসি দিলেন।

আলাপ পরিচয় করার সুবর্ণ সুযোগ পেয়ে শুধালাম, "বাবাজি, আপনার নাম জানতে পারি?"

"সত্যানন্দ।"
"যদি কিছু মনে না করেন, আপনি কি একজন ইঞ্জিনিয়ার?"
"ইঞ্জিনিয়ার আবার কোথায় পেলেন? দেখছেন তো সাধু।"

"মানে, বলতে চাইছি, সাধু হবার আগে ইঞ্জিনিয়ার ছিলেন?"

"বলতে নেই। ওসব বলতে নেই। জিজ্ঞাসাও করতে নেই। আপনি ইঞ্জিনিয়ার, সেটা অবশ্য আপনার কথা শুনেই বোঝা যাচ্ছে। কোথা থেকে? শিবপুর নাকি? গন্ধ তো সেরকমই বলছে।"

মরিয়া হয়ে বলি, "ইঞ্জিনিয়ারের গায়ে গন্ধ থাকে নাকি? সাধুবাবা, আপনার সম্পর্কে জানতে খুব ইচ্ছা করছে। আমরা কি পরস্পরের সঙ্গে যোগাযোগ বজায় রাখতে পারি?"

"সম্ভবত পারেন না। আমরা ফকির মানুষ। আমাদের না থাকে ঠিকানা, না ফোন নম্বর। কয়েক বছরের মধ্যেই আমরা এই বিশাল দেশের জন অরণ্যে পরস্পরকে হারিয়ে ফেলব। তবে, আমার একটা ইমেল আইডি আছে। আপনি চাইলে আমাকে ইমেল করতে পারেন। সম্ভব হলে অবশ্যই উত্তর দেব।"

অবাক হয়ে বললাম, "সন্ন্যাসীর ইমেল আইডি! ফোন নেই, ঠিকানা নেই। অথচ ইমেল আছে!" (সেটা ১৯৯৮ বা ৯৯ হবে, ইমেল ব্যাপারটা তখন এতটা সার্বজনীন হয়ে ওঠেনি।)

সাধু সত্যানন্দ মিটিমিটি হেসে বললেন, "সেটাই স্বাভাবিক নয় কি? ঠিকানা- নেই। সাধুর পক্ষে ফোন ব্যবহার করা ব্যয়সাপেক্ষ। ইমেলটায় বরং যোগাযোগ রাখা যায়। সুযোগ এবং পয়সাকড়ি থাকলে। সারা দেশে আজ অলিতেগলিতে সাইবারকাফে কিনা।"

ভবানীমন্ডিতে সত্যানন্দ নেমে গেলেন, একটা চিরকুটে নিজের ইমেল আইডি লিখে দিয়ে। ঈশ্বরের কাছে আমার প্রভূত মঙ্গলকামনা করার পর। আমি নামব দু স্টেশন পর, রামগঞ্জমান্ডি।

তারপর আরও বছরপাঁচেক যোগাযোগ ছিল। গোটা সাতেক ইমেলের আদানপ্রদান হয়েছিল। মামুলি ধরণের। "কেমন আছেন?", "ঈশ্বর আপনার মঙ্গল করুন।" গোছের। তারপর কালের নিয়মে ধীরে ধীরে যোগাযোগ স্তিমিত হয়ে গেল।

অনেকদিন পর মনে পড়াতে কাল খুঁজছিলাম। কিছুতেই সত্যানন্দের ইমেল আইডি লেখা চিরকুটটা খুঁজে পেলাম না। পুরনো হটমেইল অ্যাকাউন্টটা বন্ধ করে কবে যে জিমেল ব্যবহার শুরু করেছি, কেনই বা করেছি এখন ঠিক মনে নেই আর।

বিশাল দেশের বিশাল জনসমুদ্রে সাধু সত্যানন্দ আর আমি, পরস্পরকে সত্যিই হারিয়ে ফেলেছি।
 আচ্ছা, উনি কেন "শিবপুর নাকি?" বলেছিলেন? শিবপুরের কি বিশেষ কোনো গন্ধ আছে?

ও জোগো বনিতো

শান্তনু দে

"To win without magic, without surprise or beauty, isn't that worse than losing?"
– Eduardo Galeano in "Football in sun and shadow"

জুলাই মাসের শেষ রবিবার। সারাদিন বৃষ্টি হয়ে এখন একটু কমেছে। ট্যাক্সিটা শিবপুরের ঘিঞ্জি, সরু রাস্তা দিয়ে যেতে যেতে একটা বেশ বড় গেট পড়লো বাঁ দিকে। গেটের ডান দিকে লেখা বি ই কলেজ, অন্যদিকে ১৮৫৬ সেন্টেনারি গেট। সেই গেট দিয়ে ঢুকলেই পরিষ্কার পরিচ্ছন্ন রাস্তা, অজস্র গাছপালা নিয়ে অন্য এক আশ্চর্য মায়াবী জগৎ। একটু এগিয়ে ,ডান দিকে ঘুরে সরু রাস্তা দিয়ে আস্তে আস্তে চলছে ট্যাক্সিটা। রাস্তায় একটা কবরখানা পড়লো,পাশে একটা উঁচু সিমেন্টের বেদীর মতো স্ট্রাকচার,

- "বক্সিং রিং নাকি !"

ঘাড় অন্যদিকে ঘোরাতেই বাপ্পার নিশ্বাস বন্ধ হয়ে এলো। একটা বিশাল মাঠ, বৃষ্টিতে ভিজে, তা্র পরে হাল্কা রোদ ওঠায় একদম ঝকঝক করছে। পাশে একটু গ্যালারি মতো করা।মাঠের উল্টো দিকে একটা ব্রিটিশ ঘরানার বিশাল বাড়ি। ইডেন গার্ডেন্স, মোহন বাগান মাঠ, বেহালার ডগলাসের মাঠ... ভালো মাঠ বাপ্পা কম দেখে নি। কিন্তু এই মাঠটা এত সুন্দর, এত সুন্দর যে দেখলেই, মাঠে নেমে পড়তে ইচ্ছে করে। আগের ছ মাস ফুটবল পুরো বন্ধ করে দিয়ে মন দিয়ে পড়াশোনা করলে যে এরকম কলেজে ভর্তি হতে পারবে যেখানে পৃথিবীর সব থেকে সুন্দর ফুটবল মাঠ আছে সেই ব্যাপারে ওর কোনো ধারণা ছিল না। আচ্ছা, নিলু কি লেডিজ হোস্টেলে পৌঁছে গেছে? গেলে নিশ্চয়ই এই মাঠের পাশ দিয়েই গেছে। দেখলে ও নিশ্চয়ই খুব খুশি

হবে। ট্যাক্সিটাকে থামিয়ে, বাপ্পা কাঁটা তারের বেড়ার মধ্যে একটা ছোট ফাঁক দিয়ে মাঠে ঢুকে যায়। একটু দৌড়াদৌড়ি করে। সাদা ধবধবে গোল পোস্টে হাত দিয়ে আদর করে। যাক কলেজটা বাড়ি থেকে একটু দূরে হলেও, এই মাঠের জন্যেই কলেজটাকে ভালোবেসে ফেলা যায়। এখানে হয় তো কাল থেকেই খেলতে পারবে ভেবে মা বাবা, দাদু আর বোনকে ছেড়ে হোস্টেলে থাকার কষ্ট মন থেকে অনেকটাই চলে যায়।

"এই যে ফুটবলটা তোমায় দিলাম ,একে কোনদিন ছেড়ে যেও না।"...বাপ্পার আট বছরের জন্মদিনের দিন সন্ধ্যেবেলা, কাউকে কিছু না বলে দাদু বেহালা ট্রাম ডিপোর পাশের অমিয়দার দোকান থেকে কিনে এনে বাপ্পার হাতে দিয়ে বললেন। বাপ্পা তখন পায়েস খেতে খেতে সদ্য উপহার পাওয়া 'বাক্স রহস্য' প্রায় অর্ধেকটা পড়ে ফেলেছে। সাদা আর কালো চকচকে একটা আসল রক্ত মাংসের জীবন্ত বল। বলটা পেয়ে দিন কয়েক তো ওটার গন্ধ শুঁকেই কেটে গেল। রাত্রে ঘুমানোর সময় বালিশের পাশে নিয়ে ঘুমতো। বাপ্পার দাদু সুবিমলবাবু ফুটবলের

চলমান বিশ্বকোষ··· ফুটবলের ইতিহাস, ভূগোল, বিজ্ঞান, স্ট্র্যাটেজি সব ব্যাপারেই অগাধ জ্ঞান।

সন্ধ্যেবেলা লোড শেডিং হয়ে গেলে, মাঝে মাঝে দাদু ফুটবলের গল্প বলেন... "মিরাকল অফ বার্ন কি ব্যাপার জানিস? ১৯৫৪ সালের বিশ্বকাপের ফাইন্যাল। সুইটজারল্যান্ডের বার্ন শহরে খেলবে হাঙ্গেরি আর পশ্চিম জার্মানি। তখন হাঙ্গেরির দারুন টিম, অলিম্পিক চ্যাম্পিয়ন। বলা হতো মাইটি ম্যাগিয়ার্স। টিমে পঞ্চ পান্ডব পুস্কাস, হিডেকুটি, কসিচ, জিবর আর বজসিচ। সত্তরের দশকে হল্যান্ড যে টোটাল ফুটবল খেলা শুরু করে, তার বীজ পোঁতা ছিল সেই হাঙ্গেরির টিমে। বিশ্বকাপের ঠিক আগে তখনকার অন্যতম শক্তিশালী টিম ইংল্যান্ডকে ৭-১ গোলে হারায়। এমন কি গ্রূপ লীগে জার্মানিকে ৮-৩ গোলে হারাতেও খুব একটা বেগ পেতে হয় নি। ফাইনালে ফার্স্ট হাফের পরে হাঙ্গেরি ২-১ গোলে এগিয়ে। বৃষ্টিতে মাঠ একদম কাদায় ভরা না হলে ওটা ৫-১ ও হতে পারতো। অ্যাডিডাস কোম্পানি তখন স্ক্রু দেওয়া স্টাড আবিষ্কার করেছে, কিন্তু বাজারে ছাড়ে নি। বিরতির সময় অ্যাডিডাসের প্রতিষ্ঠাতা অ্যাডলফ আর জার্মান কোচ মিলে প্লেয়ারদের জুতোর স্টাডগুলো বদলে বড় স্টাড লাগিয়ে দেন। বাকিটা ম্যাজিক। যে জার্মানিকে মাঠে খুঁজে পাওয়া যাচ্ছিল না, তারাই কাদা মাঠে ভালো গ্রিপ করা জুতো পরে হাঙ্গেরিকে একদম নাস্তানাবুদ করে তোলে। শেষ পর্যন্ত ৩-২ গোলে জেতে। সেটা ছিল জার্মানির প্রথম বিশ্বকাপ জয়। ফুটবল মাঠে টেকনোলজির সেই বোধ হয় প্রথম প্রবেশ।"

তবে বাপ্পার সব থেকে প্রিয় গল্প হলো, ফ্যান্টাস্মা বোইনা বা ফ্যান্টম বেরেট সেভেরিনো ভারেলার গল্প। "আমাদের যেমন মোহনবাগান, ইস্টবেঙ্গলের বড় ম্যাচ, আর্জেন্টিনায় সেরকম রিভার প্লেট আর বোকা জুনিয়র্স। ১৯৪২ সালে, উরুগুয়ে থেকে বোকা জুনিয়র্সে খেলতে এলেন সেভেরিনো ভারেলা। খেলার সময় একটা সাদা টুপি (ইংরেজিতে যাকে বেরেট বলে স্প্যানিশে বোইনা) পরে থাকতেন বলে

ওর ডাকনাম হয় বোইনা। যদিও খেলতেন আর্জেন্টিনায়, উনি থাকতেন উরুগুয়েতে নিজের গ্রামে, চাকরিও করতেন সেখানে। তখন আর্জেন্টিনায় লিগ ম্যাচ হতো শুধু রবিবারে। প্রতি রবিবারে নৌকো করে রিও দে লা প্লাতা নদী পেরিয়ে উনি খেলতে আসতেন। খেলা হয়ে গেলে আবার ফিরেও যেতেন।

এরকম কোনো এক ডার্বি ম্যাচ... খেলা প্রায় শেষের দিকে কিন্তু কোন দলই গোল করতে পারে নি। এমন সময় বোকা জুনিয়র্স ফ্রি কিক পেল প্রায় মাঝমাঠ থেকে। কার্লোস সোসা ফ্রি কিক নিলেন, বল সাইড বারের অনেকটা দূর দিয়ে বেরিয়ে যাচ্ছে। কেউ কোত্থাও নেই। হঠাৎ সারা মাঠ অবাক হয়ে দেখলো সেভেরিনো ভারেলা অনেকটা দূর ছুটে এসে এক ডাইভিং হেডে বল গোলের মধ্যে ঢুকিয়ে দিয়েছেন। সেই থেকে ওঁর নাম হয়ে গেল ফ্যান্টাস্মা বোইনা বা ফ্যান্টম বেরেট। বোকা জুনিয়র্স-এর হয়ে তিন বছরে অনেক গোল করেছেন,কিন্তু বছর তিনেক পরে কর্তৃপক্ষ ওকে অফার দিল "তুমি যত ইচ্ছে টাকা নাও, কিন্তু আর্জেন্টিনায় এসে থাকতে হবে।" সেভেরিনো না বলে দিলেন, বললেন "আমি উরুগুয়ে ছেড়ে আসবো না আর ততই টাকা নেবো যতটার জন্য আমি যোগ্য।" "আজকের দিনে এরকম নির্লোভ লোক বিরল।"

রিচার্ডসন হলের তিনতলার ঘর। বাপ্পার ডান পায়ের তলায় দুটো বালিশ দিয়ে উঁচু করে তোলা। ব্যাথায় মুখটা নীল হয়ে আছে। আগের দিন জে-ইউ এর সাথে ম্যাচে অতটা বাড়াবাড়ি নাই করতে পারতো। গত পাঁচ বছরে বি ই কলেজ যাদবপুরকে হারাতে পারে নি। তবে এবার বি ই কলেজের বেশ ভাল টিম। কিন্তু খেলা প্রায় শেষ, আর বি ই কলেজ এক গোলে হারছে। তবে কি এবারও! প্রায় মাঝ মাঠে বি ই কলেজ ফ্রি কিক পেয়েছে। এটাই হয়তো শেষ সুযোগ। বলটার দিকে জে-ইউ এর দুটো ডিফেন্ডার দৌড়ে আসছে... শেষ মুহূর্তে বলটা অনেকটা বাঁক নিয়ে বাইরে চলে যাচ্ছে। বাপ্পা শরীরটা পুরো ছুঁড়ে দিয়ে একটা মরিয়া চেষ্টা করে। মাঠ জুড়ে "গো ও ও ও ল" চিৎকারের মধ্যে বাপ্পা জ্ঞান

হারায়। সকালে ব্যথার ওষুধের ইনজেকশনের প্রভাব একটু কমতে, বাপ্পার ঘুম ভাঙ্গে প্রচন্ড ব্যথার মধ্যে। পাশের লোহার টেবিলে কিছু ওষুধ দেখে ,হাতড়ে হাতড়ে দুটো ওষুধ খায়। টেবিলে কে একটা যেন দুটো বাঁকা চোরা সিগারেট রেখে গেছে। দেখেই বোঝা যাচ্ছে ওতে গাঁজা ভরা আছে। যদিও বাপ্পা এসব খায় না, কিন্তু কোনো শুভানুধ্যায়ী হয়তো ভেবেছে, গাঁজা খেলে ব্যাথা কমবে। সত্যিই কি কমবে। খেয়ে দেখবে নাকি একটা? এই সব ভাবতে ভাবতেই নিলু ঘরে ঢোকে। সঙ্গে আরো দু জন। নিলু ঢুকেই গাঁজা ভরা সিগারেট দুটো জানলা দিয়ে ছুঁড়ে ফেলে দেয়। তারপর বেশ কর্তৃত্ব নিয়ে বলে, "বাপ্পা, এখন ওঠ। তলায় এম্বুলেন্স দাঁড়িয়ে আছে। অরূপের বাবা নামকরা অর্থোপেডিক সার্জন, আমি কাকুর সঙ্গে কথা বলে রেখেছি।"

কম্পিউটারের নিলু আর মাইনিং এর বাপ্পা, কলেজের সবচেয়ে অদ্ভুত কাপল। কে কবে শুনেছে কম্পিটারের মেয়ে মাইনিং এর ছেলের সঙ্গে প্রেম করছে ! শুধু তাই নয়, অন্যরা ডেট করে, লাভার্স লেনে বা একাডেমি-নন্দন চত্তরে। সাড়ে চারটেয় ক্লাস শেষ হলে বাপ্পা সোজা চলে আসে ওভালে। সঙ্গে নিলু। যতক্ষণ না খেলা শেষ হয় ,নিলু ঠায় বসে থাকে। খেলার শেষে যখন বাপ্পারা মাঠে গোল হয়ে বসে আড্ডা দেয়, নিলু তখন, মাইনিং-এর সব থেকে ভালো ছেলে যার হাতের লেখাও একদম মুক্তোর মতো তার থেকে সেদিনের নোটস হাতিয়ে ফটোকপি করিয়ে বাপ্পার জন্য নিয়ে আসে। ফেরার সময়ে বাপ্পার সঙ্গেই হোস্টেলে এসে সাবজেক্ট অনুযায়ী ফাইল করে রেখে তবেই নিজের হোস্টেলে যায়। নিলু বুঝে গেছে শুধু মাইনিং পড়ে কলকাতায় চাকরি পাওয়া যাবে না। তাই সময় পেলেই বাপ্পাকে একটু কোডিং শেখায়।মাঝে মাঝে মাস-কাট হলে অন্যরা সিনেমা দেখতে যায়... নিলু আর বাপ্পা হাওড়া স্টেশন থেকে লোকাল ট্রেন ধরে কোনো না কোনো অচেনা স্টেশনে নেমে যায়। খুঁজতে খুঁজতে পেয়েও যায় কোনো এক ফুটবল মাঠ, সেখানে দশ থেকে ষোলর ছেলেরা ফাটাফুটো বল নিয়ে প্রবল উদ্যমে দৌড়াদৌড়ি করে।

নিলু আর বাপ্পা ঠিক করে রেখেছে ,চাকরি পেয়ে দুজনেই পুরো দমে পয়সা জমাবে। দামি পোশাক, বাইরে খাওয়া দাওয়া, বা এখানে ওখানে বেড়াতে যাওয়া এই সব কিছু বন্ধ। যতদিন না একটা পুরো কোপা আমেরিকা নিজেদের চোখে দেখবে। ম্যাচের ফাঁকে ফাঁকে ঘুরে বেড়াবে ব্রাজিল, আর্জেন্টিনা, উরুগুয়ে, পেরু, চিলির ছোট ছোট শহরে ,গ্রামে। বোঝার চেষ্টা করবে, কোন ইকো সিস্টেমে এত সুন্দর, প্রায় ম্যাজিকের মতো ফুটবল জন্মায়। নিলু তো স্প্যানিশও শিখতে শুরু করেছে। এরপর পর্তুগিজটাও শিখতে হবে।

এম আর আই স্ক্যানের রিপোর্ট নিয়ে ডাক্তারবাবুর মুখ দেখেই বাপ্পা আর নিলু দুজনেই বুঝে যায়,কাল থেকে যা ভয় পাচ্ছিল ঠিক তাই। এ সি এল টিয়ার, সার্জারি করতে হবে। তারপর দুমাস বেড রেস্ট, তারপর নর্মাল হাঁটতে চলতে পারবে, কিন্তু অ্যাকটিভ স্পোর্টস বন্ধ প্রায় এক বছর। নিলুর চোখ দিয়ে বড় বড় ফোঁটায় জল পড়তে থাকে। বাপ্পার মাথায় তখন দাদুর কথাটা ঘুরতে থাকে "ফুটবলকে কোনদিন ছেড়ে যাস না, বাপ্পা।"

বছর দশেক আগে

আর এক জুলাই মাসের বৃষ্টি ভেজা বিকেল। বেহালার এই মধ্যবিত্ত পাড়াটা এখনো দুপুরের ভাত ঘুম পুরোটা কাটিয়ে উঠতে পারে নি। একটা আইসক্রিমওয়ালা, আ-ই-স-কি...রি...ম, আ-ই-স-কি...রি...ম হাঁকতে হাঁকতে অলস পায়ে রাস্তা দিয়ে যায়। খুব জোরে নিঃশ্বাস নিলে হালকা একটা পুজো পুজো গন্ধ পেতে পারো আবার নাও পেতে পারো। বাপ্পা স্কুল থেকে ফিরে ভাত খেয়ে বিছানায় শুয়ে শুয়ে স্পোর্টস ওয়ার্ল্ড এ নাদিয়া কমেনিচির ছবি দেখছে... ছবিতে পিছনের স্কোর বোর্ডে দেখাচ্ছে ১ কিন্তু এটা জিমন্যাস্টিকসের প্রথম পারফেক্ট ১০, ছবির ক্যাপশনের লেখাটা মন দিয়ে পড়ে বাপ্পা। গত বারের আনন্দমেলা পূজাবার্ষিকীতে মতি নন্দীর লেখা অপরাজিত আনন্দ

উপন্যাসটাও আবার পড়ছে। এই নিয়ে সত্তর বার। প্রায় মুখস্ত হয়ে গেছে.... ওয়েস্‌ হল বল করতে আসছেন প্যাভিলিয়ন প্রান্ত থেকে, কঠিন রোগে ভোগা, আনন্দ স্বপ্ন দেখছে··· সে একের পর এক বল বাউন্ডারি পার করে দিচ্ছে, ওয়েস্ট ইন্ডিজ ফিল্ডাররা জলপোকার মত সারা মাঠে ছুটে বেড়াচ্ছে কিন্তু বাউন্ডারি আটকাতে পারছে না··· ওই জায়গাটা।

রাস্তায় টং টং বার দুয়েক শব্দ হয়... বেশি হাওয়া ভরা ফুটবল পিচের রাস্তায় পড়ার শব্দ। পাড়ার দশ থেকে চোদ্দ বছর বয়সী ছেলেগুলোর কানে আওয়াজটা হ্যামলিনের বাঁশিওয়ালার বাঁশির মত মনে হয়। মিনিট পাঁচেক পরে দেখা যায়, ছেঁড়াখোৱা জামা প্যান্ট পরা একটা ছেলে,হাতে ততোধিক ছেঁড়াখোৱা এক ফুটবল.... অন্তত তিন জায়গায় গ্যাটিস মারা··· রাস্তায় ফেললে টং টং শব্দ হচ্ছে। হাওয়াটা একটু বেশি ভরা, লিক থাকলেও যাতে কিছুক্ষণ চলে, পিছনে ওই দশ থেকে চোদ্দর দল।

ওই দলে একটা মেয়েও আছে। নীলাঞ্জনা, কিন্তু সবাই ডাকে নিলু। ছিমছাম, বুদ্ধিদীপ্ত চেহারা। পড়ে ক্লাস সেভেনে। বই আর ফুটবলের

পোকা। প্রাচীন অরণ্য প্রবাদ এই যে, এই বয়সেই নিলু শুধু ওদের পাড়ার সব বাড়িতে যত বই আছে তাই শুধু নয়, পাড়ার ও স্কুলের লাইব্রেরিরও সব বই পড়ে ফেলেছে। প্রখর ব্যক্তিত্ব আর ফুটবলের জ্ঞানের জন্য সব ছেলেই ওকে বেশ সমঝে চলে। ও এই দলের অঘোষিত কোচ কাম ম্যানেজার। ওই নিয়ম শুরু করেছে মাঠে গিয়ে দুম করে খেলা শুরু করা যাবে না। প্রথমে একটু জগিং ও ফ্রি-হ্যান্ড ব্যায়াম করে নিতে হবে। তা ছাড়া নাটমেগ, পানেঙ্কা পেনাল্টি (গোলকিপার ডান দিকে বা বাঁ দিকে ঝাঁপাবে ধরে নিয়ে সোজা মারা), অলিম্পিক গোল (কর্নার কিক থেকে ডাইরেক্ট গোল), ব্যাক ভলি এইসব অন্যদের নিলুই শিখিয়েছে।

আজ নেতাজি সংঘের সাথে ম্যাচ এই পাড়ার। এই পাড়াটা নতুন, মাত্র দশ বারটা ফ্যামিলি থাকে। এদিকে ওদিকে ছড়ানো অনেক নির্মীয়মাণ বাড়ি, মাঝে এক চিলতে সবুজ মাঠ। কয়েকটা ভিত হয়ে প্রায় তিন চার বছর পরে আছে। শ্যাওলা ধরে সবুজ হয়ে আছে। পাড়ার নামগোত্রহীন টীম 'আমরা কজন' সেই এপ্রিল থেকে ম্যাচ খেলা শুরু হয়েছে... একটাও হারে নি। কিন্তু সে তো সব এলেবেলে টিম। নেতাজি সংঘের টিমে, অমিয়দার চার ফুট দশ ইঞ্চির টিমের তিন জন আছে... গড় বয়েস ষোল। শোনা যাচ্ছে খোদ অমিয় হালদার আজ মাঠে থাকবেন, ভাল খেলতে পারলে কে জানে কি হবে... হয়ত অমিয়দার টীমে পরের বছর... সেখান থেকে কলকাতা ময়দানের চতুর্থ ডিভিশন, তারপর বেহালা ইয়ুথ... ইস্টবেঙ্গল... সন্তোষ ট্রফি... মারডেকা, এশিয়ান গেমস... কে জানে হয়ত বিশ্বকাপ। দলের সব কটা ছেলে এই সব স্বপ্ন দেখে...গোল কিপার বাপী মনে মনে গর্ডন ব্যাঙ্কস। গোল পোস্টের এক প্রান্ত থেকে অন্য প্রান্তে উড়ে গিয়ে সেভ করতে পারে... পটা টিমের জর্জ বেস্ট... বল ধরলে তিন চার জনকে না কাটিয়ে বল ছাড়ে না। বাপ্পা টিমের বেকেনবাউয়ার... গোটা মাঠ জুড়ে খেলে আর দুর্দান্ত সাহস। কলকাতার মাঠে সদ্য শ্যাম থাপা ব্যাক ভলিতে গোল করেছেন, মনা মাঠে খেলা দেখে নি, কিন্তু খেলার

আসরে গোলের ছবি দেখে, পাড়ার দেওয়ালে প্র্যাকটিস করে করে তুলে ফেলেছে। সঙ্গে নিলুর কোচিং তো আছেই। আজ যদি শুধু ঠিক হাইটে বক্সের মাথায় একটা বল পায়। টিমের ক্যাপ্টেন বাবলার বয়স মাত্র বারো কিন্তু থ্রু পাস বাড়ায় যেন ফেরেঙ্ক পুসকাস, ফুটবল সেন্স অসাধারণ। রাস্তার মোড়ের সাইকেল সারাই এর দোকানে ফাই-ফরমাস খাটে। দোকানের মালিক হরিদা ফুটবল পাগল। ইস্ট বেঙ্গলের প্রত্যেকটা ম্যাচে সত্তর পয়সার গ্যালারিতে থাকে, সারা দোকান সাজানো পুরনো পত্রিকার থেকে কেটে নেওয়া ফুটবলারদের ছবিতে। তাই বিকেলবেলা এই দু ঘণ্টা বাবলার ছুটি পেতে অসুবিধে হয় না। সকাল থেকে কাজের ফাঁকে ফাঁকে বাবলা বলের যত্ন নেয়… রোদে শুকিয়ে, গ্রিজ লাগিয়ে হাওয়া টাওয়া ভরে দুপুরের মধ্যে সব রেডি।

নেতাজি সঙ্ঘের মাঠে পৌঁছে টিমের সবার মুখ শুকিয়ে গেল। প্রতিপক্ষের সব প্লেয়ার যেন এক এক জন পকেট হারকিউলিস। "এদের সাথে কি করে খেলবো, এরা তো ছুঁলেই হসপিটালে যেতে হবে," কাঁপতে কাঁপতে বলে ওঠে রোগাভোগা পিন্টু। "দূর দূর, এরা একটা টিম ...চেহারায় বড় হলেই ভাল ফুটবল খেলা যায় না, ক্রায়েফ, জর্জ বেস্টদের ছবি দেখিস নি বা আমাদের সুরজিত সেনগুপ্ত"... পেপ টক শুরু করে নিলু, "তবে এদের সাথে পায়ে বেশিক্ষণ বল রাখা যাবে না... আমাদের অনেক পাস খেলতে হবে… মনা, তুই উঠে থাকবি, বাপ্পা ডিফেন্সে… একদম বল ওড়াবি না… ছোট ছোট পাস খেলবি। আর বাকি চার জন, পিন্টু, পটা, বিল্টু আর বাবলা পুরো মাঠ জুড়ে… একদম টোটাল ফুটবল। "গোঁসাই বাগানের ভূতের মত একটা ভূতের সাহায্য পেলে ভাল হত"... পিন্টু বলতে চায় ,কিন্তু নিলুর মুখ দেখে আর কিছু বলতে পারে না…

খেলা শুরু হওয়ার মিনিট পাঁচেকের মধ্যে অবশ্য মনে হয়, গোঁসাই বাগানের ভূত শুধু না, টিমের সবাই বিলির বুট পেলেও হয়তো খুব

একটা লাভ হত না। 'আমরা কজন' দু গোল খেয়ে গেছে... নিলুর সব প্ল্যানই ফ্লপ। ম্যাচের শেষে ১০-০ বা ১২-০ এরকম কিছু রেজাল্ট হবে,বোঝাই যাচ্ছে।

নেতাজি সংঘের হাফ ব্যাকটা বল নিয়ে রাইট উইং ধরে মাথা নিচু করে ছুটে আসছে, খ্যাপা ষাঁড়ের মত, বাপি কোণটা ছোট করার জন্য ডান দিকে একটু মুভ করে গেছে, কিন্তু একি! ছেলেটা অনেক দূর থেকেই ডান পায়ে ,একটা গোলার মত শট নিয়েছে, বলটা বাঁ দিকের পোস্ট দিয়ে গোলে ঢুকছে। নেতাজি সঙেঘর সাপোর্টারদের গো...ওল, গো...ও...ল উচ্ছ্বাস আচমকা থেমে গিয়ে মাঠে পিন-ড্রপ সাইলেন্স আর তারপরই হাততালিতে ভরে উঠল। বাপি ডান পোস্ট থেকে বাঁ পোস্টে উড়ে গিয়ে, বলটা বাঁ হাতের চেটো দিয়ে পোস্টের উপর দিয়ে তুলে দিয়েছে, একদম গর্ডন ব্যাঙ্কসের মতই। গোল পোস্টের পিছন থেকে বাপ্পার দাদু বলে উঠলেন 'গ্রেট সেভ, গ্রেট সেভ'। কিন্তু বাপি আর মাটি থেকে উঠছে না কেন? সবাই ধরাধরি করে মাটি থেকে তুলতে বোঝা গেল, শটের জোরে কবজিটা ঘুরে গেছে, চোখ মুখ যন্ত্রণায় লাল। সুবিমলবাবু মাঠে ঢুকতেই বাপিকে ঘিরে জটলাটা একটু হাল্কা হয়ে গেল, সবাই সসম্ভ্রমে রাস্তা ছেড়ে দিল। কি হয়েছে গর্ডন ব্যাঙ্কস... ও, এই ব্যাপার,বলেই বাপ্পার দাদু নিজের পাঞ্জাবির তলা থেকে ফরফর করে অনেকটা কাপড় ছিঁড়ে নিয়ে হাঁক পাড়লেন... "কে আছিস, রাস্তার মিষ্টির দোকানটা থেকে অনেকটা বরফ নিয়ে আয় তো। আরে সত্তরের বিশ্বকাপে বেকেনবাউয়ার ভাঙ্গা হাত নিয়ে খেলেছিল, তুমিও পারবে ভাই গর্ডন ব্যাঙ্কস।" এই বলে বরফ দিয়ে একটা ব্যান্ডেজ করে, বাকিটা কাপড় দিয়ে একটা স্লিং বানিয়ে হাতটা গলা থেকে ঝুলিয়ে দিলেন... "আর একটা হাত তো রইল" ... "কই গো, রেফারী ভাই, খেলা শুরু করাও" বলে মাঠের বাইরে চলে গেলেন।

তারপর 'আমরা কজন' এর উপর ফুটবলের দেবতা ভর করলো... বাপ্পার পাস থেকে বাবলার রোভার্সের রয়ের মত ব্যানানা শটে গোল আর তার মিনিট পাঁচেক পরে বাপ্পা অনেকটা ওভারল্যাপ তিন জনকে

কাটিয়ে, গোল কিপারকে কাটিয়ে গোল লাইনে দাঁড়িয়ে,কেতা মেরে ব্যাক হিলে গোল করতেই দেখতে পেল মাঠের বাইরে নিলু দু হাত তুলে লাফাচ্ছে।আমরা কজনের গোলের দিকে যে কটা বল এসেছিল তা বাপি কখনো হেড করে, কখনো ডান হাত দিয়ে ফ্লিক করে বাঁচায়।

খেলা ভাঙ্গার আর মিনিট তিনেক বাকি। পিন্টু নেতাজি সঙ্ঘের হাফ লাইনে একটা মিস পাস ধরে, প্রায় দশ গজের মত ফাঁকা স্পেস পায়, স্পেসটা কাভার করতে ওদের একজন ডিফেন্ডার পাগলের মত দৌড়ে আসছে... পিন্টু মুখ তুলে দেখে বক্সে মনা আর বাবলা, আর ওদের তিনটে প্লেয়ার। এক্ষুনি বলটা ছাড়তে হবে ভাবতে ভাবতেই আলতো চিপ করে... যাহ, বলটা মনার পিছন দিয়ে বেরিয়ে যাবে, মনা একটু বেশি ঢুকে গেছে। মনার ব্যাকভলি, নেতাজি সঙ্ঘের গোলের ডান দিকের কোনা দিয়ে নেট ছুঁয়েছে সেটা বুঝতে সবার কয়েক সেকেন্ড সময় লাগে।

বছর দশেক পরে

যে ট্রেনটা সবথেকে আগে ছাড়বে, তার একটা টিকিট দিন, আমি সাত, আটটা স্টেশন যাব। বাপ্পার হাতে এডুয়ারডো গ্যালিয়ানোর 'সকার ইন সান অ্যান্ড শ্যাডো' বইটার দিকে আড় চোখে তাকিয়ে টিকিটবাবু বলেন "আপনি এগারো নম্বর প্ল্যাটফর্মে যান,আর ঠিক গুনেগুনে সাত নম্বর স্টেশনে নামুন"... ভদ্রলোকের হাতে একটা বহু পুরনো স্পোর্টস ম্যাগাজিন…কাভার পেজে জোহান ক্রাইফের ছবি।

নিলু কাল অফিস ট্যুরে,দিন সাতেকের জন্য ব্যাঙ্গালোর গেছে। এই একা থাকার দিনগুলোতে বাপ্পার মুড বেশ খারাপ থাকে। সেই এ সি এল টিয়ারের পরে বাপ্পা আর ফুটবল মাঠে ফিরতে পারেনি। যখন নিলু সঙ্গে থাকে তাও কিছুটা সহ্য করা যায়। কিন্তু না থাকলে,সেই পুরনো দুঃখ,অক্টোপাসের মত নিলুকে গিলে খেতে চায়। "এই যে ফুটবলটা তোমায় দিলাম, একে কোনদিন ছেড়ে যেও না" দাদু বলেছিল। ওর পাড়ার সেই আমরা কজন ক্লাবের এক বাবলা ছাড়া কেউ ফুটবল খেলে সেরকম সাফল্য পায় নি। বাবলা এখন মোহবাগানে খেলে। মনা প্রমোটার কিন্তু সুন্দরবন আর পুরুলিয়ার দিক থেকে চার পাঁচটা প্রমিসিং ছেলেকে নিয়ে এসে কলকাতায় রেখেছে, থাকা, খাওয়া দিয়ে। ছেলেগুলো সেকেন্ড ডিভিশনে খেলে। পটা ইনকাম ট্যাক্সে কাজ করে, কিন্তু তার সাথে কলকাতা ফুটবল লিগের রেফারিংও চালাচ্ছে। ওর ইচ্ছে ভবিষ্যতে পরীক্ষা দিয়ে যদি অন্তত আই এস এল স্ট্যান্ডার্ডে আসতে পারে। নিলু আর ওই পেশাগত কারণে এদিক ওদিক খেলা দেখে বেড়ানো ছাড়া সে রকম কিছু করে উঠতে পারে নি এখনো। আজ দিনটা শুরু হয়েছিল কিন্তু অন্য কাজের দিনের মতই… ভোরবেলা ঘুম থেকে উঠে ইলেকট্রিক কেটলে চা বানিয়ে বাপ্পা বারান্দায় গিয়ে দেখে… একদম মারকাটারি টাইপের সুন্দর নীল আকাশ, ঠিক যেমন পাহাড়ে দেখা যায়, পেঁজা পেঁজা তুলোর মত মেঘ ভেসে বেড়াচ্ছে। বাতাসে একটা হাল্কা পুজো পুজো গন্ধ। উল্টো ফুটের চায়ের দোকানের সামনে, এক ভদ্রলোক ধবধবে দুধসাদা ধুতি-পাঞ্জাবি পরে, এক প্রকাণ্ড বাইকের উপর বসে বসে চা সিগারেট

খাচ্ছেন। শালা, ভাবখানা এমন যেন দুনিয়ায় কোন ডেডলাইন নেই, ক্লায়েণ্ট নেই, মীটিং, অফিস পলিটিক্স, ইএমআই··· কিসসু নেই। দেখে হিংসেয় গা জ্বলে গেল। বাপ্পা তখনই ঠিক করলো,আজ ছুটি। মোবাইলটা বন্ধ করে একটা ড্রয়ারে চালান করে দিয়ে, রাস্তায় বেড়িয়ে পড়লো। উল্টো দিকের ফুটপাতের দোকানে বসে চা আর প্রজাপতি বিস্কুট খেতে খেতে দেখে বাচ্চারা স্কুলে যেতে শুরু করেছে··· ঘুম ঘুম চোখ, দু পায়ে রাশি রাশি অনিচ্ছা, পিঠে দশ মনি ব্যাগ। দু একটাকে বাপ্পা চেনে··· ছুটির দিনগুলোতে ওর কাছে আস্টেরিক্স, টিনটিন বা পুরনো ইন্দ্রজাল কমিক্স নিতে আসে। একটা বাস সামনে এসে গতি কমায়, শিয়ালদা, শিয়ালদা বলে হেল্পার ছেলেটি চেঁচিয়ে ওঠে··· কিছু না ভেবেই দৌড়ে গিয়ে বাসটায় উঠে পড়ে।

বাপ্পা ঠিক গুনে গুনে সাত নম্বর স্টেশনে নামলো। সুনসান স্টেশন প্ল্যাটফর্ম, বাইরেই একটা মান্ধাতার আমলের কারখানার শেড ...চিমনি দিয়ে হাল্কা হাল্কা ধোঁয়া ছাড়ছে। সামনে দিয়ে একটা মেঠো রাস্তা চলে গেছে, রাস্তার ধারে একটা বট গাছ। তার ধার ঘেঁসে একটা চায়ের দোকান। বটগাছের তলায় একটা সিঁদুর মাখা পাথর, ফুল বেলপাতা দিয়ে সাজানো। ঠিক পিছনে একটা ছোট্ট মাঠ, বাঁশের গোলপোষ্ট। ছোট্ট মাঠ কিন্তু যত্নের ছাপ আছে... ঘাস সমান ভাবে কাটা, চুন দিয়ে মারকিং করা। মাঠের ও পাশে ধান খেত··· দূরে গা ঘেঁষাঘেঁষি করে মন্দির আর মসজিদ পেরিয়ে গ্রামের আভাস।
গুটি গুটি পায়ে বটতলায় এসে দেখে, গাছের গায়ে, অপটু হাতে লাল কালিতে লেখা - বাবা ম্যাঞ্চেশ্বরের থান। একটা সিঁদুর মাখানো কালো পাথরে ফুল বেল পাতা চড়ানো, সামনে দু একটা কয়েন। এ আবার কোন দেবতা? তেত্তিরিশ কোটি দেবতার মধ্যে আছেন না নতুন জন্মালেন··· ভাবতে ভাবতে চায়ের দোকানের সামনে যেতেই আবার চমক। দোকানের বাইরে সাইন বোর্ডে লেখা, ম্যাঞ্চেশ্বর ইউনাইটেড টি শপ। শতছিন্ন একটা লাল টি শার্ট পরে এক মধ্যবয়স্ক লোক বসে

আছে। বাপ্পাকে দেখে হেসে বলল "আসেন বাবু আসেন, দোকানের ভিতরে এসে বসেন।" বাঁশের দরমার দোকান... হোগলা পাতার ছাউনি... একটা কেরোসিন স্টোভে চায়ের বন্দোবস্ত, ছোট ছোট কয়েকটা বয়ামে বিস্কুট, বাদামের নাড়ু, সস্তা চানাচুরের প্যাকেট এই সব রাখা আছে। দোকানের সব দেওয়ালে ফুটবলারদের ছবি... পেপার থেকে কাটা। ক্রায়েফ, রুনি, বেস্ট, ক্যান্টোনা, রায়ান গিগস, এমনকি ব্রায়ান রবসন... বাকি অনেক কটা বাপ্পাই চিনতে পারে না। এইবার নামের রহস্য কিছুটা ক্লিয়ার হল।

- "কিন্তু এটা তো ম্যানচেস্টার ইউনাইটেড হবে, ম্যাঞ্চেশ্বর লিখেছেন কেন?"

- "বাবু, ভোম্বলকে তাই বলেছিলাম...কিন্তু এই পাড়াগাঁয়ে কেই বা ওসব জানে বলুন। ভুল করে ম্যাঞ্চেশ্বর লিখে দিল। আমারও মাথায় একটা বুদ্ধি এল, পাথরটাকে সিঁদুর ফুল বেলপাতা দিয়ে বাবা ম্যাঞ্চেশ্বর করে দিলাম। লোকে আসতে যেতে দু এক টাকা দিয়ে যায়,তাতেই আমার প্লেয়ারদের দুধটা, ডিমটা,মাঝে মাঝে চিকেন স্যুপ। মিড ডে মিলের খাওয়ায় কি আর প্লেয়ার হয়, বাবু"

- "বলেন কি, টীমও আছে না কি আপনার! তো ,টিমের নাম কি ... ম্যাঞ্চেশ্বর ইউনাইটেড ?" লাজুক হাসি দেখে বুঝতে পারে অনুমান ঠিক। জিজ্ঞাসা করি ..." আপনি কে ? জোসে মরিনহো?"

- "আমি ফাগুয়া বাবু, ফাগুয়া সেন।"

- "তা কখন আসবে আপনার টিমের গিগস, রুনি, রোনাল্ডোরা।"

- " সব কারখানার লেবারদের ছেলেপুলে বাবু, পাশের গ্রামের কিছু চাষির ছেলে পুলেও আছে। ইস্কুলে গেছে... ছুটি হলে সব এখানেই আসবে।"

কথাবার্তায় যা জানা গেল, ফাগুয়া এই পাশের কারখানাটায় কাজ করতো, অতিরিক্ত ফুটবল প্রেমে চাকরিটি খুইয়েছে। বিয়ে থা করে নি, ফুটবল নিয়েই আছে। প্রভিডেন্ট ফান্ড আর গ্র্যাচুইটির টাকায় এই চায়ের দোকান দিয়েছে আর বাকি টাকা ব্যাঙ্কে রেখে তার ইন্টারেস্টে এই বাচ্চাদের ফুটবল ক্লাব চালায়। কারখানার মেজবাবুও ফুটবল পাগল, উনিও কিছু সাহায্য করেন।

এই সব কথা বার্তার মাঝেই তিন চারটে দশ থেকে চোদ্দ দোকানের মধ্যে হুড়মুড় করে ঢুকে পড়ল আর বয়াম থেকে চানাচুর, বিস্কুট বের করে খেতে শুরু করলো।

- "দাঁড়া, দাঁড়া... এই সব খাস না। তোদের জন্যে আজ চিকেন স্যুপ বানিয়েছি।"

দেখতে দেখতে প্রায় চোদ্দ পনের জনের একটা ছেলের দল, বাবা ম্যাঞ্চেশ্বরের থানের আসেপাশে পাউরুটি আর মাটির খুরিতে স্যুপ খেতে বসে। খেয়ে নিয়ে বাচ্চাগুলো দেখি বট গাছের কোলেই শুয়ে পড়লো।
ফাগুয়া তখন ফুটবলে গ্রীস মাখিয়ে, হাওয়া ভরে দোকানের ঝাঁপ আটকাচ্ছে।

- "সেকি আপনার দোকান?"

- "তিনটের পর দোকান বন্ধ, খুলবে সেই সাতটার পর, সবাই জানে। শুধু একটা কথা ভাবি, এই যে বাচ্চাগুলোকে নিয়ে পড়ে আছি বাবু, এদের মধ্যে কেউ না কেউ নিশ্চয়ই একদিন বড় ক্লাবে খেলবে।

একটু ভাল খাওয়া দাওয়া আর ট্রেইনিং, এরা পারবে বাবু, আমি ঠিক জানি।”

- “মোহন বাগান, ইস্ট বেঙ্গল”

- “ না,বাবু... ম্যানচেস্টার ইউনাইটেড বা বার্সেলোনা”

শুনে একটু থতমত খেয়ে যায় বাপ্পা, পরে সামলে নিয়ে গ্যারিঞ্চা, নেইমার, মেসির প্রথম জীবনের স্ট্রাগলের গল্প বলে। শুনে চোখদুটো উজ্জ্বল হয়ে ওঠে ফাগুয়া সেনের।
একটু পরে খেলা শুরু হয়। প্রথমে ওয়ার্ম আপ, দৌড় আর এক্সারসাইজ। তারপর দল বেধে খেলা। ফাগুয়া ভুল বলে নি, কয়েকটা ছেলের স্কিল লেভেল বেশ ভাল··· ওই যে রোগা পাতলা ছেলেটা, মজিদ বোধ হয় নাম, ল্যাকপ্যাকে চেহারা কিন্তু বডির ভাঁজে দু তিনটে ডিফেন্ডারকে ছিটকে ফেলছে··· বা ওই গোলকিপারটা... অতনু নাম, যা সেভ দু একটা করলো, খোদ অতনু ভটচাজও স্যালুট ঠুকত।

খেলা শেষ। সন্ধ্যে হয় হয়...গ্রামে তখন মসজিদের আজান আর মন্দিরের শঙ্খধ্বনির সিম্ফনি। ফাগুয়া সেনকে আবার আসার কথা দিয়ে স্টেশনের দিকে রওয়ানা দিল বাপ্পা। বুকে এডুয়ারডো গ্যালিয়ানোর বইটা চেপে ধরে। পরের উইকেন্ডেই আবার আসবে নিলু আর আমরা ক’জন ক্লাবের সবাইকে সঙ্গে নিয়ে।

২০৩০, ক্যাম্প ন্যু স্টেডিয়াম, বার্সেলোনা

আজ ভারত বিশ্বকাপের ইতিহাসে প্রথমবার মাঠে নামবে। প্রতিপক্ষ উরুগুয়ে। ভারত এশিয়া-ওশেনিয়া লেগে চ্যাম্পিয়ন হয়ে সারা ফুটবল বিশ্বকে নাড়িয়ে দিয়েছে। শেষ ম্যাচে অস্ট্রেলিয়াকে ৩-০ হারানোর

পরে ভারতকে কেউ আর হাল্কা ভাবে নিচ্ছে না। তবে উরুগুয়ের সঙ্গে সেরকম ভালো ফল কেউ খুব একটা আশা করছে না। নতুন টিমটা কি রকম লড়তে পারে সেটাই দেখার। গ্যালারিতে বাপ্পা, নিলু আর ফাগুয়া সেন ম্যাচ শুরু হওয়ার ঘন্টা দুয়েক আগেই পৌঁছে গেছে। যদিও নিলু আর বাপ্পা ওদের প্ল্যান মতো বছর তিনেক আগে কোপ আমেরিকা দেখে এসেছে। কিন্তু ইউরোপে এই প্রথম বার। ভাবা যায় সামনের যে সবুজ গালিচার মতো মাঠ, এখানে খেলেছেন মেসি, নেইমার, ক্রায়েফ, রোনালডিনহো, ইনিয়েস্তা, সুয়ারেজ… কে নয়? এই ভারতের টিমে ফাগুয়া সেনের সেই ম্যাঞ্চেশ্বর ইউনাইটেড টিমের দু জন খেলছে। মজিদ স্ট্রাইকার আর অতনু গোলকিপার। নিলু আর বাপ্পা পার্সোনাল লোন নিয়ে ফাগুয়া সেনকে নিয়ে আসার ব্যবস্থা করেছে। ওঁকে রাজি করানোটাই সব থেকে কঠিন কাজ ছিল। তবে এখন মাঠ আর পরিবেশ দেখে ওঁর চোখও জ্বলজ্বল করছে। ক্যাম্প ন্যু স্টেডিয়ামের সামনে, পঞ্চাশের দশকের বার্সেলোনার কিংবদন্তি লাজলো কুবালার স্ট্যাচু দেখে ফাগুয়া সেন চিনতে পারে না। নিলু বুঝিয়ে বললে হাত জোড় করে প্রণাম করে। তবে জোহান ক্রায়েফের স্ট্যাচু দেখে চিনতে ভুল হয় না। একদম সাষ্টাঙ্গে প্রণাম।

- 'বাপ্পাবাবু,আজ মজিদ নিশ্চয়ই গোল করবে' তুমি দেখে নিও। আজ অতনুকে কেউ গোল দিতে পারবে না, নিলুদি। "সেই আটের দশকে এ এফ সি কাপে ইরানের সাথে ম্যাচে আর এক অতনুকে গোল দেওয়া যায় নি। আজকেও ঠিক তাই হবে।"

খেলা শুরু হলো, প্রায় দশ হাজার ভারতীয় মাঠে এসেছে। তাদের ইন্ডিয়া ইন্ডিয়া গর্জন বোধ হয় মাদ্রিদ থেকেও শোনা যাচ্ছে। আজ থেকে বছর পাঁচেক আগেও ফাঁকা মাঠে আই এস এল ম্যাচ হয়েছে। ভাবা যায়। তারপর মাঠে যা ঘটলো, সেটাকে বোধ হয় মিরাকল অফ বার্সেলোনা বলা যায়। ভারত উরুগুয়ের সাথে সমানে সমানে লড়ছে। শেষ চার মিনিটের খেলা বাকি, ফল ১-১। দশ মিনিটের মাথায় ভারতই লিড নিয়েছিল। নিজেদের মধ্যে কয়েকটা ছোট পাস খেলে ঠিক পেনাল্টি বক্সের বাইরে থেকে নেওয়া মজিদের শট আটকানোর

ক্ষমতা উরুগুয়ের গোলকিপার ফ্রান্সিস কুপারেজের ছিল না। ফার্স্ট হাফের শেষের দিকে গোল শোধ করে, সেকেন্ড হাফে অবশ্য উরুগুয়ে খেলা অনেকটা ধরে নেয়। তবে উরুগুয়ের মুহুর্মুহু আক্রমণ অতনু আর ভারতের ডিফেন্স কোন এক অতিমানবীয় শক্তিতে একের পর এক প্রতিহত করে। খেলা প্রায় শেষ। ইনজুরি টাইম শুরু হবে বোধ হয়। হাফ লাইনের কাছে, একটু কোণ ঘেঁষে ভারত ফ্রি কিক পেয়েছে। নিচ্ছে হায়দ্রাবাদের ছেলে সি আপ্পা রাও। ভারতের প্রায় পাঁচ জন উরুগুয়ের পেনাল্টি বক্সের কাছাকাছি ঘুরছে। মজিদ একটু দূরে। বলটা অনেকটা উঠে অনেকটা সোয়ার্ভ করে বাইরের দিকে চলে যাচ্ছে। মজিদ বল লক্ষ্য করে ছোটা শুরু করলো। বাপ্পা গ্যালারি থেকে চেঁচায় "কাম অন ফ্যান্টাস্মা মজিদ, কাম অন"। সারা মাঠে তিন চার সেকেন্ডের নিস্তব্ধতা। তারপর ইন্ডিয়া ইন্ডিয়া চিৎকার। মজিদের ফ্লাইং-হেড করা বল উরুগুয়ের নেটে জড়িয়ে গেছে যে।

সে একাই বৃষ্টিতে ভিজেছিলো
দিগন্ত ভট্টাচার্য

সে দিন টা.... ঠিক কেমন ছিল মনে নেই.... তবে ছিল হালকা ইলসে গুঁড়ি বৃষ্টি ....

অনেক অনেক বছর আগের কথা .....

জয়েন্ট এনট্রান্সএর লিস্টে নাম ওঠার পর.... কাউন্সেলিং এর দিন.... কোন কলেজ... কোন ডিপার্টমেন্ট... সেই সব নির্ধারিত হবে....... সব কিছুই ঠিক যেন এক অজানা অচেনা চৌমাথার মোড়ে দাঁড়িয়ে.... কোন দিকে যেতে হবে জানা নেই...... সমুদ্রের মাঝে কম্পাস ছাড়া নাবিকের মতো.... জানি না কিচ্ছু.... কেউ একটা বলে দেবে, কোন রাস্তায় যাবো....বা বলা ভালো যে জীবনের কম্পাস আমাকে কোন ক্যাম্পাসে নিয়ে যাবে..... ঠিক হবে বাকি জীবনের গতিপথ....... চারিদিকে প্রচুর জনতা.... কেউ খুশি .. কেউ টেন্সড .... কেউ একটা অজানা আশঙ্কায়.....এবং ... সবাই অপেক্ষায়... যাদবপুর কলেজের একটা হল এর সামনে... বৃষ্টিতে ভিজছিলাম....

তখনই দেখা... একটা হলুদ কুর্তি তে... Too old for school uniform...., too young to be in sari .... ফাইল টা দু হাত দিয়ে বুকের সামনে ধরা....চোখে একরাশ স্বপ্ন.... সে ও বৃষ্টিতে ভিজছিলো ... ঠিক ভেজা নয়...ঠিক ছাতা খোলা বৃষ্টি ছিল না সেটা.... তাই অল্প অল্প ভেজা.... একটু অপ্রত্যাশিত একটা প্রশ্ন ভেসে এলো ...

- এই শোন ... তোর নাম কি রে ?

কিন্তু তক্ষুনি মাইকের এনাউন্সমেন্ট এ ভেসে এলো আমার নাম টা....
আমার ডাক এসেছে....

শুনেই... কোলাহল , আশংকা , ভয়, বৃষ্টি, প্রশ্ন ... সব ভুলে ছুট ...
কাউন্সেলিং রুম এর ভেতরে.....

... নাম টা বলা হয় নি ....জানাও হয় নি .... যেটা জানা গেল ....
তাহলো.. আমি শিবপুর সিভিল.... ,.... তার সঙ্গে পেলাম অন্য
একরকমের না জানা ভয়... আশঙ্কা... উত্তেজনা... এক আনদেখা...
আনজানা ....জীবনের হাতছানি...

শুরু হলো আমার শিবপুরাণ ......

++++++++++++

Wolf এর ওভাল উইং এর এই ঘর টা বড় সুন্দর....বিশেষ করে বৃষ্টির
সময়....... দারুন লাগে..... বড়ো ভালো করে বৃষ্টি দেখা যায়....আর
দেখা যায় বৃষ্টির সঙ্গে গাছ গুলোর কথোপকথন ...... সব কেমন
মায়াবী মনে হয়.... দূরে ...একপাশে বিদিশা ঝীল.... আর গাছের
ভিড়ের মাঝে .... ওভালের এর ওই পাড় .... মাধুসুদন ভবন ... ডিরু
র কোয়ার্টার... তার মধ্যেই আছে ওই ছোট্ট চ্যাপেল টা.... যেখানে চুপটি
করে হারিয়ে যাওয়া যায়...... প্রেমে পড়া যায়....

ওই চাপেলের ভেতরে ঢোকা তো বারণ.... কিন্তু একটা ছোট গলতা আছে... সেখান দিয়ে ঢুকে ওরা দুজন চুপ চাপ বসে থাকে... হাতে হাত রেখে.....শুধু ওম টা অনুভব করে একে অপরের....

- এই শোন ... ক্লাস করবি তো ?

নিচে থেকে গলার আওয়াজ এলো.. ছাতা নিয়ে LH থেকে কলেজে যাওয়ার পথে, ছোট্ট করে হোস্টেলের এর নিচে এসে ডাক দিচ্ছে....

-বৃষ্টি পড়ছে যে... ল্যাদ লাগছে...

-এই শোন ... আমার কাছে ছাতা আছে. চলে আয়..

ওর "এই শোন " ডাক টা কে কিছুতেই এড়ানো যায় না..... আর ওই হাসি টা কে... ওর হাসি টা ভারি আদুরে .... হাসার সময় গালে হালকা টোল পড়ে.... ঠোঁট দুটো অল্প ফাঁক হয়.... প্রথম দিনে ক্লাসে ঢুকেই নজর পড়েছিল সেই হাসির দিকে...... সঙ্গে ছিল, একটা হলুদ polka dot top আর blue jeans... হাতে একটা Titan Raga......কানে নীল রঙের tear drop দুল......বেশ লাগছিল দেখতে.....

- এই শোন... একটা কথা বল...সেদিন তুই আলাপটা শেষ না করেই পালিয়ে গেছিলি কেন ?

- আজকে সেটা করবো বলে

- তুই কি জানতিস যে আমি বি-কলেজে ভর্তি হবো...

- সেটা অবশ্যই জানতাম না....... তবে মনে প্রানে চেয়েছিলাম যে তুই যেন এই কলেজেই আসিস.... কথাটা বিশ্বাস করতে পারিস, নির্দ্বিধায়....

সেই শুরু হয়েছিল কথা, অনর্গল কথা.... গান, কবিতা, গল্প, নাটক, সিনেমা .... সব .... বকুলতলা, ফার্স্ট লবি, স্মিতি ওয়ার্কশপ..... পাশাপাশি দাঁড়িয়ে গল্প হয়...কখনো আখতার দা কখনও বা তরুণদার দোকানে....

গল্প হয়েছে... অনর্গল ..... দুজনেরই মুক্ত জীবনে .... আরো এক মুঠো দমকা বাতাস ....অগোছালো জীবন কে আরো বেশি করে অগোছালো করে দেয়....

তবে, কেন জানি না... নিজেদের মধ্যে কোন ব্যক্তিগত আলোচনা হয় না...... লাভার্স লেন এখনো রোজকার রুটিনে আসে ....

- উফফ কতক্ষন লাগিয়ে দিলি, এই টুকু নামতে.... তখন থেকে আমি ছাতা নিয়ে দাঁড়িয়ে আছি .... সব্বাই হাঁ করে দেখছে ......

- চ...এই তো এসে গেছি...

নিচে নেমে, একটা ছাতার ভরসায় কলেজের পথে বেরিয়ে গিয়েছিলাম দু'জনে. ..... একই ছাতার তলায় ..... অর্ধেক অর্ধেক ভেজা.....এই ছাতার তলায় কাটানো সময় ভীষণ আপন হয়...... নিজের হয় .... নিজেদের হয় .....একে অন্যের নিশ্বাস টাও অনুভব করা যায় ......

- জানিস তো এখন Fluid এর ক্লাস আছে.. ... এতক্ষণে ক্লাস শুরু হয়ে গেছে নিশ্চই........ এবার ক্লাসের নোট গুলো পাবো কি করে ?

- এই ... চুরি করবি ?

-স্যারের নোট ?

-না ..." সময় "....... চল আমরা একটু সময় চুরি করি...

-মানে ?.... ঠিক বুঝলাম না... কি বলতে চাইছিস....

- তোকে বুঝতে হবে না ……..জীবনের সব কিছু না বুঝলেও চলবে.... থাক না, একান্ত নিজস্ব বলে কিছু আমাদের জীবনে.... যা শুধু আমাদের... তুই এখন চল.....

-আর ক্লাস ?

- ক্লাস থাক... তার মতন... যারা নোট নিচ্ছে... নিক....আমরা পালাই বি গার্ডেন এ... এই বৃষ্টির দিনে ওই আকাশ ছোঁয়া গাছ গুলোর মধ্যে হারিয়ে যাই....

গালে টোল ফেলে বললো

- বলছিস ? কিছু হবে না তো

-যা হবে , দেখা যাবে...

- কিন্তু ছাতা তো মাত্র একটা

- ওটাও কাটিয়ে দে.....তরুণ দার দোকানে রেখে আয়...

বেন্ডিং মোমেন্ট থেকে ডান দিকের বদলে বাঁ দিক নিয়ে …… ফার্স্ট গেট.. …. তারপর একটা ফিরতি ফাঁকা 55 ধরে দুজনে সোজা বি-গার্ডেন গেটে ....

- বৃষ্টি হলে তোকে খুব নিজের নিজের লাগে ... মনে আছে ... প্রথম দেখার দিনেও সঙ্গে ছিল.. বৃষ্টি

-আর কি মনে হয়..

- মনে হয় খুব ভালোবাসি... চুমু খাই .... জড়িয়ে ধরি .... চুপটি করে শোন... দূরে কোথাও ঝিঁ ঝিঁ ডাকছে.... পাতায় বৃষ্টির ফোঁটা গুলো কেমন এক অদ্ভুত সুর সৃষ্টি করছে ..... গাছ , বৃষ্টি আর ঝিঁ ঝিঁ ..... কেমন একটা নেশা নেশা লাগছে ..... আর এই নেশার ঘোরে একটা কথা তোকে বলে দি... তোকে আমি ভীষণ ভীষণ ভালবাসি..... মাইরি বলছি ....জীবনে আমরা কি এক সঙ্গে সাত পা ফেলতে পারি ? একসঙ্গে আমরা হাসবো.... কাঁদবো.... ক্ষত বিক্ষত ঝগড়া করবো.... তারপর মাঝরাতে আবার আচমকা সব ঝগড়া মিটিয়ে ভাব করে নেব... রাজি আছিস ?

শুনে খিল খিল করে হেসে, গালে টোল ফেলে ছিল .... বৃষ্টির ফোঁটা সারা শরীর ভিজিয়ে দিচ্ছিল....

-আমি কিন্তু সত্যি বলছি... And I am serious.....

- এই শোন..... সেই প্রথম দিন, নাম জিজ্ঞেস করতেই পালিয়ে ছিলি.... আলাপ টা শেষ না করেই ... আর আজ ও তোর প্রস্তাব দেওয়ার পদ্ধতিতে ভুল আছে..... তুই আর পাল্টালি না ...... গোলাপ নেই .... চকোলেট নেই... নিদেন একটা heart sign দেওয়া proposal greeting card ও নেই.... আমি কিভাবে বোঝাবো যে প্রোপোজাল অ্যাকসেপ্ট করেছি?

-যদি রাজি থাকিস তবে কাল কে একটা হলুদ টিপ পরে আসিস... আমি বুঝে নেব...

-কালকে ? সে তো অনেক দেরি ……. দাঁড়া...

এই বলে, তক্ষুনি ব্যাগ থেকে একটা টিপ এর পাতা বার করে..... একটা হালকা ছোট্ট একটা হলুদ টিপ ...... দুই ভুরুর মাঝখানে দিয়ে বলেছিল.."থাকবো দিগন্তে....তুই বৃষ্টিতে ভিজবি তো........?"

অঝোর বৃষ্টিতে.... দুলে ওঠে পৃথিবী...মাথা ঝিমঝিম করে... কেউ কোনো কথা বলতে পারিনি আর ... কোনো আবেগ আর বাঁধ মানে নি... স্থান কাল ভুলে গিয়ে একে অন্যকে আপন করেনিলাম .....

"They whispered NOT into their ears...., but into their hearts... It was not the lips that got locked with kisses but the souls ......"

++++++++++++

ঝিরঝিরে বৃষ্টি শুরু হয়েছে..... এক পশলা ঝড় হয়ে গেল একটু আগে....এখানে প্রায়ই এই রকম হয়... নিতান্তই একটা সাধারণ বিকেল.....ঠিক যেন ....মন খারাপ করা একটা বিকেল.... আমার এই বিষন্ন শহর রিও-ডি- জেনেইরো .... ছোট করে বললে রিও.. স্থানীয় ব্রাজিলের লোকেরা বলে..... "হিও " ......

আজ কোনো তাড়া নেই জীবনে..... একটু পরে কোনো ফ্লাইট ধরতে হবে না.... কেউ আসার নেই... কারুর জন্য কিছু গিফট কেনার নেই.... কেউ কোথাও অপেক্ষা করে নেই...

It is just a lazy···. easy day ···. when you get couple of hours to sip your your favourite drinks... and take a few puffs....আর তাই.....সিগারেটের মধ্যে

ভিটামিন G ভরে... আর তার সঙ্গে Caipirinha......ব্রাজিলের national cocktail...... নিয়ে জানলার পাশে বসেছিলাম......

অনেকদিন পরে আজ গাঁজা খেতে ইচ্ছে হলো.... রেগুলার নই.... ওই ন মাসে ছ মাসে একবার .... আজ সেই রকম একটা দিন.....

বাড়িটা একদম সমুদ্রের গা ঘেঁষে.... ফ্ল্যাটের ক্যাম্পাস টার পরেই রাস্তা...Av Lucio Costa ...... পেরোলেই ইপানেমা বীচ..... আর সীমাহীন আটলান্টিক.....

বত্রিশ তলার মাস্টার বেডরুমের পূর্ব দিকের বিশাল বে উইন্ডো দিয়ে নিচে বিছিয়ে থাকা পৃথিবীটা বড় মায়াময় মনে হয় ..... সামনে আদিগন্ত সমুদ্র... আর তার মাঝে ইতি উতি দু একটা পাহাড়..... আটলান্টিক ঠেলে মাথা তুলেই শেষ হয়ে গেছে... তাদের আর গগন চুম্বী হওয়া হয় নি..... নিতান্তই ছোট.... নাম হীন... গোত্র হীন.... অসংখ্য মানুষের ভিড়ে ..লড়াই চালিয়ে যাওয়া এক সাধারণ মানুষের মতো মনে হয় ওই পাহাড় গুলোকে....

ওই নামগোত্র হীন পাহাড় গুলোর মাঝেই... দিগন্ত মিলেমিশে যাচ্ছে ওই সমুদ্রের বুকে......ঝিরঝিরে বৃষ্টির মধ্যে....

টুং করে হোয়াটস্যাপ এর একটা মেসেজ..

"এই শোন ,এটা কি তোর number ?"

একটা অচেনা নাম্বার থেকে ... নাম্বার টা অচেনা হলেও... "এই শোন" ডাক টা তার ভীষণ ভীষণ চেনা.... কিন্তু তাই বলে .... কলেজ ছাড়ার এত বছর পর ???

- তুই ???

-অবাক হলি ?

-অবশ্যই হয়েছি.... তুই কোথায়... আমার নাম্বার তোর কাছে ছিল?... এতদিন পরে তোর মনে পড়লো... কি করছিস ???

একগাদা প্রশ্ন, এক নিস্বাসে বেরিয়ে এলো

- এই শোন..... তুই না, একটুও পাল্টাস নি... আবার সেই fundamental ভুল করছিস... সেই প্রথম দিন, আলাপ শেষ না করি পালিয়ে ছিলি.... ... প্রেম নিবেদন টাও ভুল পদ্ধতিতে করেছিলি ... আজ ও ভুল করলি... জানতে চাইলি না যে কেমন আছি আমি....

- কি করি বল, আমি ওই রকমই...জানিসই তো ...... তোর তো উথাল-পাতাল দয়া.... না হয় একটু ক্ষমা ঘেন্না করে দিস..... তা কোথায় আছিস তুই..... বল... তোর কথা শুনি আজ....

- অনেক খুঁজে তোর নম্বর টা পেয়েছি...থাকি নেপালে.... এদিক সেদিক লাট খেতে খেতে.... এই নেপালে এসে থিতু হয়েছি..... থাকা বলতে.....পোখরা থেকে একটু দূরে... একটা NGO চালাই...

-আর .... এইটুকু কথায় এতগুলো বছর বলে ফেললি ?

- থাক না...তুই না বলতিস...জীবনের সব কিছু না জানলেও চলবে.... বিয়ে টা টেকাতে পারিনি..... বারো বছরের সম্পর্ক ... হঠাৎ ই শেষ হয়ে যায়....

-কেন রে

-একটা মিথ্যা বলার জন্য.....

-কি কথা?

-সেটা যখন বর কেও বলিনি... তোকে বলতে যাবো কেন.....বাকি সংসারের সঙ্গে আমার আর কোনো যোগাযোগ নেই.... ছাড় সে কথা... তুই কি করছিস?

-আমি ? শুনলে একটু মজা পাবি... এই মুহূর্তে আমি ভিটামিন G নিয়ে বসে আছি....

-তুই গাঁজা খাচ্ছিস ? তাও আবার ব্রাজিলের রিও তে বসে বসে...wow.....Thrilled........আমাকেও দু টান দে না... প্লিজ .... wait wait... আমিও ধরাই.... ভিডিও টা অন কর....

-একটা কথা বল.... তোর সঙ্গে এত যুগ পরে কন্টাক্ট হলো... আর তুই কি না দাবি করলি একসঙ্গে অনলাইনে ভিটামিন G খাবি দুজনে মিলে ... তুই কি রেগুলার ?

-হ্যাঁ রে... মনে আছে, কলেজের সেই মধুসূদন ভবন এর চ্যাপেল এ ...তুই আর আমি .... গলতা দিয়ে ঢুকে...একবার খেয়েছিলাম.... সেই প্রথম... কিন্তু শেষ আর হয় নি.... কলেজে ছাড়ার পর... এটাকে ছাড়তে পারিনি....

-বাড়িতে জানে?

-বাড়ি বলতে তো... আমি আর আমার মেয়ে....... জানিস আমি মাঝে কিছু দিন rehab এ কাটিয়েছি... তারপর কমেছে... কিন্তু ছাড়তে পারিনি.....

-তুই এখন নেশা টা খুব করছিস.... তাই না ?

-না, মানে.... গাঁজাটা আজ আজ অনেক দিন পর......... না হলে ওই Marlboro Red আর single Malt... এই নিয়েই আছি

-তুই কি ব্রাজিলে লং টাইমার ?

-আরে না না.... আমি ভূগোল পেরিয়ে পেরিয়ে...... ঠিকানা পাল্টে পাল্টে বেড়াই.....এ দেশ থেকে সে দেশ .... আমার যাযাবরের জীবন.... কোথাও থিতু হতে পারিনি....কিছু দিন পর পরই .... নতুন শহর....নতুন জীবন... নতুন বাড়ি... ..

তবে হ্যাঁ ....একটা মস্ত সুবিধা আছে.... কেউ চেনে না... কেউ জানে না... ভাষাটাই যে জানা নেই.... তাই হারিয়ে যেতে কষ্ট করতে হয় না.....

- প্রেম করিসনি আর ?

-আমি প্রেম করবো না, সেটা কি সম্ভব নাকি... তবে ভাষার সমস্যাটা বড়ো প্রবলেম করে.... একটা গল্প... মানে আমার প্রেম কাহানি বলি.... বা ভাষার এক্সপেরিয়েন্স ... শোন....

এই ফেব্রুয়ারী মাসেই ..... ব্রাজিলের রিও তে হয় বিখ্যাত সাম্বা কার্নিভাল ..... সাম্বা-দ্রোমো তে ... (SambaDromo is the stadium where the main parade takes place) ..... অবশ্যই শুনে থাকবি.... আর কিছু টুকরো টাকরা ছবিও নিশ্চই দেখেছিস.... it was a drizzling night, with occassionally downpour .... সারা রাত ধরে কার্নিভাল টা চলে….. শুরু হয় সন্ধ্যেবেলায় .... একটার পর একটা টীম পারফর্ম করে করে……. তখন মধ্য রাত্রি পেরিয়েছে..... সামনে সাম্বা কার্নিভাল এর ডান্স...... মাথার উপর বৃষ্টি....... গোটা স্টেডিয়াম জুড়ে তালে তালে সাম্বার beat….. সাম্বা ডান্স …... অসংখ্য রঙের ঝলকানি ….. আর পর্তুগিজ ভাষায় গান .... সুরিয়্যালজিম এর 7th heaven......ঠিক বলে বোঝাতে পারছি না......... কিন্তু এটা বুঝেছিলাম যে ...."A different language is a different version of life...".... ভাবছিলাম যে ভাষা না জানাটা নিশ্চই কোন সমস্যা নয়..··· আর তখনই....... ঠিক তখনই ... সেই সাম্বার তালে তালে এক ব্রাজিলিয়ান অপরিচিতার আলতো করে চোখে চোখ... আর হালকা হাসি .... একটুও বুঝতে অসুবিধা হলো না যে ·········গেলাম কফির স্টল এ······ দুজনের হাতে দুটো গরম কফি .... To cut the long story short.... হাতে গরম কফি, আর মাথায় হাপুস বৃষ্টি নিয়ে ...... 'বাংলা' .. আর 'পর্তুগিজ' পরস্পররের ভাষা বুঝে উঠতে পারে নি ... জীবন মানে কি..... প্রেম না প্রত্যাখান ... সেটা আমি আজও বুঝিনি ..... কোনই সাবটাইটেল ছিল না যে ....

- আবার বাজে বকছিস.... বললি যে প্রেম করিস..... কিন্তু গল্প শোনাচ্ছিস প্রেম না হবার..... আমি জানি....তোর দ্বারা প্রেম ট্রেম হবে না...

-হ্যাঁ রে.. ঠিকই বলেছিস....···. জীবনটাকে আমি অনেক সহজ করে নিয়েছি...কোনো কিছুই আর অপরিহার্য বলে মনে হয় না.... ছাড়তে শিখেছি..... কেন ? .... তা জানি না...... No reason too strong and no reason too weak , each equally guilty.......যা নেই.. তা নেই.......... অন্ত্যমিল খোঁজার চেষ্টা করি না..... সহজিয়া দর্শন... শেকড় হীন ভাবে থাকি...কোনো পিছু টান নেই.... আমার নৌকার কোনো বাঁধা ঘাট নেই... কাছির টান নেই.... যে টান নৌকাকে ঘাটে ফিরিয়ে নিয়ে যায়..... বন্দরহীন নাবিক আমি.....

- এই শোন..···...তোর এই সব কিছু ছেড়ে দিতে পারা ..... তোর এই মোহহীন ভঙ্গিতে জীবনকে দেখা, এই স্টাইলটা আমার বেশ ভালো লাগে ... আমি সেটাকে সম্মান করি..... তুই সব ছেড়ে দিস কেন.... জীবনের দাবিটা জানাস না কেন ?

- কঠিন প্রশ্ন করলি...."কেন " ? ... তা তো জানি না... তবে জবরদস্ত জবরদখলকারী আমি কোনো দিনই ছিলাম না... আজও নই..ছাড়তে জানতে হয় ..... ছাড়তে জানতে হয় স্মৃতি... ছাড়তে জানতে হয় ঘুড়ির সুতো.... ছোটবেলায় দুধের দাঁত যখন পড়ে যায় তখন তাকে ছেড়ে আসতে হয় নদী বা পুকুরের জলে..... আর যার জন্য আজও মন কাঁদে ... যার ঠোঁট একদিন আমার কপাল ছুঁতো .... ভাঙা সম্পর্কের বোঝা না বয়ে ....ছাড়তে জানতে হয় তাকেও....

তবে ছাড়া মানেই কিন্তু অবহেলা বা অস্বীকার নয়..., ...

-তোর কথাগুলো শুনলেই না.... আমার ভাবনাগুলো সব কেমন গুলিয়ে যায়... তোর উপর খুব রাগ হচ্ছে আমার... তোর এই অহংকার। .... ছেড়ে দেবার অহংকার ...এটা আমার সহ্য হয় না.... তুই কি নিজেকে দাতা কর্ণ বলে ভাবিস.... তুই কি সেই আলাদিনের প্রদীপের জিনি.... যে সবার জন্য করে যায়... নিজের কোনো কিছু চাওয়ার নেই....

- কে বললো যে জিনির কিছু চাওয়ার নেই..... তারও চাই .... তার একটা "আকা" চাই.... সেই আকা না থাকলে যে জিনি কিছুই করতে পারে না...... তাকে তো কাজ পেলেই বলতে হয়...."জো হুকুম, মেরে আকা "

-থাকবো দিগন্ত, অপেক্ষা করবি?... আমি হবো তোর আকা ...

- না রে....... অনেকটা রাস্তা পেরিয়ে এসেছি... let the past remain in past....দুজনেই নেশা করে আছি.... নেশার ঘোর কেটে গেলে বুঝতে পারবি..... যে আমি কি বলছি... ভুল বুঝিস না....

- এই শোন... আমি কিচ্ছু বুঝতে চাই না....আমরা একে অন্যকে .... ভালোবেসেছি ..... ক্ষত বিক্ষত করেছি....কেঁদেছি.... হেসেছি... কিন্তু দাবি জানাই নি....একে অন্যকে ছেড়ে জীবনের অনেকটা পথ

হেঁটেছি........সেই ছোট বেলায় যেমন জলছবি কিনে খাতায় লাগাতাম.... একটা দশ পয়সা দিয়ে ঘষে ঘষে.... সেই রকম আমাদের জীবনের জলছবি ও কাগজের ওপর রেখে ... একটু একটু করে ফুটিয়ে তুলছিলাম.... কিন্তু সেটা আবছা রয়ে গেছে...... কথার পিঠে কথার মাঝখানে.... কথা গুলো হারিয়ে যাবার আগে.... দাবি করে খুব চেনা একটা কথা... আবার বলতে চাই

- কি কথা ... শুনি....

- "Let's fall in love once again..... Let's get destroyed once again...."

বাইরে অঝোরে বৃষ্টি পড়ছে... খুব ভিজি আজকাল.... আজকেও ভিজবো......

#Digufromhowrah

মহাপ্রস্থানের পথে

সৌরীশ সরকার

-১-

হোয়াটস্যাপ গ্রুপের মেসেজটা আর একবার পড়লাম ভালো করে। আমাদের পাহাড়ে চড়ার টীমের একটা ছোট্ট গ্রুপ বানানো হয়েছিলো বহু বছর আগে। পাহাড়ে চড়া নিয়ে মেসেজের নদী অনেকদিনই শুকিয়ে গেছে - গ্রুপটা যে ডিলিট করা হয়নি, এখনো আছে, সেটাই মনে ছিলো না। এখন দেখছি অসিতাভ মেসেজ করেছে গ্রুপে - আবার জোঙরি যাওয়া হবে।

সেই পুরোনো টীম। শুধু ওজনগুলো ডবল হয়ে গেছে।

কলেজে পড়তে প্রথম বার গেছিলাম। আবার তার বিশ বছর বাদে আর একবার উঠেছিলাম জোঙরি পিক। এটা থার্ড টাইম হবে।

অসিতাভ, সুহৃৎ, কাজল আর রোহিন্দ্রনাথ।

এই থার্ড টাইমটা আগে অনেক অনেক বার প্ল্যান হয়েছে – হয়ে আর ওঠেনি কখনো। সবাই চাকরিতে ব্যস্ত, সংসারে হাবুডুবু, ছেলে মেয়ের পরীক্ষা, তাদের কলেজে পাঠানো, টিনএজ ড্রামা আর মিডলাইফ ক্রাইসিসের মধ্যে দিয়ে যেতে যেতে যেতে যেতে যেতে যেতে হঠাৎ একদিন টের পেয়েছি ওই যাহ, জীবনের আসল বছরগুলো তো পেরিয়ে গেছে - সাত দুগুনে চোদ্দোর চার নেমে হাতে রয়ে গেছে শুধু পেন্সিল। থার্ড টাইম আর আসেনি।

ফাইনালি এসেছে সেই থার্ড টাইম। অসিতাভ দিয়েছে ডাক - যেরকম দিতো কলেজের ফার্স্ট ইয়ার থেকে। কারণ টারণ বিশেষ কিছু দেয়নি - কোনো দিন দিতোও না - দরকারও পড়েনি কোনোদিন। গার্ডেন বার

থেকে অসিতাভর এক ডাকে দিঘা চলে যেতে একদিন কোনো কারণ লাগতো না।

আজ আর সেই দিন নেই, সকাল বিকেল দেখা হয় না, এমনকি বছরের পর বছর দেখা হয় না - কিন্তু মনের টানটা যায়নি।

এ এক অদ্ভুত টান - জানিনা এটা শিবপুরের নিজস্ব ইউনিক একটা আবেগ, নাকি ওই আঠেরো থেকে বাইশ সময়টাই ওরকম। অন্য কলেজের ছেলেমেয়েরা বলতে পারতো নিশ্চই। মুশকিল হচ্ছে কলেজের পর আর সেরকম বন্ধুই হলো না জিজ্ঞেস করার মতো। অবাঙালিদের ওসব ধানাই পানাই নেই। বিদেশীদের আরো কম।

আমি কিছুদিন চাকরি করার পরে ছেড়ে দিয়ে এক পিস এমবিএ করেছিলাম - সেখানে শিবপুর টাইপের হাওয়া তুলতে গিয়ে দেখেছিলাম কলেজের স্পোর্টস টীম বা ফ্র্যাটারনিটি ব্রাদার্সদের মধ্যে ওই লেভেলের বন্ডিং কিছুটা হয়, কিন্তু একবার পাশ করে বেরিয়ে গেলে থাকে না। রক্তের চেয়ে কাছের সম্পর্ক বলে কেউ ভাবে না এরকম।

তাই এখনো কেমন মনে হয় যদি ট্রেনে টিকিট চেকারের সাথে বিচ্ছিরি ঝামেলায় জড়িয়ে পড়ি, ঘাবড়াবার কিছু নেই। পাহাড়ি জল আর পচা তেলে ভাজা খাবার খেয়ে ভোরের বাসে আঁকাবাঁকা রাস্তায় যদি কেলেঙ্কারি করে ফেলি, এরা ফেলে পালাবে না। পাহাড়ের দেশে লোকাল বাংলা নিয়ে এক্সপেরিমেন্ট করে তারপর অবশ্যম্ভাবী ওয়াক ওয়াকের সময় কেউ ঠিক পিঠে হাত বুলিয়ে দেবে। চারজন মিলে প্ল্যানচেট করে তারপর মুশকিলে পড়ে গেলে তিন জন কেটে পড়বে না।

আজকাল তো প্রায়ই শুনি কারো এম্ব্যারাসিং কোনো ছবি - খুবই বিব্রতকর ছবি, পরে ফ্যামিলি বা চাকরি লেভেলে বিরাট ইস্যু করবে সেরকম ছবি - তার ঘনিষ্ঠ বন্ধুরা ইন্সটা/ফেসবুকে টাঙিয়ে দিয়েছে!

আমাদের ওরকম কত ছবি/গল্প যে আমাদের সাথে ওপারে চলে যাবে, কোনোদিন আর কেউ জানতে পারবে না তার গোনাগুন্তি নেই।

- ২ -

অসিতাভ। সুহৃৎ। কাজল। রুইমাছ।

প্রথম তিন জন কলেজে আমার ব্যাচ। রুইমাছ এসেছিলো পরের বছর। রোহিন্দ্রনাথ থেকে রুই হতে সময় লাগেনি। এক হোস্টেল। একসাথে কাটানো অনেক সময়। অনেক প্রতিশ্রুতি, অনেক স্বপ্ন, অনেক ভাঙা হৃদয়ের অভিজ্ঞতা এক সাথে। অনেক পরীক্ষার প্রস্তুতি এক সাথে (এটা গুল)।

র‍্যাগিং পিরিয়ডে আমার এক রুমমেট সেকেন্ড দিনেই বাড়ি পালিয়ে গেলো। তাকে বুঝিয়ে সুঝিয়ে ফেরত আনতে এক থার্ড ইয়ারের সিনিয়র গেলো তার বাড়ি। কাজলকে পাঠানো হলো তার সঙ্গে - একটা ফার্স্ট ইয়ারের ছেলে যদি গিয়ে ভরসা দেয় তাহলে বেশি কাজ হবে এই ভেবে। কাজলের নামটা একটু লালিমা পাল (পুং) টাইপের বটে, কিন্তু কসবার খত পাবলিক। ওদিকে থার্ড ইয়ারের সেই সিনিয়র সৃঞ্জয়দার শ্রীনিবাস ভেঙ্কটরাঘবণের মতো পেতে আঁচড়ানো চুল, ওইরকমই পরিপাটি গোঁফ - তাকে দেখে বিস্তর ভরসা পাওয়া যায় - কিন্তু কাজলের হুলিয়া দেখেই বোধহয় আমার সেই প্রাক্তন রুমমেট আর চান্স না নিয়ে প্রেসিডেন্সিতে ঢুকে গেলো।

এই খত পাবলিক কাজল আর আমার কি ভাবে কে জানে কানেকশন লেগে গেলো শুরু থেকেই। তাঁর লীলা বোঝা সত্যি আমাদের অসাধ্য। কলেজের সেকেন্ড দিন কি একটা কারণে কলেজ বন্ধ - আমি গোবেচারা মূর্খ হোস্টেল ফিরে যাচ্ছিলাম - কাজল আরে আরে করিস কি করিস কি বলে প্রায় ঘাড় ধরে নিয়ে গেলো পাশেই বোটানিক্যাল

গার্ডেনে। একটা গাছের তলায় সারা দিন কাটিয়ে দিলাম - সেই অতিপ্রাচীন গাছের উইজডম হয়তো আমাদের মাথায় কিছু ঢুকেছিলো সেদিন - সম্পূর্ণ ভিন্ন পথযাত্রী হয়েও তারপর থেকে আমরা দুজন দুজনের জীবনে কি হচ্ছে বুঝতে পারতাম।

একটা সামার ভ্যাকেশন পড়াশুনো করবো বলে হোস্টেলে থেকে গেছিলাম দুজনে- পড়াশুনোটা হয়নি এটা শুধু মনে আছে। তখন তো সোশ্যাল মিডিয়া ছিলো না, স্মার্ট ফোন ছিলো না, আমরা একটু দেরি করেই বড়ো হতাম - ওই সামারটা ছিলো আমাদের দুজনের কাছে রাসকিন বন্ডের গল্পের বাচ্চাদের মতো হঠাৎ বড়ো হয়ে ওঠার দু মাস।

অসিতাভ আর সুহৃতের সাথেও এমনই কত স্মৃতি। ওদের গল্প অন্য জায়গাতেও করেছি। সুহৃৎ আর আমি সেকেন্ড ইয়ারে টিউশন পড়াতে যেতাম সাইকেল করে। ফেরার পথে প্রায়ই অমিতাভের

পুরোনো সিনেমা দেখতে যেতাম হাওড়ার বিভিন্ন হলে - গ্রেট গ্যাম্বলার, সওদাগরের মতো ফালতু সিনেমা একসাথে বসে পুরোটা দেখেছিলাম - কাজেই মজবুত বন্ধুত্ব।

চোখ বুজলেই এখনো দেখতে পাই চারতলার জানলার বাইরে পিছল, একটুখানি বাইরের দিকে ঢালু কার্নিশ দিয়ে সুহৃতের সাথে দৌড়ে যাচ্ছি এক ঘর থেকে আরেক ঘরে। হাতের চকলেট বোমাগুলোও আবছা দেখতে পাই। পাঁচতলার ছাদের জলের ট্যাংকের ওপর শুয়ে গঙ্গার হাওয়া খাওয়া। সকালবেলা এক সাথে হোস্টেলের মেস ঘরের পেছনের দরজাটা দিয়ে বেরিয়ে মেঠো পথের মধ্যে দিয়ে অকারণে নয় নম্বর হোস্টেলের ছেলেদের গালাগালি দিয়ে ক্লাসে যাওয়া। অনেক সময়ই সেই ক্লাস অবধি না পৌঁছে ক্যান্টিন বা বকুলতলায় আটকে যাওয়া।

আমার খেলার বাতিক চিরকালের, খেলতে ভালো না পারলেও। টেবিল টেনিস, ব্যাডমিন্টন, টেনিস - যখন যেটা খেলবার শখ হয়েছে, সুহৃৎ

সব সময় সঙ্গে। সেই খেলার কোয়ালিটি নিয়ে অবশ্য কিছু বলা ঠিক হবে না।

অসিতাভ ছিলো মিস্টার কুল। সারা কলেজ ওর মতো হতে চাইতো। আমিও চাইতাম। টেবিল টেনিস খেলাটা খানিকটা নকল করতে পেরেছিলাম, কখনো কোনো অবস্থাতেই রেগে না যাওয়াটা পারিনি। বহু বছর বাদেও বহু প্রতিকূল পরিস্থিতির মধ্যে দাঁড়িয়ে ভেবেছি অসিতাভ থাকলে এখানে কি করতো। ওর সেই স্মিত হাসি আর বরাভয় দেয়া হাত দেখতে পেয়েছি।

কলেজ থেকে পাশ করে বেরিয়ে জীবন আর জীবিকার ভিড়ে হারিয়েই যেতে পারতো আমাদের এই সম্পর্কগুলো। নিয়তির অদ্ভুত খেলায় হয়নি সেটা। সদ্য খুলে যাওয়া দেশের অর্থনীতি আর সদ্য বয়ঃপ্রাপ্ত আই টি ইন্ডাস্ট্রির দৌলতে চাকরির সূত্রে প্রত্যেকেই এদিক ওদিক ছিটকে গেছি - অনেক ঘুরেও বেড়িয়েছি - কিন্তু ঘুরে ফিরে কয়েক বছর বাদে বাদে মিনিয়াপোলিস, শিকাগো, মিশিগান এবং অবশ্যই সেই কলকাতায় দেখা হয়েছে।

আই টি র সাজানো বাগান ছেড়ে অজানার টানে যখন অন্য ইন্ডাস্ট্রিতে পা বাড়িয়েছি, সুহৃৎ আর অসিতাভও সাথে সাথে গেছে।

বিয়ের পর সম্পর্কটা ফিকে হওয়ার বদলে ফ্যামিলি লেভেলে আরো মজবুত হয়েছে। একবার কোথায় একটা গেছি - জোরদার স্রোতওয়ালা এক নদীর ধারে জেটির ওপর দাঁড়িয়ে ছিলো আমার বৌ - আমি জেটিতে উঠতেই কাঠের স্ট্রাকচার টলমল করে উঠলো দেখে আমি নেমে এলাম - বৌয়ের বক্তব্য বৌকে নদীর জলে পড়ো পড়ো অবস্থায় ফেলে রেখে পালিয়ে গেলাম। সেই সময় সুহৃৎ দৌড়ে গিয়ে বৌকে ধরে টানতে টানতে পাড়ে নিয়ে এসে সেই যে বিস্তর ব্রাউনি পয়েন্ট কালেক্ট করে ফেললো আমি সারাজীবনে পারলাম না। বৌয়ের ভালোর জন্যই যে জেটি থেকে লোড কমাতে আমি নেমে গেছিলাম, এই সহজ ইঞ্জিনিয়ারিং ইকুয়েশনটা বৌ বুঝতে চায়নি কোনোদিন - কি আর বলবো?

তারপর ছেলে মেয়ে এলো – তারা বড়ো হলো - আমার জায়গায় অসিতাভর মেয়েকে পড়াতে শুরু করলো কাজল - তেতাল্লিশ কিলো ওজন আর অজানা ভবিষ্যতের উৎকণ্ঠা ভরা চাউনি বদলে ভারিক্কি চেহারা আর মোটা কাঁচের চশমা হলো আমাদের সব্বারই - কিন্তু কোথাও একটা সুতো সেই একই রকম রয়ে গেলো।

রুই ছিলো এক বছরের ছোটো - আমাদের খুব স্নেহের ছিলো কলেজে। এখন মিডল ইস্টে থাকে। শেয়ালদা স্টেশনে যখন দেখা হলো দেখি আমাদের জন্য এক সুটকেস মেওয়া নিয়ে এসেছে। আর একটা ব্লু লেবেল। ইয়োকসাম থেকে একটা ইয়াক নিতে হলো শুধু সেই মেওয়া টানতে।

- ৩ -

প্রথমবার যখন গেছিলাম - কলেজের সেকেন্ড ইয়ারে - নিজের রাকস্যাক নিজে ঘাড়ে করে নিয়ে গেছিলাম, স্লিপিং ব্যাগ ট্যাগ সুদ্ধু। ধুঁকতে ধুঁকতে দিনের শেষে শর্টকাট ভেবে বুক অবধি আগাছার জঙ্গলের মধ্যে দিয়ে গিয়ে জোঁকের খপ্পরে পড়েছিলাম। স্লীপার্স হাটে ঢুকে দেখেছিলাম সারা গায়ে জোঁক। গ্যাংটকে গন্ডগোলে ফেলুদার বলে দেয়া পরামর্শ মতন আমরা নুনের থলে নিয়ে গেছিলাম সাথে - কিন্তু জোঁকগুলো দেখা গেছিলো গ্যাংটকে গন্ডগোল পড়েনি। নুনের থলে যখন কোনো কাজ করলো না - সুহৃৎ গায়ের জোরে টেনে টেনে তুলে দিয়েছিলো।

তখন পয়সাকড়ি বিশেষ ছিলো না - ট্রেনে বাসে টিকিট কেটেই মোটামুটি ফতুর হয়ে গেছিলাম। ট্রেকের শেষরাত্রে স্লীপার্স হাটের লাগোয়া গ্রামে যখন শুনেছিলাম মোমো পাওয়া যাবে, বিরাট আনন্দ - ভেবেছিলাম ওই রবীন্দ্র সদনের পাশের রাস্তার মতো হবে খেতে। ও বাবা - শুধু ময়দার গুলি। তাই ই চেটেপুটে খেয়েছিলাম।

এবার ওসব ব্যাপার নেই। মাল টানতে হচ্ছে না। রাত্রে ফ্রেশ রান্না করে টেবিল চেয়ার পেতে খেতে দিচ্ছে। ডিনারের আলাদা তাঁবু। শোয়ার আলাদা তাঁবু। এমনকি ইয়ের জন্য একটা ছোট্ট তাঁবু। এক মাত্র রুই সেটা ইউস করছে যদিও - বাকি চারজন চার কোনায় চলে যাচ্ছি প্রকৃতির কোলে।

পাহাড়ের রাস্তায় সারাদিন চলা একটা আলাদা অনুভূতি। শুরু করার পর প্রথম ঘন্টাখানেক খুব ফুরফুরে উত্তেজনা, অনেক কথাবার্তা হৈ হুল্লোড় - তারপর ক্রমশ হাঁফ ধরে গিয়ে কথা ফুরিয়ে আসা - চুপচাপ টুকটুক করে হাঁটা নিজের নিজের গভীরতম ভাবনাগুলোর সাথে। আর চারপাশের সিনারি চলছে তার সাথে সঙ্গত করে - বিস্তীর্ণ মাঠ থেকে রোডোডেন্ড্রনের মেলা, প্রতিটা বাঁকে বদলে যাচ্ছে ছবি। দিনের শুরু খুব ভোরে আর শেষও খুব তাড়াতাড়ি, অন্ধকারের পর আবার অন্য এক অনুভূতি - চুপ করে বসে তারা দেখা, বা লণ্ঠন জ্বালিয়ে তাস খেলা। আমাদের শহুরে প্রতিদিনকার জীবন থেকে কিরকম বিচ্ছিন্ন - অনেকটা ধড় থেকে আধখানা বেরিয়ে আসা আত্মার মতো - বেশ ওপর থেকে নিজেকে দেখতে পাওয়া - নিজের জীবনটার ভালো মন্দ রিভিউ করা।

সবই ভালো কিন্তু একটা খটকা থেকে যাচ্ছে একটু। বাকিরা কেউই আমার সাথে ঠিক করে কথা বলছে না। জানি না অফেন্সিভ কিছু বলেছি কিনা - আমার কথার জবাব কেউ দিচ্ছে না। মোটামুটি চুপ করেই আছি তাই, অন্যদের কথা শুনছি। ওদিকে ব্লু লেবেলটা খাবার সময় কিন্তু আমার নাম করে টোস্ট করলো সবাই। তার মানে খুব বাজেভাবে কেউ চটে যায়নি নিশ্চই।

রাত্রে দুজনের তাঁবুতে কাজলের সাথে আমি। আগের বারের মতো। অসিতাভ দেখলাম বলছে কাজলকে, তোর একটু মন খারাপ লাগবে হয়তো, কিন্তু আগেরবারের স্লিপিং এরেঞ্জমেন্টটাই থাক। খারাপ লাগার কিছুই নেই - আমি অত্যন্ত ভালো টেন্টমেট - বকবক করি না, খুব কম জায়গা নিয়ে শুই। বরং কাজলের আশেপাশে টেকা যায় না যবে থেকে মোহনবাগান একটু জাতে উঠেছে।

মাঝরাত্রে দেখি কাজল উঠে বসে আছে - টেন্টের চারদিকে কারা ঘুরে বেড়াচ্ছে, ধুপধাপ আওয়াজ, একবার কে একটা তাঁবুর কাপড়ে ধাক্কা দিয়ে চলে গেলো। ভয় করা স্বাভাবিক। আমি বললাম ও কিছু না রে, আমাদের ইয়াকগুলো ছাড়া আছে, ওগুলো ঘাস খাবার জন্য এদিক ওদিক করছে, ওরই একটা ধাক্কা মেরেছে। কাজলের দেখলাম ভয়টা গেলো না তাও – একটু কাঁদছেও মনে হলো। বলেছিলাম না ব্যাটা হালকা লালিমা পাল (পুং) আছে!

১৩-১৪ হাজার ফুটের ওপর উঠলেই আমার অলটিচূড সিকনেস শুরু হয়ে যায়। এবারো হলো থার্ড দিনের মাথায়। রাত্রে খুব কষ্ট হলো। মাঝরাত্রে একবার বাথরুম করতে বেরিয়েছি টলতে টলতে - বেরিয়ে খোলা হাওয়ায় মাথাটা একটু পরিষ্কার হলো - পাহাড়ের রাত্রি জীবনে অন্তত একবার সবারই দেখা উচিত - ঝুঁঝকো অন্ধকারের মধ্যে কিরকম একটা নীলচে আলোয় চাদ্দিকটা আবছা দেখা যায়, বড়ো বড়ো পাহাড়গুলো গাছে ভরা মাথা ঝুঁকিয়ে একদৃষ্টে তাকিয়ে থাকে আর সব মিলিয়ে একটা গা ছমছমে অথচ ভীষণ ভালো লাগা অনুভূতি অল্প শীতের চাদরের মতো ছেয়ে থাকে।

বিপদের গন্ধও মিশে থাকে ওরই মধ্যে – দেখলাম স্বর্গের সিঁড়ি দিয়ে নেমে আসার মতো চারটে লোক স্ট্রেচারে করে একজনকে নিয়ে দৌড়ে নামছে ওই মাঝরাত্রে। শরীরকে এ্যাডজাস্ট করার সময় না দিয়ে বেশি তাড়াতাড়ি ওপরে উঠলে এটা খুব কমন ঘটনা।

\- ৪-

পরদিন ভোরবেলা কোনোরকমে টেনেটুনে উঠলাম শেষটুকু - জোঙরি টপ। ঝকঝকে রোদে ভেজা কাঞ্চনজঙ্ঘা পান্ডিম আর কাবরু পিকগুলো দেখে মনটা ভরে গেলো। পুরোনো কথা মনে

পড়লো অনেক, সামিটে ওঠার অদ্ভুত ভালো লাগাটা আবার ফীল করলাম।

নিজের জগতে ছিলাম বলে খানিকক্ষণ কিছু খেয়াল করিনি, হঠাৎ টের পেলাম বাকি চার জন একটু সরে দাঁড়িয়ে ফোনে কথা বলছে। স্পিকারফোন। উল্টোদিক থেকে আমার বৌয়ের গলা শুনতে পেলাম আবছা। অসিতাভ বললো হ্যাঁ আমরা পৌঁছে গেছি জোঙরি টপে। এবার ছড়িয়ে দিচ্ছি। বলতে বলতে ব্যাগ থেকে একটা ছোট ঘটি বার করে একগাদা ছাই উড়িয়ে দিলো হিমালয়ের ঠান্ডা হাওয়ায়।

পুনর্জন্মে কোনোদিন বিশ্বাস করিনি। আর এখন শুরু করার তো কোনো মানেই হয় না। বিজ্ঞানীরা বলেন ১০৯ বিলিয়ন মানুষ নাকি আজ অবধি পৃথিবীতে এসেছে আর চলেও গেছে। আরো একটা জীবন হয়তো সবার কাছেই শুধু একটা নম্বর - কিন্তু আমার কাছে এটাই সব, এটাই একমাত্র। যা যা ভালো করেছি, খারাপ করেছি, চাকরিতে জিতেছি, প্রেমে হেরেছি, সন্তানের প্রতিষ্ঠায় আনন্দ পেয়েছি, প্রিয়জনের রোগে কষ্ট পেয়েছি, ঝর্ণার জলে চান করেছি বা ঝরাপাতা ভরা রাস্তায় হেঁটেছি - সবই অর্থহীন আজ - রাস্তার পাশে বিরাট বোল্ডারে নিজের নাম ছুরি দিয়ে লিখে অমরত্বের চেষ্টার মতো দুর্বল।

এই ভালো - ছাইগুলো ভাসতে ভাসতে হিমালয়ের বরফে পাথরে গাছের পাতায় ঝর্ণার জলে ছড়িয়ে পড়বে অনেক অনেক বছর ধরে। হয়তো এক টুকরো গিয়ে পড়বে অ্যান্ড্রু আরভিনের কোনোদিন খুঁজে না পাওয়া দেহের পাশে। কিছু হয়তো ভেসে যাবে এভারেস্ট বেসক্যাম্পে - ওখানে যাবার অনেকদিনের ইচ্ছে ছিলো - ৩ সপ্তাহ সময় লাগে বলে চাকরি থেকে সময় বার করে উঠতে পারিনি কোনোদিন। চাকরিতে উন্নতি আর সংসারে আশেপাশের সব্বাইর চেয়ে ভালো থাকা - এই পারস্যুট অফ হ্যাপিনেসে কেটে গেলো একটা আস্ত জীবন – তৈরী হলো একগাদা স্মৃতি, অর্থহীন কিছু স্মারক – রয়ে গেলো শেষে শুধু কিছু ধুলো। হয়তো বা কোনো পর্বতারোহীর

ক্র্যাম্পনের তলায় লেগে কলকাতা ফিরে যাবে এক কণা। শঙ্খচিল হয়ে ফেরা হয়তো হবে না - কিন্তু অণু পরমাণুগুলো থেকেই যাবে এই হিমালয়ের এখানে সেখানে।

সত্তাটা খালি কোথায় যাবে কে জানে।

এই সব ভাবতে ভাবতে দেখি চার বন্ধু হাঁটা লাগিয়েছে ফেরার পথে। ব্লু লেবেলের বোতলটা রেখে গেছে একটা পাথরের ওপর যত্ন করে। ভাবলাম বাহ নাইস জেসচার - বন্ধুগুলো মানুষ হয়েছে ফাইনালি। তুলে দেখি ফাঁকা - সবটা খেয়ে নিয়ে একটু ছাই ভরে রেখে গেছে ব্যাটারা।

ENGLISH SHORT STORIES

Strange Connections
Banasri Gupta

Smriti was heading home after a rushed visit to the salon. Tomorrow, was her big day - the first day at her new job. She stepped out of the arcade and waved down a taxi for the ride home. The sun was setting, and the nearby streets were overflowing with people. The taxi started moving sluggishly through the bustling crowd of shoppers and passersby, almost like an alligator lazily gliding through a swamp. Smriti leaned closer to the window, and a gentle breeze playfully teased her freshly groomed hair.

As soon as the taxi hit the main road, the driver flipped on the radio, and suddenly the car was awash with sweet melodies. Smriti was lost in the ebb and flow of the world passing by, immersed in some far off thoughts.

And then, out of the blue, as if it was meant to be, a familiar voice came booming from the radio, a deep, cheerful baritone declaring, "*Aaap ke anurodh pe... paar aap sab ka swagat hai...*"— the unmistakable introduction to a program that played Hindi film songs upon request. It was like a blast from the past, and in an instant, memories surged back, leaving Smriti all teary-eyed and trembling with emotion. Those melodies from yesteryears filled the air, wrapping Smriti in a cosy cocoon of nostalgia as she embarked on an unexpected journey down memory lane.

Smriti had just stepped into Bengal Engineering College as a fresh-faced newbie with an air of excitement and a charm that could light up any room. Her unruly hair that seemed to have a mind of their own, framed her face in a way that made her look both mischievous and endearing. Her oversized glasses, gave her a studious yet uniquely stylish appearance.

As she navigated the bustling corridors of the college, her curiosity for life and learning shone in her sparkling doe-like eyes. Smriti's fashion sense was as eclectic as her taste in music, often blending vintage dresses with a pair of rugged boots, creating a distinctive style that captured the essence of her free-spirited personality.

It was during the first-year annual fest Rebecca that Smriti's life took an unexpected turn. There, amid the backdrop of colourful lights and the sound of applause, she found herself sharing the stage with Riten, a senior from her department. Riten was known for his mesmerizing guitar skills and a deep voice.

Together, they performed a duet that left the audience in awe. As they sang their hearts out, love blossomed in the midst of the music and applause, an unspoken connection that transcended words.

It was love at first song for Smriti and Riten, a love that started on stage and continued to grow as they explored life together, hand in hand. And as they journeyed through the ups and downs of college life, Smriti's unruly hair and Riten's guitar became the symbols of their unique and harmonious love story.

One sunny afternoon, they were strolling down Lover's Lane, hand in hand, when they unexpectedly bumped into their professor, Dr. B.K.P, from their own Electrical Department. He was a bespectacled academic known for his stern demeanour and his fondness for paisley bowties. He was rumoured to have x-ray vision through his bifocals, and his ability to spot any public display of affection within a 10-mile radius was legendary. They quickly moved apart, but he seemed not to notice anything, walking past them as if he were wearing blinders, his focus solely on his very young daughter, who kept turning her head toward the lovebirds. However, little did Smriti and Riten know that he had observed everything.

The next day in the electrical lab, Smriti was a little apprehensive when the professor called her into his room. Dr. B.K.P couldn't help but mutter under his breath, "Electric love, huh? Maybe I should consider revising the course syllabus to 'The

Spark of Romance'." Then he gave her a sly smile and peered over the rim of his glasses, handing the lab file to her.

From that evening onwards, they decided to meet outside the campus. The outside world was a stark contrast to the structured campus life they were accustomed to. The orderliness of the college was replaced by the chaotic hustle and bustle of a vibrant Botanical Garden marketplace. The polished elegance of the campus gave way to a rustic, raw charm.

Yet, amidst the unfamiliar crowd, they found solace in each other's company. Smriti and Riten discovered their sanctuary. Anonymous in this lively sea of people, they would lose themselves in hours of heartfelt conversations along the narrow, meandering streets lined with countless shops and stalls.

Their stolen moments were punctuated with sips of tea from quaint little stalls, where they'd share chai from slender glass vessels. Those were the days of pure, unadulterated happiness when life was refreshingly simple, and their love was as uncomplicated and soothing as the tea they savoured together.

While wandering through the winding streets near the Botanical Gardens, they stumbled upon an unusual find at the farthest edge of the bustling market—a street exuding an almost mystical tranquillity. Devoid of any shops, this peculiar street harboured a sense of eerie stillness, with only a solitary phone booth standing at its centre. Intrigued by its unique ambience, they made it a habit to take evening strolls along this very street.

Within a matter of days, they both noticed a curious phenomenon. Every evening at precisely 8:00, the air came alive with the distant strains of a radio. Like clockwork, the same program unfolded each night, hosted by a deep, resonant male voice, interspersed with timeless melodies and songs requested by listeners. The melodies seemed to drift from afar, creating an enigmatic aura, until they eventually traced the source of this captivating music to the house adjacent to the phone booth.

Though unspoken, an inexplicable allure drew them both in. They would quietly walk there, letting the familiar voice and the melodies wash over them, a connection forged between their souls and the melodies that filled the air. It was a mysterious bond they never discussed openly but one that held a special place in their hearts.

And now, after more than a year, the same voice had brought back all the memories and feelings like relentless waves; she was in tears as Riten was no longer a part of her life. They had broken up a year ago. He had graduated from college and moved to Bhubaneswar to work. The first few months had been very difficult, but she had managed to move on. But what is happening to her now? She feels like it's that day again, the fateful day when they had a big fight. It had left everything shattered around them.

That day was like any other; they sneaked out from the campus and met outside the gate. They went to that quiet street, but unlike other days, the radio was not playing. No voices or music could be heard. What could have happened, they thought? That day, they were not silently listening to music; they were slowly catching on a conversation of an unknown kind — discussing their future plans.

"You are leaving in a few months for a new city, and I'll also try to find a job nearby so that we can meet often."

"Tell me, Smriti, why do both of us need to work? I will be earning enough money for both of us."

"God! Don't tell me that after all these days. I too have my dreams..." Smriti blurted out.

"You never seemed to be ambitious to me. I mean..." He couldn't finish his sentence when Smriti cut him off. "Why did you choose me then? I haven't come here for fun."

That day the conversation took an ugly turn; it was the beginning of the end. She knew it. He also knew it.

After that day, they visited that street a few more times, and almost every day, they picked fights. The radio had also stopped playing. They had short meetings, each one having a bitter fate than the one before. The day he left the college, they called off their relationship. After he left, she cried in silence for many days, then made a resolution to devote herself completely to her studies.

A gust of wind caressed her as the taxi gained speed on the highway. Something inside her told her to visit that old street near her college. She asked the taxi driver to take a detour to her college. It was very dark outside when she arrived. She found herself standing alone on that street. Her legs started moving, as if they had a life of their own, towards the house next to the phone booth. She knocked on the door. A lady in her late 50s opened the door and stepped outside.

"Can I come inside?" Smriti asked.

"Do I know you? I don't remember seeing you," the lady inquired.

Smriti suddenly felt her throat drying up. "Can I have some water? I am thirsty," she managed to utter.

"Come inside."

Smriti looked around the room. Her eyes rested on a radio lying on a corner table, covered with a handmade crochet piece. She walked towards it, removed the cover, and switched it on. The lady came rushing from inside with a glass of water, her eyes wide with astonishment.

"Who are you? Why have you come here?" the lady of the house asked in a rather harsh tone.

Smriti gathered her senses, realizing how oddly she was behaving. She finally spoke her mind, "Almost a year ago, I used to visit this street regularly. Every day the radio used to play, but it had stopped suddenly..."

Hearing this, the lady began with a breaking voice. The sharp lines on her face softened. She told her story. Her husband had passed away a year ago, and from that day, she had never touched the radio.

"He used to listen to that program until the day he died," she gasped covering her mouth with the sari *pallu*.

She had never dared to touch it, thinking it would overwhelm her with grief. But today, with the familiar voice and the music, she felt his presence again. After a long time, the lady felt that she had finally overcome her grief. She came and sat beside Smriti, held her hands silently, and conveyed her gratitude with her eyes.

Smriti left the house with a strange, out-of-this-world experience. She was no longer overwhelmed. She now knew what to do. She called Riten's home. The number was etched in her heart, not written down anywhere. The phone rang on the other side, and Riten's mother answered. She obtained Riten's personal mobile number from her. Without delay, she dialled his number. The phone rang for a long time, and then the line went dead. She tried five more times, but the situation was the same each time. She left the booth, a little worried, as there was nothing more she could do.

The next day was her first day at work. When she left her house in the morning, she saw him. Riten was standing outside her house, waiting for her, with an anxious look in his eyes.

"Will she... has she forgiven me?" he thought as she approached. She could see a glint of tears in his eyes. He brushed them away and managed to wear a faint smile as she came near him.

Yesterday, when he saw the missed calls, and learned from his mother that 'she' had called, he hurriedly left his office. He drove all night, and by morning, he was near her house. He dropped her off at the office, and in the evening, they returned to the same old street, starting where they had left off, listening to 'Aap ke anurodh pe...'.

Under the Lights: A Tale of Triumph
Sudipta Seal

A stillness was in the air, as if the boys were screaming out without any sound but echoing the heaviness of the moment.

As if death have loomed over the ever chirping Richardson Hall. The fallen heroes, eyes shut, seemed momentarily speechless and contemplating, what the hell just happened.

The mighty Rich as it is known to the past, present, and also would be in the future, for the students of erstwhile B.E. College Shipbur while presently being renamed as IIEST, Shibpur.

Richardson Hall aka Rich is defeated and it's like the *"Sky has Fallen"*. And its mighty knights still in disbelief, have huddled together in the lobby.

The Precedent:

Bengal Engineering College aka BEC holds its inter-college cricket tournament every year.

A purely residential college in our times till day scholars were allowed once it became BESU and then IIEST, with added departments and overall capacity of the college.

BEC boasts a diverse array of halls and hostels that significantly enrich the residential experience for our students.

The Halls Richardson, Sengupta, Sen, Macdonald & Wolfenden Halls, where students from 3rd year onwards stay always had a significant influence or a dominant presence in the college

The first and second years stayed in Hostels from Hostel 7 to 11 and then again Hostel 14-16.

And the Girl's those days had a single Hall known as Pandya.

The presence of halls specifically designated for senior students contributes to the continuity of tradition and mentorship of our college. Seniors, having navigated through various aspects of college life, play a vital role in guiding and supporting newer students, creating a sense of cohesion and shared experience but obviously in our times in the 90's we had various forms of initiation rituals or activities which the students of the halls were famous for but that's not what we are here to elaborate .

As for Brazil in World Cup Football, in BEC, Rich could only be the Champions or nothing, and this time! This time they have lost to the minnows in the 1st match of the tournament itself.

Who would believe they have lost to Sen–Sen Hall? Do they even know how to hold a bat, that would be the normal question.

The match started with the Boys from Rich thronged in the ground with their *dhols* and whistles and tin cans while a handful from Sen had come expecting the usual result of thumping defeat they had to face every year.

Rich had batted first and made a decent score of 135/6 in the allotted 20 overs. It was not a huge score but Rich had a very good bowling line up to defend that easily. Sen Hall surprisingly had a reasonable good start to the innings and did gather runs steadily. The famed bowling attack of Rich suddenly looked blunt and ineffective. Slowly and steadily the boys from Sen somehow managed to score and they needed 16 runs in the last over. And one of the most regarded bowler of Rich could not defend it. The unthinkable happened, RICH LOST TO SEN.

In our College language: *"Huliye baje case khelam, College e samner ek bochor ar matha tule hathte parbo na".*

How could you guys? The entire hostel was furious against the so-called famed cricket team. No one had anything to say and with eyes fixated on the ground, one by one the eleven fallen heroes gathered together inside the hostel.

The Plan:

And there we were, sitting dumb in the 1st floor lobby. Smoke rings were dancing around, ephemeral as moments lost in a puff, tracing the paradox of pleasure and peril in every wisp of tobacco's embrace.

Till Sumon with his grumpy face, shrugged his shoulders and said, "We can't just sit idle and do nothing. Guys, my college days can't end with this humiliation. This will haunt many of us till time forever. We need to do something to rub off this memory."

Abhi joined in, "I think we should call them for a betting match." Ideas poured in.

"You guys are all talking bullshit," Sumon shouted, "Why the hell would they bother to play one more time? We need to think of something else."

Sayan and Deep jointly said out aloud! **"Let's play another tournament, Let's play at night."** It took others some time to get hold of the idea.

Tama with his ever derisive way and signature style brushed aside initially though he is one of the best men to carry out and plan things.

"What an idea Sirji?" The Idea Cellular Advertisement came later into our lives but at that moment in time, It was *the Idea*.

Suddenly, a renewed enthusiasm stealthily emerged from the preceding stillness. A wave of excitement swept through all, visible in the eager expressions of each and every person.

The guys enthusiastically called out, urging more people to join. The numbers grew thick and fast.

Team Captain Pala looked relieved and along with Tama, Abhi & Nayan started working out the modalities.

The BEC Night Cricket Tournament was on. Lords, one of our grounds to be the venue for the rubber ball tournament. It is the same ground where we had to face defeat.

People got down to finalise the overall planning, finances, etc.

The final outcome was a two-day affair with all the halls and hostel teams participating in it. All were knockout games; initial matches were 8 overs each while the Semis and the Finals were to be 12 overs.

The Build-Up:

The campus buzzed with electric energy with the advent of the new event. It was the talk of the college, and everyone seemed to be caught up in the whirlwind of excitement that surrounded the event.

People from Rich geared up in full swing for the upcoming college night tournament. The Core committee got busy in the midst of a whirlwind of tasks, challenges, and the occasional setbacks. But nothing could stop the desire to start a new chapter of a sporting event in the college.

The team of Tama, Pala, Sumon, Deep, Arup, Abhi, Nayan, Pasha and countless others worked tirelessly to ensure that every detail was perfect. Approvals from the college authorities had been secured, and the floodlights were being tested to bathe the cricket field in a luminous glow. The arrangements were meticulously planned. There was a shared sense of pride in creating an event that would be etched into the memories of the college community.

The Idea was a super hit. The loss to Sen was forgotten.

So much was the hype that it was more than just a sporting event; to all, it was a celebration of camaraderie and friendly competition under the star-studded sky.

Actually though, revenge was the only thing that was in the mind of the students of Rich.

Invitation letters had been sent out and the responses were overwhelming, with teams signing up eagerly to showcase their cricket prowess.

As the day of the tournament approached, the campus seemed to hum with a palpable energy. Students talked animatedly about strategies and rivalries, and the excitement was contagious. The very air seemed to vibrate with the promise of a thrilling weekend.

On the eve of the tournament, a sense of camaraderie enveloped the committee members. They gathered under the twinkling stars, their faces illuminated by the soft glow of fairy lights strung across the field. Emotions were a mix of nervousness and anticipation, yet the shared vision of creating a memorable event united them. As the sun dipped below the horizon, the campus transformed into a hive of activity. The floodlights came to life, casting a magical glow over Lords. The atmosphere was charged with the spirit of competition, but also the joy of coming together as a community.

The Match Days:

As the first match was to commence, the excitement reached its peak. Myriad bystanders cheered, creating a symphony of voices that reverberated through the night. The committee members, who had worked tirelessly behind the scenes, watched with a sense of accomplishment. The field transformed into a battlefield, not just for cricket but for the forging of friendships and the creation of lasting memories.

Rich had taken the privilege to play the inaugural match of the Night Tournament. It was versus Hostel -16, the 1st year boys. They were a strong opponent as evident in the other matches they had played in the college tournament.

A tense moment for the boys from Rich as the last match's loss had made them a little doubtful about their own abilities.

"Boys, let go and play our natural game," Pala said.

"Shan and Deep, you two must take charge of things,", we are counting on you two, Pala added to his captain's speech, "I think we must bat first and score around 80 odd in the stipulated 8 overs. That will be enough on this big ground."

Pala went on, "Most important of all, we need to be focused and need to learn from our mistakes of the last games' experience. The harakiri that we made in the match against Sen cannot be repeated. Despite our earnest endeavours, the entire effort will go in vain if we fail again. So cheers up boys, let's do it. All the team members looked charged up for the match.

Multitudes of spectators flocked from within and beyond the college, creating a vibrant, energetic atmosphere bustling with much energy. It was really a never-before-seen event.

The toss happened, Pala won the toss and elected to bat.

Abhi and Arup went to open. Hostel 16 started the proceedings very well.

It wasn't the situation we had expected. Runs were not coming that easily. First, most of us were not accustomed to playing under lights and the ball was not coming to the bat due to a moist pitch and dew is a big factor in this part of the country which changes the character of the pitches.

Adding to it was the impeccable line and length the first year boys were bowling. The runs were not adding up nor momentum of the innings.

Richardson Hall scored a paltry 48 in 8 Overs.

The innings concluded with a modest total on the scoreboard, scepticism and doubt permeated the air. Spectators and perhaps even members of the team itself found it challenging to fathom how such a seemingly paltry total could be defended against any team leave aside the bubbling 1st year students team from Hostel 16. We were a minimum of 20-25 runs short even in these difficult batting conditions.

It looked like the same sad story of Rich again. So much effort and emotions were invested, yet the outcome looked already grim, hanging in the balance of our bowling effort.

Deep, Sumon, and Santanu the main three in the bowling attack along with Shan, Abhi, and the captain Pala himself, all with unwavering determination, were charged up to give their absolute best, channelling passion and commitment.

Rich started well with Deep and Santanu taking wickets and hardly gave away runs. In the middle overs too the bowlers responded well to keep the batsman of Hostel 16 in bay.

The last over was handed over to Deep with 10 runs to win.

I need to keep the balls in the off stump line giving minimum width to the batsman or need to York the ball, Deep murmured to himself.

First Ball of the over and trying for a Yorker it went for a low full toss and the batsman connected well for a boundary. Hostel 16 along with other 1st year Hostels were the only ones who were shouting with their hearts out while the others could not believe that, it was going to be the same story again.

It was all so tense. Pala came running to Deep.

"Take your time, you just bowl a good length and the rest will be taken care of by the pitch. Don't try anything else."

Hostel 16 required 6 runs in 5 balls.

Deep took a deep breath, and marked him run up once more. He knew cricket is a game of temperament and if they kept their cool, they would win even taking singles. But it is also a game of uncertainties. Anything can happen. He charged towards the crease, determination etched across his face, eyes fixed on the target. With each stride, there was a quiet focus, a silent conversation with the ball gripped firmly in his hand.

Slowly into his strides he bowled, the ball pitched in perfect line and length, and the batsman rather than playing it properly, went for a mighty hike and the ball took the off stump.

6 runs in 4 balls now.

Again Deep went back to his mark and bowled a perfect Yorker and the new batsman somehow managed to block the ball. No run.

6 runs in 3 balls.

4th ball was again a ripper though they took a single somehow as the keeper failed to collect the ball properly.

5 runs in 2 balls.

The tension was so palpable, reaching such heights that even the spectators fell silent, captivated by the intensity of the moment.

The 5th ball was a short pitch. It was hit well towards the cow corner and boy! What a catch at the boundary by Shan. He ran nearly 20-25 metres to dive forward and held on to it.

The tigers of Rich were pumped like never before, their enthusiasm and confidence radiating through each of them.

5 runs in 1 ball.

The game was still on. An Over boundary will make Hostel 16 victorious and even a boundary will convert the game to a tie.

But it was the day for the students from Rich. Deep again bowled a perfect Yorker length which the batsman only could defend. Hostel 16 could manage 44 in 8 overs. A victory by a narrow margin but what a victory it was.

It was such a relief. Nobody believed we could defend this. The players were determined but still.

Wolfenden Hall aka Wolf. Another Hostel, who has always been the fiercest competitor to Rich, took ground in the next match.

They are a team to reckon with. Just breezed past Hostel 14 in their next match.

Other matches happened back to back.

Rich was back in form and drubbed past the next 2 teams in the quarters and Semi-Finals. Wolf won all their matches easily to the Finals.

It was the clash of the Giants. Just as the plot was supposed to be.

In the Finals, the stage was set for an epic showdown between the two biggest teams, fuelled by intense rivalries that promise a clash of titans on the field.

The tournament had reached its climax. Everyone would say it is all about winning but it was also about the shared experience and the start of a new event.

A New Beginning in the History of B E College, Shibpur !!!

Wolf had Gaurav. A terrific hitter, and decimates the opposition bowlers. And along with him, they had Ranjit, Suresh and a bunch of other good players.

It was an hour before the Finals.

Pala, along with a team surrounded by other enthusiasts from the Hall, was planning out strategies to beat Wolf.

Sumon did notice a flaw in Gaurav's approach which Abhi also supported.

"We have seen all their matches," Pala slowly started explaining things, "Abhi and Tama, you guys need to hit out flat from the ball one. If you are out, we won't mind but a few good hits would put them under real pressure."

"Ok Caps," Abhi responded. " I will try my best.

"Deep, we need some runs from you. You are our most complete player."

Deep looked very much focused, "I will do my best captain."

For the next hour, emotions did fluctuate like the ebb and flow of a tide. There were moments of tension and elation and laughter. Some tried to lessen the anxiety of the players.

Till announcements were made for the finals.

The two teams lined up for some photo shoots and handshakes. The atmosphere became charged with a bittersweet sentiment.

Rich won the toss and elected to bat first.

The Finals were on. It was nearly around 10 o'clock at night. The finals are a 12 over match. And Abhi did give a thumping start to the innings.

The plan for the initial attack was successful. Boundaries and over boundaries were coming at regular intervals. After 4 overs the score was 37 for no loss. Then Rich lost their 1st wicket in the 5th over.

Deep you go in next. Give it your best shot, Pala and all the other team members encouraged him as he walked past them to the centre, into the cauldron.

Tama also got out next in the 6th over. Wolf was charged up with the two wickets. Shan came in.

Shan and Deep played a few balls to settle and then they were in full flow. Hitting boundaries in pretty regular intervals.

After 7 overs they made 58 for 2 wickets.

And then both of them unleashed relentless onslaught, attacking with precision and power. Each seemed to be competing with the other in their shots. The ball was flying around in all directions.

9 Overs- 83 for 2 wickets.

Shan after playing a quick-fire 28 was caught in deep mid-wicket. Sumon came in.

Sumon said, "I will try to take singles while you just thrash it everywhere in the park," Deep silently nodded.

Ranjit, their best bowler came in the 10th over.

Deep was on strike. He bowls at a deadly pace and that is what Deep was waiting for.

The first ball was pulled to the balcony of Netaji Bhawan. A huge Six.

Second Ball, Ranjit tried a bouncer, Deep again hooked it to deep square leg. 4 runs.

Ranjit looked furious, he was not accustomed to such hitting. People usually panic to face him and he was being hit badly. He moved the fielder a little square and again bowled a short ball. Deep again tried to hook it but the ball thumped his chest.

A wide grin was on the face of Ranjit as he savoured a moment of triumph or delight and went back to his mark.

For the fourth ball, he tried to bowl a fuller-length fast bowl and Deep lofted it straight out of the ground. Another huge Six.

Two friends in a gruesome battle with a bat and the ball. Deep took a single in the next ball while Sumon could not connect the last ball.

Rich was 100/ 2 after 10 overs.

Last 2 overs remaining. One of Ranjit's and another of Sumit's. The onslaught continued with both Deep and Sumon getting a few more boundaries before getting out while Pala and Arup tried their best to take the score to 123/4 in 12 Overs.

Deep scored a fascinating 47 runs.

Back in the huddle, Pala looked happy. "Well done guys. That's what we are capable of and let's get them."

"We have scored what we wanted and now the bowlers, it's all up to you."

Santanu started the procedure well and then Shan and Pala bowled decently. Wolf was 18 for no loss after 3 overs. Sumon came in the 4th over. Got a wicket on his first ball to bring Gaurav into the crease.

Gaurav took his time for 3-4 balls to get into the groove.

Deep came in for the next over. Gaurav hit a six and a four to start his onslaught from that over. And then it was a flurry of fours and sixes. It looked difficult to stop him though another two wickets had fallen.

Wolf had gained momentum and was going very well and ominous signs of him taking the game away.

Wolf was 63/ 2 after 7 overs.

Pala handed over the ball to Adi. He hasn't bowled at all in the tournament and was the biggest surprise. We had already discussed this plan. Adi was a leg Spinner but he could change the course of the game either way.

Gaurav was looking fearsome. Ready for anything coming to him.

The trick was, he had been facing fast balls and was timing perfectly well. An over of slow leg spin option can either make or break Rich.

Adi was into his mark. Gaurav with his wide-open eyes, ready for his onslaught. The first ball pitched right in the good length spot, and Gaurav made a wild heave.

He was accustomed to the pace and suddenly the change of pace and spin didn't work for him. The ball slowly passed his bat into the hands of the keeper.

Second ball, similarly bowled and this time he tried to wait and hit but due to the spin in the ball, the ball flew high in the area of deep gully. Alas nobody was fielding there. They got a freakish boundary.

3rd ball and this time Gaurav got hold of the ball and hit it high up in the sky, out of the ground over the bushes far away.

Gaurav had a wide smile on his face. He looked confident and was ready to face the next ball to send it to orbit once more.

4th ball, Adi tossed it up a bit more and Gaurav with his renewed confidence stepped out to reach the ball but the spin in the ball missed the bat and that's the moment the supporters of Rich were awaiting for. Swift as lightning, Pala whipped off the bails – a moment frozen in time.

The Plan worked. Yes, it did work. The mighty Gaurav was out. The risk taken was rewarded to the fullest.

So after 8 overs, Wolf was 74/ 3.

Deep came in to bowl the next over and gave away only 5 runs and also took another wicket.

Wolf required 45 in 3 overs. And it was a big ask.

Then Adi bowled another beautiful over followed by Santanu. Already the drums and whistles from the supporters of Rich were making deafening noises. The outcome was written on the wall.

Last over.

Wolf was 97/5 in 11 overs. Shan would bowl the last over and with 27 to defend, it was more than enough.

They tried hard, lost two more wickets in the process, and scored 107/7 in 12 overs.

In the euphoric climax of the cricket finals, jubilation erupted all around. Already the college was divided into two groups and the winning group was ecstatic. The night sky bore witness to a rollercoaster of emotions, from the thrill of triumph to the gracious acceptance of defeat. The night tournament had transcended the boundaries of a mere sporting event; it had become a chapter in the collective story of the college.

As the participants dispersed, carrying the memories of the night with them, the campus settled into a quiet calm. The night tournament had come to an end, but the echoes of excitement, emotions, and camaraderie lingered, a testament to the power of community and the magic that happens when passion meets purpose under the starlit sky.

The resounding success of the college night tournament echoed far beyond the confines of the campus. The idea had not only been a hit but had taken on a life of its own, capturing the imagination and enthusiasm of students, and faculty, and even garnering attention from neighbouring people outside the college.

The ripple effect of the event's success was evident in the conversations that echoed through the corridors and study halls. Students who had never participated in such events were now excitedly discussing strategies for the next edition. The sense of community that had been forged under the floodlights lingered, creating a lasting impact on the college culture.

Beyond the immediate impact, the idea of the night tournament had sown the seeds for a tradition that would continue to evolve. Plans for the next year's edition were already underway, with discussions about how to make it even bigger and more inclusive. The success of the initial event provided a solid foundation for future editions, with the organising committee eager to build on the momentum and refine the experience for participants and spectators alike.

The success of the idea wasn't just measured in numbers or accolades; it was measured in the smiles of participants, the cheers of the crowd, and the lasting impact on the college's culture. The night tournament had become more than a super hit; it had become a beacon of inspiration, encouraging everyone to think beyond the ordinary and embrace the extraordinary possibilities that come with unity, passion, and a shared vision.

Note: The above story is a real story with the names and other details tweaked here and there but the overall story was in the same lines.

My Institute by the River
Suvro Raychaudhuri

"My Institute by the River" is a crafted narrative that weaves together the elements of love, loss, resilience, and the eternal flow of life, with a metaphorical comparison of love between a student couple in college, to that of the river and the institute.

The narrative takes an unexpected turn reflecting the unpredictability of life and love. The river and the Institute therefore become symbolic repositories of countless stories like these, as both transcend the boundaries of time and space, weaving the complexities of human experience, the enduring power of love, and the interconnectedness of individual narratives within the larger tapestry of life.

I hardly remembered my lessons when it was most required in class, akin to Karna with his chariot stuck, and forgetting his skills when he most needed it. But life's less of an epic, where I remember all those lessons just in time, deeply seated in some limbic zone, bringing beautiful memories to go back to.

One such lesson was from my ICSE junior class - Valerie Bloom's, on The River being the wanderer, the nomad, tramp, winder, hoarder, the baby and a singer. I think she missed one narrative on The River, being the storyteller. It is sometimes the protagonist of that story, and at other times, enables others to play that role. The river's stories are subtle, yet so compelling, that it echoes through every entity by the river – the stories that the river tells, makes the river; and what makes the river, becomes stories for the entities around it.

Hemanta Mukherjee's song keeps asking the nomad river on its unending journey, on its whereabouts and its origins – ও নদীরে, একটি কথা শুধাই শুধু তোমারে, বলো কোথায় তোমার দেশ, তোমার নেই কি চলার শেষ, ও নদীরে – and hardly gets an answer, which is expected from the eternal storyteller who always acts to provide a stream of consciousness, rather than being stuck on its identity. It does have one, from its reconstructed past, its perceived present and its anticipated future – just that it does not get obsessed with it.

So is the Institute.

It stands like a weathered sentinel, its ancient architecture of the buildings by the river that were Mechanical Engineering workshops, steeped in the secrets of generations. The campus nestled against the gentle curve of the riverbank, where the water whispered stories to those who listened. It was a place of learning, mystery, and transformation.

The students who came to the Institute were as extraordinary as the river. Seekers, drawn by an insatiable curiosity and a yearning for something beyond the mundane. Each year, a new batch of students arrived, bringing with them dreams as diverse as the colors of the setting sun reflected on the water.

Among them, would be a young artist with a penchant for architectural design, a mathematics geek who believed that music was a higher form of mathematics, a Professor Calculus, who would apply triple integration to calculate bending-moments of an imaginary bridge, and a movie geek who would go to friends asking money for a few lose cigarettes, having squandered the rest on films.

I remember the two from the myriad of them – the two who would come down to the river side after classes, sit close by under that old banyan tree that had a hanging branch touching the waters. I don't remember their names, except that she had a penchant for capturing the ethereal beauty of the river on canvas, and he was musician who by mistake landed up to study Civil Engineering at the oldest institute of the country on that discipline. She was drawn to the Institute not for Architecture as a study, but for the promise of inspiration that the river whispered in her dreams. He was drawn to the Institute, destined to meet her.

I was a witness to their respective trains of life as they were growing up. She came from the Zamindari family of heritage and affluence; he came from the family of farmers-turned-teachers. Both were loving, gritty, passionate – unfettered and unshackled. She was silent, he was the one whose voice was the loudest in the Students' Union. She was optimistic, he was cynical. Both settled into their respective hostels on the same creaky metal beds welded by students in the workshops at the college. The Institute had a way to even out differences. As far as I remember, their paths first crossed when they both landed up at the college bookstore for drawing boards, and there was just one left. He let her have the board, in exchange for a coffee at the canteen paid by her. They say, you never ask a girl's age, and never peep into her purse. He was trying to refrain looking in, as she struggled to pick the five-rupee coin from inside her purse – but could not avoid noticing a bunch of carbon pencils tied with a rubber band. 'Do you sketch?' he asked. A bright and shy gleam spread across her face with an inquisitive undertone that curved her eyebrows like a wavelet in the river – 'Do you generally snoop?', she asked. 'Unless you are Aristotle, the answer to a question cannot be a question – how did you pass your WB JEE?' he quipped. The hearty laugh brought together the two on a loving bout, and the distant owl in the trees hooted a nod in its parliament, signing off a journey of togetherness for the strangers in college. He walked her past the old graveyard to the gate of the ladies' hostel and returned to Richardson Hall, and both found themselves lost all night in thoughts.

Seasons passed by, as did the terms. He felt she was known to him from a few lives before, he could not recall how. She felt he was warm and caring, an engineer with a soul. They loved their vast differences, and their commonalities – as each evening they would spend hours together, sneaking out of the 'third gate' of the college beside the river, or under the 250-year-old Great Banyan Tree in the 'Company Bagan' Botanical Garden beside the river and adjacent to the college boundary wall. She loved listening to his endearing stories of the tree, coming from his upbringing in the village – of how it provides comfortable accommodation to all forms of ghosts so that they don't get out to stalk beautiful women like her walking alone around the ladies' hostel, to Civil construction that can learn about 'factor of safety' through the roots growing from the branches to provide stilted support to the massive crown of the tree. He was an incessant storyteller, and her biggest ghost who did not get a rent in the Banyan tree, she would say.

Bengal has 13 celebrations in 12 months – called 'বারো মাসে তেরো পার্বণ' – Love has infinite celebrations. Only the river knows it, and whispers that to entities who know the river and are close to it. The river would say that love is its meandering form where exists a magical confluence of water and eternity. It is like the celestial stream that transcends everything, shimmering with the secrets of galaxies, with its currents whispering the ancient melodies of stars. Love, the river says, is a mysterious nexus, a point where infinity folds upon itself defying understanding and logic, creating a space where the concept of time loses its grip. So did the 4 years at the Institute for the two. The river loved the Institute for its rationality, the Institute loved the river for her magical flow, and everything that happened in between, was that mysterious nexus and a celebration.

The Institute had its traditions. Every full moon, students gathered by the riverbank, where the water reflected the silver glow of Luna. It would be a night of celebrations woven with fun commensurate with the age and the times of the 'celebrities'. There would be a wee bit of cheap country liquor, dense weed and then police at the end of it, who would very responsibly pick the students up in the police vans for a lockup and turn the vehicle around at the first gate of the college with a respectful advice on how brilliant students should not waste their lives on country liquor and weed. Both would be mad in their laughter and in each other's arms, trotting back from the gate towards the hostel, and would never reach it finally. Nobody would know where they were, but I could see them back on the banks of the river till the early morning sunrise.

Eight semesters went off in a whiz. Exams, music, fun, tantrums, studies of people and books – the best four years of life one can have, with all that ordeal to get into the Institute. The best four years that sets one up for the next forty, and the best stories with unknown chapters that get read through life. He went for higher studies and got an internship with Sam Schwartz on groundbreaking Civil planning.

She took up a job in Architecture with a leading firm in Calcutta – as they counted their days to be together for the rest of their lives.

They found themselves floating in the ebb and flow of the river's rhythm of time, as the nomad of the river and the Institute glued them with their stories. They say, when you leave the Institute, you take a part of it with you. The river smiles and follows.

As the full moon ascended in the night sky of New York, he called her, all excited and exuberant, on the project submission he was scheduled to do the next day – and how that could just accelerate his studies getting into a pre-placement offer with the interning organization. That meant nearer to the time to be together, destined to be so through the river's guardians. Both felt a surge of energy, a connection to something ancient and powerful – as they had their usual cackles and jokes and wee-little fights and differences, with unending silence in between. Could she come down to NY for a while to plan for the wedding? Would it be in Calcutta or outskirts, or just a small one in NY? Would Hogg's market be the place to go for the wedding shopping and what about the caterer? It was the night of 10th September 2001, Eastern Standard Time.

The river never plans to write a story, so doesn't the Institute. Being of wisdom and grace, they speak in a mystical language that transcends words. They convey the essence of creation, the dance of starts and ends, and the eternal flow of existence and learning.

As the night yielded to the sunshine of the next day, she completed her work at office, and boarded the same C6 bus they used to wait for at the bus stand, from Rabindra Sadan to BE College in the evening. Not sure why, she just felt like visiting her alma mater and take a walk down 'bending-moment' to the third-gate, the same trail that he would take her on. I could see her sitting under the same banyan tree, lost in thoughts, in anticipation of him. Akram da, the old boatman who used to 'park' his worn-out green boat at the Ghat, was on his transistor, with the distant tune of an old Bengali song. Akram da loved both of them – not because they mobilized the community to collect funds for his daughter, but because she would visit them at their shack across the river to teach him Maths and end up doodling on the floor with chalk. She was Akram da's 'other daughter', the way everybody in college knew her.

The transistor crackled on a station-change – it was around 7:30 PM, and the dusk on the river covered the boats and the hay on top of it, as she took out her sketchpad for recreating that. The blaze of a thousand furnaces lit up the North Tower, as the dusk continued to descend on the river. The radio crackled up some vague information, as Akram da trudged towards his 'other daughter'. Wasn't he in New York she mentioned to Akram da once? 'What happened, Akram da?', she vaguely asked, as she used her fingers to smudge the charcoal dust on her sketchpad. 'Yes, he is, but New York is a big place, you know! Not like Shibpur Ganga ghat!'

As he lay on the beautiful green field with his head on her laps, he could in the background of the tall grass flowers that caressed her face, see the three stars he had followed since childhood. The three stars in an almost perfect alignment, that used to mesmerize him. At any turning juncture of life, he would find a night sky clear enough, just to find those three, whom he later knew as Alnatik, Alnilam and Mintaka – the 3 sisters of the Orion's belt, 800 light years from earth, and ten-thousand times brighter than the Sun. They say the sisters are nearing the end of their lives as stars and will become supergiants in a few million years and go supernova after that. She never liked this story about stars ending their lives. She was as soft and sensitive as the tall grass-flowers at Oval, overlooking the Madhusudan Bhavan with its Irish fort architecture on one side, and the old graveyard infront of Pandya, the ladies' hostel. But everytime she felt that way, he would bring his guitar to the back of the canteen, where they would have a special place of solitude to play Dr Zhivago on fingerstyle. Nobody knew where he picked up Western fingerstyle. Nobody in his family even had an education in English. The North-eastern students would gather around at the back of the canteen hearing him play, and regardless of how many valuable moments he would lose with her, he would always entertain them effortlessly transitioning between Dr Zhivago and Don Williams.

His father's sudden demise shook him away from his tea-stall chats to focus on studies. His mother's income as an LIC agent drifted off in the cancer treatment, as did the ancestral home, the ornaments and with that, most of the extended family. It was years he had not touched the guitar or gone to those tea-stalls. Being a Civil engineer was a long way off from his love for music, and though everybody said he drifted from his passion, he was reasonable to assume he survived, and so did his family. He was antifragile like the soil – neither brittle like glass, nor hard as stone. It was therefore easy for him, to strum the guitar and remind himself during moments he felt down and defeated, his adoption of the lyrics from the Eye of the Tiger that he felt was the story of most of his friends - Risin' up, back on the street, he did his time, took his chances, went the distance – and now that he was on his feet just a man and his will to survive – so many times it happens too fast that he had to trade his passion for glory, but without losing a grip his the dreams of his past, 'cause he knew he had to fight to keep them alive.

In between, he had found love through her. She was the queen of hearts – and a woman from distant lands, who possibly found another life just to be with him. The river looked on, in her own wisdom, not judging, not warning, but leaving a shimmering trail of silver in the evening sunlight.

Akram da's transistor crackled again, and the usual channels appeared to have gone. There were no songs, and each of them had the same broadcast that was difficult to ignore. She was there for almost an hour, and it was time to get up and go – when she heard the name of the Twin Tower faintly through the crackle of the radio. Was his internship final presentation not in the Twin Tower? The sketchpad fell from her hands, as she dragged herself down the slippery steps of the riverbanks, down to where Akram da was sitting in a circle with his group of boatmen.

The North Tower had been hit. The deafening sound and the blaze of a thousand furnaces engulfed the atmosphere, and evacuation alerts screamed and blared through the air for the South Tower inhabitants. In the mayhem that followed, he took off his shoes, jumping across desks, running down the stairs, checking the washrooms for anybody inside and dragging people along with him, as much as he could. Sept. 11, 2001, was a beautiful morning, until it wasn't. As he scrambled down the stairs helping others on the way, he could remember last night's phone call, the blue skies of his father's village, the amazing ripe-grain yellow colour of the Goddess in that village. That morning was like so many others, until he realized coming back to reality, one that descended into hell.

Evacuating from the room on the 77th floor where he was preparing for the presentation, down to the ground of the south tower, this time, was not a usual fire-evacuation drill. The timing was off, and he was way off as he darted in and out of the floors looking for anybody who needed help. 16 minutes was not enough time, and that was all he had, between the first strike at the North Tower, and the one on his. The deadly lightning was a few metres away from him, as he felt the ball of fire rolling onto him, followed by a deafening blow. He felt a burn and a pain as he rolled down a few steps with a dozen others – as he could see her far away fading into the grey smoke and fire, her face caressed by the tall grass flowers at the Oval field of the Institute.

Akram da was there with her family, as she came to her senses. From the college hospital she was admitted to after she fainted, she knew nothing of South Tower remained. Nothing from her dreams with him did either.

The river has its own stories, and so does the Institute. Water and bricks don't tell stories, it is the millions of wandering souls that touch it, becoming protagonists of the stories as they meander through the unending journeys of life, some punctuated, some free-flow, some incomplete.

As the river continues its timeless journey flowing by the Institute, witnessing the ebb and flow of countless lives, the Institute stands as a testament to love, life and the journeys never completed. The mingling of stories, like the intricate dance of water and bricks, creates a mosaic of experiences that shapes the very essence of the place.

The river carries with it the echoes of love and loss. The Institute, with its ancient architecture, remains a silent witness to the lovers, and in a larger sense, to the resilience of the human spirit. The stories of the two, once filled with dreams and laughter by the riverbank, now became a part of the collective memory etched into the very stones of the campus.

The river, with its murmuring tales, embrace the pain and sorrow, yet it continues to flow—undaunted and eternal. The Institute, like a wise sage, held within its walls the stories of triumph and tragedy, reminding each passing student that life's journey is a continuous stream of experiences, some gentle and meandering, others turbulent and unexpected – learnings and experiences from far beyond Strength-of-Materials.

And so, the river whispers to those who listen, flowing from the knotted hair of Shiva, the story of Shibpuraan, as it gently flows by the Institute – Bengal Engineering College and now Indian Institute of Technology, Shibpur. The stories it carries are not merely tales of individuals, but threads woven into the grand tapestry of life. The Institute, with its timeless wisdom, continue to inspire generations, imparting lessons that extended beyond the confines of classrooms.

In the quietude of moments, I remember how long my journey has been, up from the far North of snow-capped mountains, down to the Institute and near to meeting up with my guardian ocean. I've realized in the fading sunlight reflecting against me, that the true beauty of life lies in the stories I carry. I cannot walk away, I can only flow and ripple – and be a witness to the essence of life.

Memory Echoes
Kuntala Bhattacharya

"Ma, where is my mobile? I cannot find it. I kept it right on my bedside table and it's not there. I am getting late for office, Ma. Ma, Ma are you listening?"

Kavya's voice awakened me.

"Yes, what is it, Kavya?" I answered in a soft tone, with my morning tea still unfinished.

"Hmm, so you have not heard me, Ma." Kavya hugged me lovingly, the best feeling I yearn to soak into every day.

"Sorry sweetheart was lost in some past memories of my college life," I said, pecking my daughter's cheeks.

"Ok, but Ma what's so special about today?"

"It is special, very special. Today I along with many of my batchmates stepped into college life, a new venture, unknown yet interesting. Was just carried away into those thoughts. Anyway, what were you asking me?"

"My mobile, Ma. Could not find it. I had kept it on my bedside table."

"My careless baby, your mobile had run out of charge. Did you ever realize yesterday before going to sleep?"

"Oh, Ma," Kavya giggled.

"Now, come on you get ready and let me check if Sita has finished preparing the breakfast," I gulped the last bit of my tea and headed towards the kitchen.

Breakfast was almost ready, masala omelet with all the veggies and brown bread. It is a favorite of both mom and daughter and Sita knew it very well. Sita had been with me since Kavya was born and she was almost family. She stays throughout the week for 6 days from morning 8 AM till 5 PM, helps in cooking, cleans the house, and assists in many of the household chores except Sundays. Sundays are no outsiders for us, it's shopping or a movie, or a day out with Kavya. I love this special bond with my daughter.

"But Ma, you have to tell me about your college life. You have been avoiding it for years now. Is there something that bothers you? Some incidents that happened in college? Is it related to someone?"

Sita started serving the breakfast. I wanted to explain Kavya the reason but paused myself while Sita was present. As she went back into the kitchen, I looked at my daughter.

"It's not that I want to avoid sharing those wonderful memories. But there is a memory that has been cursing me for years, and I know the story will come up once I start narrating. I lack the courage to face the harsh reality that I went through and am afraid of being engulfed again in the grief that I have overcome since then," I sighed.

"Ma, if you still feel you will be encompassed by grief then you have not yet slipped it out from your mind. You are just forcefully pretending that you are fine and that the incident doesn't bother you anymore. Why don't you speak about it, Ma? You have made me promise to share everything with you, and you are truly my friend. Why can't you also do the same thing with me? If you are guilty or innocent, does it really matter? Maybe I can help you out to come out of this trauma you are hiding into."

My face glowed as I heard the words of Kavya. She has grown up to be such a mature and caring lady. I smiled within myself, after all, I am her mother.

"OK OK, agreed. I will share. Now you hurry or you will be late for office."

"OK, Ma. And don't think too much. Today is Friday, let's have a girly time when I return from office. Bye, Ma."

"Bye."

"Don't think too much" – Yes that's what Kavya instructed me to do. But thoughts are uncontrollable, especially those college days which had taught me to face the world with boldness and confidence. A concoction of virtuous and unpleasant memories – yes that's how I define those yesteryears. As soon as Kavya stepped out of the house, unconsciously my mind drifted to the first day.

7th June, 1995

"Ma Baba, I think I am the last person. Seems all have already entered the hostel. It looks so deserted from outside. Feeling a bit nervous."

"Come on, Tanu. Do not create a perception before even stepping inside the hostel". That was Baba, ever positive in his thoughts and encouragements. He disliked being pessimistic before even facing the situation. So, I had to abide by it and proceeded towards the hostel entrance.

Yes, that was my very first day in college – Bengal Engineering College, Shibpur. The name has a certain magic to it, still, I can feel goosebumps. Not to forget "Pandya", the one and only ladies hostel in the college, spending four years with a plethora of memories.

And then encountering my roommate, yes encounter is the word. 'Coz we were like strangers that day, her name Amita. The weird thought of how to spend almost 24 hours with a stranger, leaving apart the classes.

Surprisingly, the lifetime of the thought was for one day.

The moment my parents decided to leave, I felt a sudden emptiness inside me. An emotional person, from childhood, could not control my tears. And then suddenly a warm hug, exactly what I needed the most at that time, soothed my heart.

"Hey Tanyasri oops Tan, don't mind me calling you Tan right? The name is funky, what do you say? Now, come on, wipe off those misty beings from your face. We are going to have a lovely time here. Cheer up. Aunty and uncle, don't worry she will be fine."

I smiled; the seed of a great friendship was already sown at that very moment. From that day onwards, I never felt homesick nor felt lonely. Late night gossip, sneaking away from college to watch movies, playing tantrums, saree trials, and many more; unlimited activities adorned our friendship.

We were popularly known as "Bond Girls" – the name we earned partly because of Amita being tomboyish and partly because I was sort of a daredevil in my whereabouts. I discovered my "Do not care" attitude in the company of Amita.

Amita belonged to one of the oldest traditional families of Kolkata, invariably supposed to be quiet and elegant as per her family origin. But she was quiet the opposite - bursting with energy and zeal, be at any time of the day. The only time she was quiet was when she was asleep. Her constant chattering and babbling used to infuse me with renewed energy. I loved to float in that vigor and unknowingly transformed into a happy-go-lucky person.

"Didi, Didi? How long will you sit here? Go and have your bath. Lunch is ready," Sita's voice awakened me.

"Oh, it's 12:30 already. Was lost in some old memories, dear. Yes, I will be at the table in 10 minutes."

Time truly flies away in a jiffy, such are the memories. I finished my lunch and went to my study to complete the unfinished novel due to be published next month. Besides, I had some upcoming customer virtual meets, part of my consultancy engagement which I had started after I left my job.

Many a time I felt like writing about my college days, but then the fear always gripped me. The fear that I concealed from everyone till today, never dared to unleash out in the open.

I was completely engrossed in my work when the phone rang.

Without even noticing who the caller was, I just said "Hello".

"Hello, Tanu. It's me Anagh. How are you? How is Kavya?" Anagh, my hubby, had been out of town on business travel for the last three months.

"We are fine. How's your trip going on?"

"It's good. Well, I have news for you. I am returning next week, the site work has progressed well and now my presence is not required."

"Oh wow, that's great. Kavya will be glad. We are missing our family dinners. Come back soon."

We had a bit chitchat and then I hung up the phone.

It was 7 PM, time for Kavya to return from office.

"Hi Mom, I am back."

"Your father called just now, he is returning next week."

"Oops, that's a surprise. Let me change and come." She leaped and went inside. I love this enthusiasm of hers, for obvious reasons, it reminds me of someone.

I went to the kitchen to prepare some coffee for both of us.

"Ma, I am dying to hear about your college days. Remember you promised. And as Kavya says – Vent out your mind and float your heart out. Who knows you may receive a magic wand," She giggled in merriment.

I laughed.

"You did not forget, girl. Ok, I bow down to my dear Dottie. And here I glide myself to the memories that echo constantly within my heart and my mind. Yes, I may be drifting between good and bad moments. But that's how it is and let it be."

…. I continued

Invincible Bonding

"My bestie in college was Amita. She was my roommate for the first two years and then we shared rooms side by side in the last two years. The bond between us was invincible. Our engineering streams were different; so, the moment our classes were over we overwhelmed each other with what went on throughout the day."

"That's so sweet, Ma. Other girls must have been very jealous."

I smiled.

"Yes, they were. But they respected our friendship. 'Coz we were not like obsessed with our friendship. We maintained relations with our classmates and hostel mates. The only difference in us was, Amita wanted to pursue her life in the fashion industry."

"Fashion industry? But then she was into engineering?" Kavya was surprised.

"Ah, she was sort of forced from home. Anyway, my ambition was to seek a career in the IT industry. We discussed our likes, and dislikes, and enjoyed each other's company. I never imagined my college and hostel days to be so joyous. And you know, we used to play a lot of pranks."

Kavya giggled.

"Cool, I am impressed. What pranks were you both into?"

"Acting as ghosts and scaring the girls in the middle of the night, spreading false messages of exam cancellation, prank calls from outside, and many more. All throughout 3 years, we enjoyed ourselves to the fullest. The best part is no one dared to prank on us because they were literally afraid of the revenge, we took on them."

We both laughed.

"That must have been real fun, Ma."

"Yes, it was. We both were good at sports too. Not like a pro, but better than the rest lot. You know once we both had participated in a relay race and were running together, giggling at each other. Suddenly we realized that we were from different teams and then started running faster."

"Oh God, Ma. This is so funny. I can imagine how others must have been laughing at you both." Kavya laughed like anything.

"Yes, they did. In fact, it became a viral joke in college and especially in our hostel."

"I am happy at least you are now speaking about your college days and I never knew that you had such a wonderful bestie. Why is it that you never spoke about her, Ma? And how come you are not in connect? Am I sensing something wrong?"

"Well, yes I regret not being in touch with her. It's another story and I am always hesitant to share the incident as it's painful and hurts a lot. I would be dishonest if I said I never recollect the incident. I do and it still brings tears to my eyes."

"Oh, was it so bad? Why don't you share, Ma? Maybe you will be relieved from these years of sadness or maybe we can find a way out to trace Aunty back into your life."

"I don't know, Kavya. But since today I have decided to share my past college memories with you, I will talk about the unfortunate incident. Let go of the reins. Though I wanted your father also to hear but we can do that again."

.. And then I started narrating

That Unfortunate Day

People were jealous about our relationship, Amita and me. And the fact that we were good in various fields – academics, sports, literature, quizzes, and many other competitions. We, the duo, were everywhere in all college events and we used to love the wins and success. Maybe we were a bit arrogant about ourselves, which might have instigated the jealousy.

Romita and Jiniya were among those, who were majorly affected by us. The reason was they were equally competent like us but were left disappointed every time they lost the events. It's good to be jealous on certain occasions as it leads to healthy competition but unfortunately, they seldom maintained a friendly relationship with us.

Our winter vacations were about to commence in our final year of Engineering. If I correctly remember, it was a Friday. I was in my room, packing my clothes for home. There was a knock at my door and it was Romita. I was a bit surprised, but anyway controlled myself.

"Hey Hi Romita, what's up?"

"I am good. Can I come in?"

"Yes sure, please do."

Romita came and sat on the cot in my room.

"Actually, I have been in a dilemma for a long time. But, you know, Jiniya is my good friend, and never wanted to hurt her. And I know, Amita is your bestie, so never dared to speak out."

"Meaning? Yes, I know that. So?" I questioned, cautious, 'coz it may be her way of deflecting me from Amita.

"I don't know how to explain. And I am sure if I start speaking about the facts, you will not believe me. So, I am just worried."

"Now Romita, please. I don't have a gamut of time to spend with you. Blurt out what you have to and leave."

"Please Tanyasri, calm down. I may not be a friend of yours, but I am not a bad person. And you know I cannot hurt Jiniya, she is my closest friend and partner in all the events. I just wanted to share with you some facts, which I thought you have all the right to know. After that, you decide whether to believe me or not. Please."

I closed my eyes and counted backward from 5 to 1 - a method that Amita had taught me as a way to control my sudden temper.

"Ok I am sorry Romita. Please tell me, I will listen."

"Well, Amita and Jiniya have known each other since childhood. They studied in the same school before college."

"What? It can't be. Amita had shared and still shares everything with me. I know every bit of her childhood, parents, relatives, school, hobbies, etc. She never mentioned about Jiniya, not even by the slightest mistake."

"How will she? They stopped speaking with each other before joining college. No one knows about their friendship except me. I had been asked to keep it within me, but my conscience seemed to remind me that I was doing wrong."

"What are you talking about Romita?"

Romita placed her hand on mine, "Believe me, Tanyasri. This is true and what I am now going to narrate, is far from being true. But the reality is, it is true."

I sighed, an unknown fear suddenly seemed to grip me – what was she about to narrate? Will I hear something wrong about Amita?

"Ok, go ahead," I said realizing my voice had suddenly become soft.

"I am sorry Tanyasri. Amita and Jiniya were bosom friends in school. They never parted from each other in school. Even outside school, in school picnics, events, everywhere they were together. Their parents were also good friends, and they went out on vacations and parties also together. Their friendship was very popular in school."

"Wait wait," I interrupted Romita.

"You are saying Amita and Jiniya were good friends. But Amita told me Aahi was her bestie in school. Yes, they parted before coming to college because of some misunderstanding which she regrets. So how come Jiniya comes into the picture?"

Romita smiled, "Aahi is the nickname of Jiniya."

At first, I thought of not believing her. But then the genuineness and spontaneity in her voice forced me to re-think that maybe she was right.

"Hmm, ok. Continue," I insisted.

"When they were 15 years old, once when they were partying at Amita's house, they realized a strong affection between each other which was beyond friendship. Feeling each other aroused their senses. They were petrified in the beginning, but then it was uncontrollable."

My heart suddenly started beating fast – what was she saying?

"You mean they were attracted towards each other like homosexuals?"

"Yes".

"Oh come on Romita. Why are you cooking up this story? If Amita had been homosexual, I would have understood it long back. She is straight, come on. What are you up to?"

"Tanyashri, I am not bluffing, ok? I have kept all these inside me for long. If I had to bluff, I would have done that long back and destroyed your friendship. Understood. If you still feel I should stop, I am fine and will leave."

I was confused and bewildered. On one hand, I wanted to hear out what she had to say and on the other, I was not able to digest the tale she was narrating.

"Ok continue."

"Thanks. So, this attraction deepened further. And one unfortunate day, they were caught in an awkward state within the school campus. That was when the problem started. Their parents were summoned to the school, and they both were warned and suspended. Jiniya's parents belonged to an influential family and through their high-status relationship, easily withdrew the suspension. Jiniya was able to rejoin school within a day. But sadly, they did not support Amita and her family. Amita lost a year in school. Rift started between the two families and within the two girls."

"Hold on. You are saying Amita lost a year. But then Jiniya is in our college batch only. If she was a senior, she would have been in our earlier batch. Something wrong in the calculations, Romita?"

Romita smiled again, "It's a second try for Jiniya. She was not successful first year in the entrance exams. Now I hope you will believe that and won't conclude as me bluffing again. I cannot cook up a story in a second and also cannot do an extensive homework anticipating all your questions, will I?"

"It's ok, continue," I sighed again.

"They met each other again during the admission day in college. Well, I won't say a meet per se. It's that they realized they have to study in the same college in the same batch. I don't know exactly what they felt after seeing each other after such a long break – the old desire aroused, or they simply hated each other. I don't know now also."

"You know Romita. I am still unable to understand what you are trying to establish."

"I am not trying to establish anything. I am just telling you about the reality for you to judge."

"Ok, carry on."

"Well, none of them budged to rekindle the old friendship or desire. As mentioned by Jiniya, one day they met face-to-face inside the hostel. It seems it was not a healthy conversation. Somehow both their parents had instilled a hatred within them against each other. That's what I had felt while discussing with Jiniya. Maybe their parents were not able to accept the fact that they were not straight. Now coming to that day. To add to the worse, after some heated exchange of words, Amita out of rage threatened Jiniya that soon she would have a partner in her life, and Jiniya would regret losing her. Her statement infuriated Jiniya and she too threatened back to get a partner. And after that, you know the story."

"What do you mean I know the story?"

"Oh, dear Tanyasri. I know it's difficult to accept. It was tough for me too when I came to know about the fact. We are victims of their rivalry, nothing else. There is no bonding, no friendship. We have been just used by Amita and Jiniya to satisfy their ego, their long-lost desire and attraction. We two are big fools, nothing else. They had handled it in such a clever manner, we didn't even realize what was happening."

I was unable to speak and lost my words.

"How did you know all these, Romita? Were you able to find out some evidence or how was it?"

"Well, one day, please do not share this with anyone. We secretly had a booze one day inside our room. And Jiniya after a few shots, suddenly started crying and was unstoppable. That's when she blurted out about Amita. I was shocked and since I was also not complete in my senses could not react much. The next day, she begged me not to share it with anyone and requested me to keep it secret. She even asked me to cooperate with her so that she could continue with her revenge against Amita. I was confused, worried, and lost. I knew if I explained it to you, you wouldn't believe me. But then I was struggling every day, unable to digest the facts and also to be a part of such a vengeance act. After a long deliberation, I could at last regain myself and approach you. It's now your decision."

I did not know what to say.

"And Tanyasri, here are some of the letters which Jiniya had shown me, written to her by Amita. They were completely in each other, just check the words. Right now Jiniya is at the library, so I managed to get those for you to read."

Romita handed me over the letters. With my hands shaking, I held them and flipped to start reading. Romita was right, the words in the letters were filled with extreme affections and desires. My heart sank in sadness. I handed the letters back to her.

"What are you going to do, Romita?"

"I don't know. Maybe just maintain a happy friendship till the last day in college. And then just move away from this relation."

I sighed again.

"Goodnight Tanyasri. I am too tired, sorry. I will leave now. This burden was killing me every day. You decide what is best for you."

Romita left, leaving the door of my room ajar. I was completely clueless. Somehow, I stood up and closed the door. Tears rolled down and I cried whoppingly. She was my bestie and I had shared all my feelings, joys,, and sorrows with her. The friendship was just a fake, a false scheme to satisfy her distaste for Jiniya or maybe to control her pine for Jiniya.

That night was the worst night of my life. I could not sleep and wriggled in my bed.

The alarm rang at 6 AM. Not sure when I slept, I woke up and felt a heavy burden in my head. The conversation with Romita hovered over me once again.

There was a knock on my door and I knew it was Amita. I just sat on my bed, wondering what to do. After a wait of a few seconds, there was another knock and then her voice.

"Hey Tan, wake up you lazy bee. Time to go home. You will miss the train. Are you still sleeping or what?" And then she started banging on the door.

I dragged myself and opened the door.

Amita looked at me, "Why are you looking so pale? What happened? Are you not well? Is it a fever? Let me see." She touched my forehead.

I whizzed away, "No I am fine. It's just I slept late and woke up in between. So maybe that's why I am looking pale. I will be ready in a few minutes."

"Hey hey, Tan. What's wrong? You seemed to be behaving unusual. Did Romita tell you anything yesterday?"

I was alert – How did she know about our conversation last night?

"Romita? What will she say?"

"I noticed her coming out of your room. I had stepped out for the washroom before going to sleep. I thought you would come to my room and tell me, but then you did not. So I felt you slept and anyhow we can talk today. What is it, Tan?"

"Nothing, it was just a Hello. The doors of my room were open, so she just peeped inside for a minute. You are overthinking, I am fine. Will join you downstairs."

"Ok cool then. I will also join you in a few minutes."

It was a terrible moment for me – How to inquire about her doings? Was Romita correct or wrong? But then the letters were a big proof? And Romita's words were also convincing, she will not cook up all the facts.

After 15 minutes, we were downstairs – Amita and me. I was not able to look at her.

"Tan, something is definitely wrong. You either be normal or we are not stepping out."

"Yes, everything is wrong Ami, everything. I am unable to understand why you fooled me so badly," I just blurted out, lost my control completely.

"Fool you? Why will I fool you? What are you saying? You are my bestie, Tan. I can never ever imagine even in my worst moments also to fool you."

"Oh come on, enough. I am not your bestie and never have been. Jiniya is your desire, I know everything."

"Jiniya? Where did Jiniya come into the picture? What are you saying? Now tell me honestly, how long Romita was there in your room and what did she say?"

"Yes, it's Jiniya. You knew her for long and she was your desire. You are not straight. You had a relationship with her, and it did not mature. Both you and Jiniya played a game with me and Romita," by then I was furious, my ears were burning in rage, and my eyes filled with tears.

"Oh my God, Tan. Please calm down. Romita has completely brainwashed and hypnotized you it seems. Please tell me clearly what she said. There seems to be a big problem. Don't do this Tan, it's a plot to destroy our friendship. They are jealous of us, so they are trying all means to create a deflection. Please," Amita was pleading by then.

But all was in vain. I was unable to tolerate her anymore and just busted out of the hostel, without even looking back at her.

"That's my story, Kavya."

"Ma, did your friendship end after that."

"Yes, it did. Never spoke with her, avoided her and never participated in any event with her after that. On the contrary Jiniya and Romita were fine and maintained the same relation. Romita requested me, many times, to forget and behave normally with Amita. But I could not. You know how I am, Kavya. Very emotional and very sensitive. Once broken, it's broken. Till now it's broken."

Kavya hugged me tight, "I understand Ma. Let's have dinner, it's late. We will talk tomorrow again on this."

I was surprised, "There is nothing else to talk about, that was the story."

"No Ma, this is not the story. The story has just begun, end is awaiting."

"What are you saying?"

"Let's speak tomorrow. I will tell you."

We had dinner, sat on the balcony for some time, and then went to sleep.

As I lay down in my bed, I was wondering – Why did Kavya say the end is awaiting? I knew my daughter was intelligent, a bit different than many of her friends, so I trusted her.

Thoughts to ponder upon...

The next morning, after breakfast, Kavya insisted me to discuss about my broken friendship with Amita.

"Ma, tell me one thing. Did you ever find any unusual behavior between Amita Aunty and Jiniya in college?"

"Not that I have noticed."

"If they had a strong desire for each other, somewhere somehow someone would have noticed right? It's very unnatural to control such powerful emotions, even in front of strangers. You know what I mean. Have you ever thought about it, Ma?"

"Honestly, I did not Kavya. It could be, that no one noticed 'coz we never imagined such kind of incidents could happen. Or maybe they were so vented to compete against each other, that they cleverly maintained that."

"I think that's not true. After all, they are human beings and are deeply connected. It's practically impossible to control such desires – it's both mental and physical Ma. Try to understand."

"You meant to say, there was nothing as such between them and it was Romita who fooled me. She had shown me the letters which Amita had written to Jiniya and the handwriting proved it was not written fresh. The paper was old and even the letters were old."

"Ma, did you check the letters properly? You said you were lost and were shattered. Did you notice Amita Aunty's name in the letter?"

"I do not remember properly. What are you trying to say?"

"My sixth sense says something is wrong. Are you in touch with your batchmates Romita and Jiniya?"

"Yes, Romita is on my Facebook and Whatsapp list. She messages me sometimes and we chat."

"Can you ask her about Amita Aunty and Jiniya?"

"I don't know, Kavya. It's tough for me to ask."

"Understand, Ma. But trust me and try to get the information. I feel something is missing."

"Ok, I will try."

It was a Saturday. After lunch, I opened my Whatsapp and dropped a "Hi" to Romita. She replied after 5 minutes. I continued a normal chit-chat and then casually asked whether she was in touch with all our batchmates. She mentioned a few of them but not about Amita or Jiniya.

I questioned her, "And what about Amita and Jiniya?". There was silence for a minute and then the message.

"Jiniya is in Pune, an entrepreneur, running her firm. I heard from a few acquaintances, that Amita is based in Kolkata, not much to talk about in her professional life. She is a lecturer it seems in a college. I know the past haunts you; I am sorry."

"No Romita, it's been many years now. Nothing affects me. Just was curious, whether they have come to terms with each other."

"But why do you think so, Tanyashri?"

"I meant if they were able to re-kindle the old relation. That's all. It would have been good."

"Ah ok."

I showed Kavya the messages.

"Ma, her reactions are a bit awkward. Ask her if she can give more details about both of them."

I continued my conversation with Romita, and then with a few other college friends, and was able to retrieve the Facebook details of both in a few days. It was possible only because of Kavya, who was determined to find out their whereabouts. Though they were not regular on Facebook, with her friends and social connections, Kavya was able to trace Jiniya but not Amita yet.

"Ma, a homosexual is always a homosexual. How come Jiniya is married to a guy with two kids?"

"How did you find out?"

"My office colleagues traced her out in Pune. She is an entrepreneur, that's true. She runs a boutique IT company, her husband is a bureaucrat and she has two kids – a son and a daughter. Seems quite a well-known and prominent family and my colleagues have sent her pictures too. Look at these. They are a happy and well-knitted family."

"Who knows she may be fooling her husband too," I was still not convinced.

"Ma please, she has two kids."

"They may be adopted; how can you confirm that?"

"Yes, you are right. I did not think on those grounds. I will find out some way to get the information. Now the next big task is to find out Amita. Let me invest some more effort on it."

In few days, she unveiled the fact that Jiniya's kids were not adopted. Knowing this, I started doubting as well but not fully still.

Kavya was determined, somehow she was convinced that there was something hidden behind my story. Anagh was back home, and we discussed it with him too. He also seemed to be in doubt about whether Romita was correct in what she said. Hence the search was on.

A Ray of Hope

Kavya returns home by 8 PM mostly except on Fridays when she is back early. It was Thursday and the doorbell rang at around 4 PM and it was Kavya at the door.

"Didi, Kavya baby is back home early today."

I was surprised when Sita informed me.

"How come you are back so early? Seems less work today."

"No Ma. You get ready, we have to leave. I am trying to reach Papa, whether he can join us."

"Where will we go? I don't understand."

"You don't have to understand everything always. Just be ready and come with me. Papa has responded and asked to pick him up from office. His office car is out for some work. Come on Ma, don't just stare at me, be fast."

"Ok ok, not sure what you are up to."

Not sure where we were leaving for, but somehow I felt like wearing a saree and draped myself in a turquoise blue one.

"Wow Ma, looking pretty," Kavya kissed me.

"Ah come on. Now let's go. Not sure what is cooking in your head," I spurted out

Kavya laughed.

We went inside our car and on our way (with no clue where Kavya was planning to) picked up Anagh from his office. Kavya was sitting at the front and was directing our chauffeur Ram as per the Google map.

"Do you know where we are going?" I asked Anagh.

"Why are you so worried, Tanu? Let's wait and see. I can guess a bit, but let that be a surprise," Anagh answered.

The car stopped in front of an old house, not that it was dilapidated but the look of the yesteryears was there with the renovations. We got out of the car, noticing a smile on Kavya's face.

"Now let's unfold the unsolved mystery. Wait for a minute, someone else has to come in and then the act will begin," Kavya said, quite excited in her voice.

"Who will come?" I was curious.

I just finished my query when a red car approached and halted near our car. It was Romita.

"Romita, it's you. How are you?" and we hugged each other. I introduced her to Anagh and Kavya.

But I noticed Kavya's smile was a frozen one, and she spoke, "I only invited Romita Aunty to come over. Let's just go inside the house."

"Inside the house? But Kavya we were supposed to meet at a coffee shop," Romita spoke.

"Yes Aunty, we will. There is a pending work yet to conclude. If you can just cooperate for a few minutes, please."

We went towards the main entrance of the old house and knocked on the door. After two consecutive knocks, we heard footsteps near the door. The door opened, a lady with grey hair draped in an off-white saree was in front of us. A face familiar and known, I shivered. It was Amita.

"Hello, Amita Aunty. I am Kavya, daughter of your old friend from college, Tanyasri oops Tan," Kavya introduced herself, looked at me, and winked.

Staring at each other, we were unable to speak. After a few moments, Amita's eyes were filled with tears. She hid her face in her *Pallu*, to control her tears.

"Please come inside," she ushered us in, her voice shaking.

We entered and walked towards the living room, filled with antique furniture. Amita offered all of us to sit down.

"Amita aunty, hope you remember Romita aunty? Here is she?" Kavya looked at Romita.

Amita did not lift her face to look at Romita.

"Yes, I remember, the person who was bent on destroying our friendship along with her beloved friend Jiniya. How can I forget? But still, I was able to bear that but was unable to bear the fact my bestie did not trust and believe me – just walked away in minutes and did not even bother to check what I went through then and till today," Amita looked at me.

"Amita Aunty, it was not Mom's mistake completely. She had been hypnotized that day."

"Hypnotized? What are you saying, Kavya?" I was again lost.

"Yes, Ma. I think Romita Aunty will explain. Romita Aunty's family is specialized in hypnotism, and she had learned the art I think quite efficiently by the time she was in college. It was a well-planned plot by Romita and Jiniya I suppose. Will you explain Romita Aunty?"

I was stunned.

"I am sorry Tanyasri. I am sorry Amita. Yes, it is all my fault. In fact, Jiniya warned me not to, but I was determined to apply the same on you Tanyasri – the power of hypnotism. The greed for power is bad and I was into it unknowingly and you were an easy prey. Both Jiniya and I had been cursing you both almost every day. We were so overwhelmed in harming you and beat you in all the events that we forgot how dangerous it can be. But more than Jiniya, I was to be blamed. I was the one who cooked up the horrible plan. The letters I showed that day were from Jiniya's boyfriend. Through my technique, I convinced you that the letters were written by Amita. You were entirely gripped by me, I was controlling your mind. I knew about

Amita's bestie in school, and that was by pure luck. Aahi was my cousin's college mate and had spoken about her rift with Amita. I utilized the opportunity to build up the story. When your friendship broke, I felt dejected. But then I did not dare to explain for fear of being punished. Please pardon me. I beg you. This has been killing me for years, unable to acknowledge the fact of how cruel I was. So that day, Tanyasri, when your sweet daughter Kavya called me, I was obliged and accepted to support. I know she did not believe me completely but here I am in front of all of you, pleading guilty of my acts. If possible, forgive me."

I was speechless after hearing Romita's words. For all these years, I knew I was correct and now I realized I was a victim of a medical jargon that had cost me my beautiful friendship.

"It's tough to forgive, Romita. But since you have agreed to sort out this lingering problem, maybe I can excuse you for the rest of my life. It's better we part away after this day and never speak again," I was truly upset and had no intention of accepting her anymore in my life. Even if she is sorry, those lost years won't return back. And who knows, if she is at all speaking the truth. I was a victim that day, maybe again a victim some other day.

"Sorry," Romita proceeded to leave with her head bowed down.

Kavya was about to stop her but I held her back.

I whispered, "Let her go. She has been toxic and who knows she is still toxic. If she knows the art of hypnotism, she may apply it anytime she wants and any of us can be a victim unknowingly."

Romita left.

"Agree with you, Ma. In fact, when I spoke with her, I did not visit her house. The same thought was there. Though she did ask me to come down to her place, thank God I did not. Such cruelty towards Amita Aunty and you. I could not believe it."

"Maybe she is repenting but who knows," I sighed and turned towards Amita.

"Amita, I am so sorry. I don't have any words to explain. How did I become so weak and irrational?"

Amita came forward and held me tight, "Don't say sorry anymore Tan. You were not in yourself and I understand. I am happy that we can now be together, that old sweet friendship. I had so many dreams of our friendship and our professional lives. After that incident, I could not pursue it anymore; I was mentally shattered. After college, I had just secluded myself, yes I am married with a son. But that too after waiting for long and when I met Bahurja."

We cried and cried.

"Ok now both of you, stop. Enough. We may end up in a pool of water, the way both of you are crying," Kavya giggled.

"You are a sweetheart you know that dear," Amita pecked her cheek.

"And look at your Ma. She is so pretty till today, wearing her favorite-colored saree. And I am such a haggard now," Amita continued.

"No Aunty, you are still that tomboyish lady. Well, I heard from Ma that you had plans to start a fashion firm. It's not too late. Why don't you lighten up your zeal and start a new journey all along," Kavya was smiling.

"You know everything, Kavya," Amita said.

By then Amita's husband Bahurja arrived from the office and was introduced to us. Her son was in another room and came up too.

Everyone hailed our friendship once again and we both mingled into it.

"Amita, will you keep me as your accountant in the firm," I giggled.

"Oh, Tan. I really don't know whether I can start my own initiative now at this age. I lack energy, quite contrary the way I was in college. By the way, I heard from Kavya that you are now a novel writer and have even started a consultancy firm. I am so proud of you."

"Oh you know it. When did you both meet? It was such a hush-hush oh my God," I was unable to control my joy.

"Ma I had met Amita Aunty a few days back and told her what you had heard from Romita Aunty while you were in college. She was awestruck. And you know that the rift between Aahi Aunty and Amita Aunty is now resolved, she showed me pictures of Aahi Aunty who was not Jiniya after all. Though I could have brought you here the next day I was desperate to bring in Romita Aunty and make her apologize in front of everyone. Even though she might be repenting, she had done a crime. So I spoke with her and convinced her to come and meet here. The only trick I did was, I did not mention Amita Aunty. I told her that Ma wants to meet you, she is so upset, etc, etc. Luckily, she believed me and that's it."

"Your daughter is very smart, Tan," Amita hugged my dear Dottie. I felt so proud, Anagh and I looked at each other smilingly.

"Why don't you both start a firm together, what say? Fashionista combines novelist? How does it sound?" Kavya was in all her spirits.

"Not a bad idea," Baharja agreed, "Let Anagh and I be a witness to this great friendship and let our kids blossom into this bonding.

"OK, OK plan on. Let's do it, Tan, what say?" The jubilant voice of Amita was back again. I felt like leaping and dancing just like those college days.

What an iconic reunion it was! A day that will remain etched in my heart forever. With the blessings and encouragement of all our well-wishers, Amita and I embarked on a journey of entrepreneurship – a dream we had inculcated in our college days.

We named it **"Memory Echoes"**.

The Heartbreakers
Chayan Panda

The late August afternoon was hot and humid. Sun blazed down on the group of ten standing in formation, naked, at one end of the hostel balcony. A warm, moist breeze was blowing in from the Ganges which made the group adjust their ties, the only piece of cloth covering their nakedness, from time to time. A van was unloading vegetables, meat and supplies on the driveway below for the grand feast later in the night. The feast would formally end the period of initiation and duress that the fresh batch of students were subjected to in the last few weeks. The cooks stood around supervising the unloading with distracted scowls. Crows flew excitedly in and out of the trees in anticipation.

The floor mess staff opened the door of the nearest room and came out without paying any attention to the group of students waiting outside. He had just taken orders from the panel of interviewers for toast omelettes and tea. The first in line was called in. The staff were used to this bizarreness for years. If people did not wear clothes for a reason or for no reason whatsoever, or if they chose to sing lewd parodies as their morning prayers and disrobed the bathrooms of its doors, it was none of their business. The interview panel consisted of five distinguished seniors who had excelled themselves in their time and earned their badges. They were looking forward to evaluating the ten subjects short-listed from a challenging written test that was leaked and published in the front pages of leading dailies cementing the notoriety of the institution in public.

No one knew with any certainty who was responsible for the leak. The best one could suspect would be a disgruntled fresher who failed to do well in the exam. Parents back home squirmed and pretended they did not read the papers. Only the very best of corrupted, creative minds like the selected candidates roasting in the afternoon sun stood any chance of coming out on top of these rigorous examinations. They were now cruising through the hardest part of the test – the interview, unlike any of the scores of interviews they'd face in their lives in due course. The interviewers were not wearing any clothes either except their ties fluttering in the circulation from the ceiling fan. Kruise did not think cavemen had to attend any viva voce but if they had to, the setting would be quite similar.

"Krittibas Chakrabarty?" – asked the senior with a head of hair that stood straight on its end. He was professional and courteous with a thick covering of body hair that made him look like he was wearing an alpaca coat.

"Kruise, sir".

"Well Kruise, what is the difference between you and a bull?", enquired the senior with a juvenile face and friendly smile.

"There are a lot many, sir, but I should probably start with the fact that whatever hangs off my body is parallel to my body axis and in case of the bull, it is perpendicular, sir". A murmur of approval went around the table of seniors. They were delighted with the crop that had been allocated to their hostel and were having a difficult time ranking the top three. There was already a three-way tie for the third spot that needed to be broken somehow and the first two could easily be swapped as well. It was a problem that required the full attention and solemn deliberation of the interview board. The debate raged on for hours behind the closed door once the last candidate had been seen off but remained unsettled. It was hard work.

The Dean of Student's Affairs, Prof. Shashmal, was busy untangling his own problems. He was a sincere, poised and popular man who genuinely loved the students, loved the college since the time he was a student there himself and only hated his office if he had a problem to address. He had two problems at hand. The first one involved a leaked test paper of dubious nature in newspapers and the other was an epidemic of love concerning a fresher who had complained about the frequency at which people were falling in love with her. It made her sick. His eyes blinked rapidly in thought. He had faced neither of these problems before in his long career. Who the hell leaks papers of such nature to newspapers? It was difficult to fathom the hideous perversion at work behind this. He looked at the blue sky absentmindedly, rose from his chair and started to walk around in his office with a feeling of heavy defeat inflicted by an unknown adversary. His head hurt.

The Dean cradled the back of his head with the interlocked palms of his hands and sat down on his chair again in an attempt to think critically and objectively. The damn thing was already published and the damage was done. He had unplugged his desk phone and taken personal leave for a couple of days as a damage control measure which was effective. There was no further follow up from the press although the Director would like to know how to put an end to such distasteful incidents for good. He was working on it and had already solicited ideas from departmental heads and professors who cared. As for the girl, he did not have any solid course of action other than hoping for love to find its way and to find its way quickly. He decided to keep a closer tab on the pulse of the campus.

"We must put an end to cohabitation and expose the students to a more inclusive culture", said the Head of Electrical Engineering gravely.

"What does that mean exactly, if I may ask?", asked the Head of Mechanical Engineering.

"I think he means segregation for the student years and more time with the opposite sex. Correct me if I'm wrong Professor", said the charming lady professor from Computer Science helpfully.

"You are right my dear, we got to tame the beasts", answered the Electrical man who was not a man to mince words.

"I get it but how exactly do you propose to implement this cultural shift and segregation was my question, leaving generalities aside", said the Mechanical man. He hoped his tone was cordial although he wasn't entirely sure.

"You ought to enroll more ladies in your department ", interjected the Applied Mechanics prof in his baritone savagely. He was a slender man with a thunderous voice. The computer lady loved hearing him speak.

"This isn't going anywhere", the Dean cut in. We must do better than just letting things be and getting gassed by the press again. The next thing I read in the papers might likely be this bloody epidemic if we do not act in time."

"What epidemic?", asked the Head of Electronics incredulously.

"Devika", replied the Dean in an exasperated voice.
The young lady professor from Architecture laughed out loud.

"How is she a problem?", the old Civil Engineering professor demanded to know, "I'm not aware of her to be honest".

"Apparently, everyone is falling in love with her. I don't understand it either", Applied Mechanics boom-ed again.

"It's the hormones, they can't help themselves", the computer lady seemed to know.

The grand feast was in full swing. Everyone was dancing with unabashed joy to the tunes of popular hits. The table tennis board in the common room gave way to a makeshift dance floor with psychedelic lights, a special request from the juniors which the seniors were eager to accommodate. The freshers had earned their rights to be a part of the family and as was the tradition, the wall between seniors and juniors collapsed to jovial camaraderie, ribaldry and drunken revelry. The power and opportunity to take charge of the next set of young engineers was changing hands. Any lingering bad taste from the trying weeks were washed down with alcohol or smoked away at the indulgence of the seniors who were now friends for life.

People were in an annoyingly good mood except the mess staff who yawned and longed to call it a day if they could. The party had reached fever pitch. Toasts were raised, mantles were passed down and earthen pot ice cream containers were thrown at adjacent hostels with an aim to break their glasses. There was hardly any unbroken pane of glass in the first place. The missiles alerted the other hostels where similar feasts and parties were taking place and the greetings were duly returned. Some took turns at the payphone to call up random numbers and whenever they got hold of a sleepy voice at the other end saying "Hello, Who's this?", they either said "Michael Madhusudan Dutt" or "Sher Shah Suri" and hung up. Someone got hold of a can of paint and wrote "Devika is taken, keep your hands off" in large fonts on the road leading away from the hostel.

"Who's Thomas Alva Edison?"
"Who's Dhritarashtra?"
"Who's Kublai Khan?"
"Who's Shakespeare?"
"Who's Devika?'
"Woo Hooo! I know Devika"
"Haha!"

Bagha and VJ were talking in a language only they understood and kept steadying themselves by gripping each other's shoulder. Shanto, Kruise and Chief were watching the circus with passing interest and hoped they didn't fall sick or flat on their faces from all the alcohol and *Bhabhij's Prasad*.

"I don't care if they sleep here all night. That'd be less of a mess", Chief said. He was more interested in finding the bastard who had written the message about Devika. He affectionately called her Dee. Kruise suspected it could be Shanto but he denied it outright and sneaked off to the hostel to pour alcohol into as many bottles of drinking water as he could before anyone could catch him.

"It's the hormones, they can't help themselves", said the girl with big spectacles covering half her face that looked wise beyond her years. She was bent on her drawing board using her upper body like massive paperweights.

The room was neat and tidy. Another girl was boiling Maggi for her evening snacks. Devika and Srijata were sitting up on the bed in their pyjamas with pillows on their laps and troubles in their hearts. The Oval outside with its huge Mahogany trees looked lovely as ever. The clock tower chimed. The Mahogany trees were nearly two hundred years old and Michael himself had tended to those little saplings centuries ago. It gave them goosebumps being so close to such greatness.

"It's like walking into a river full of crocodiles as soon as we go out", said Devika, agitated by the continuous attention and scrutiny she brought whenever she stepped out of her hostel. She was undoubtedly pretty with sharp features, a heavenly frame and a cold, austere look about her.
"You will get used to it. Hopefully. Boyfriends help", said the girl sitting in front of the heater.

"They are a pain in the ass", said Sri, lighting a cigarette.

"Everywhere", said Devika. Everyone laughed.

Kruise liked life best, lazing on his bed like a ship with a broken mast. He did not mind company. In fact, he welcomed them to dock and take up the rest of his bed if they brought along *Bhabiji's prasad* and deep, meaningful conversations which he pretended to take part in. The regulars did not bother whether they were welcome or not. They plonked themselves right on his bed, chairs, locker - wherever they could and forced Kruise to curl up in a corner of the bed.

They were The Heartbreakers. Kruise had named it along the lines of Tom Petty and The Heartbreakers. Few knew about Tom Petty in this age-old breeding ground of engineers tucked in a green nook of the city across the river. The Ganges meandered quietly along the back of the sprawling campus teeming with trees, young lives, hopes, dreams and unrequited love. The outside world, as chaotic as ever, stopped in its tracks at the entrance gates of the college and minded its own business. Kruise liked this insulation of inaction, the slow ticking of time very much and the poster of Samantha Fox which he had moved closer to the corner of his bed where he ended up most evenings while the Heartbreakers were in session and dreamt about the college hospital doctor's wife.

She was a buxom, sweet, effervescent woman who offered sweets on the day of Holi if anyone cared to play the colours with her. Kruise cared very much and that'd be the only day in the year when he'd be up way before everyone else to be first in the queue to get in through the hospital doors. The doctor had no time to waste on such frivolity. He had a hospital to run which he never got fatigued to explain. The day of the Holi would be a busy day. The boys would soon be out of their wits drinking their share of bhang. He had no time to waste.

Shanto was working hard on the evening *prasad*. His gifted hands toiled with dexterity on Kruise's engineering drawing board, cutting and grinding the dried leaves of the sacred plant with tobacco emptied from a cigarette. For effect, the lights were shaded. There was music blaring from Kruise's custom-made speakers and a subset of fellow Heartbreakers - Narod, Bagha, Chief and VJ - were waiting very patiently for Shanto to put the finishing touches to his daily masterpiece.

Outside the window, the moon was up over the Oval, flooding the lush green carpet of grass in milky white. The college couples were out on the tree lined roads in the spring evening looking for a spot to settle in behind the shrubs, hidden from plain view. The traffic was unusually heavy at this time of the year. Exams were just over. College fest was around the corner. The atmosphere had turned most agreeable and suitable to pursue love and finer interests in life.

"I wonder what that dumbfuck is up to!", Chief exclaimed looking out the window.

Bagha followed his gaze and smirked, "Stealing your girlfriend that never was your girlfriend".

"Too bad", said VJ. He passed the *prasad* on to Bagha and watched him crane his neck upwards trying to hold the smoke in and hand off the cigarette to Narod.

"That is too bad, Dee", said Narod and puffed out a lungful of smoke.

"She just wants to rile me", Chief said knowingly. For a good year and a half, he had been trying his luck with Devika with no success. He wasn't done yet. There was little he hadn't tried till then and less he wouldn't in future to win her or someone else over.

"Why haven't you kissed her yet?", Narod tried to rub it in.

"She's waiting for me to kiss her and as soon as I do, she'll report me to the Dean. That's what she'll do."

"The devil", said VJ.

"Can you change the fucking music, Kruise?", Chief said irritably. He had dedicated "Who's gonna drive you home tonight?" at the last college fest jukebox to Devika and he was still not behind the wheels.

"I can't. Can I do anything else for you?", Kruise asked.

"What difference would that make?", Shanto laughed. His voice floated softly in the air. Everything seemed to move in slow motion, gently swaying like a feather. The music had acquired a tranquil quality and peace washed over the Heartbreaker's souls that ached with turbulent and conflicting desires, fears and regrets.

"When are you going to say yes to him?", asked the girl with big specs. "Do it before he loses interest in you. He's been running after you long enough".

"I haven't said no to him", said Devika.

"You haven't said yes to him either", said Sri.

"She's waiting for him to kiss her", said the big specs. They were having tea in their room watching the football match in the Oval from far away.

"I'm waiting for him to kiss me and as soon as he does, I'll report him to the Dean", Devika giggled.

"The devil", said the girl sitting in front of the heater, pouring a cup of tea for herself.

Bagha's soul ached with desires, fears and regrets all the time with a lot of turbulence and conflict. The conflict kept things in balance. The turbulence propelled him forward. He had a good head on his shoulders that told him to back away if he fell madly in love and keep it to lust if he could. He could. If he drank too much, he'd go easy on the air-force and vice-versa. He was afraid he might flunk the semesters or become dis-collegiate but recognised he'd die anyhow of boredom if he were to attend all the lectures and labs. He loved the endless adda with his friends but knew to keep his mouth shut if he heard words like "dialectical" or "poverty economics".

He attended lectures when he missed Amrita but he was glad that she was already taken so he could only watch her from a distance without guilt or remorse. He desired the women that crossed his paths but he regretted he'd probably never get to first base with any one of them. "I'm with nature", he'd say to himself, laugh easily and converse without inhibition with any of the girls who wanted his company and get high immediately after.

"Why do you have to drink and smoke so much *babu?*", the floor mess staff asked him after observing him for a few weeks.

"What do you get out of all these?", the Dean had asked him, sneaking up from behind while he was smoking a joint in peace under the shade of a Mahogany tree.

Bagha was too busy to answer and had waved them off both.

Chief knew nothing would make a difference. He was a determined, industrious, brisk, polite young man who had given it his everything. He had organised fests, gained popularity, participated in inter and intra college competitions and killed it. He was eloquent, dressed smart, saved money and had tried the hip restaurants and hit movies but Devika proved to be a tough nut to crack. He had proposed on a number of occasions with the right ambience and a degree of sincerity that even moved Devika's best friend but not Devika herself. She was always accompanied by her best friend. It was crazy.
 "It is crazy", said her best friend, Sri.

Chief had not called for Sri but Devika was busy completing her assignments and had sent down Sri to receive Chief's voluminous love letter. Of late, Chief had been pouring his heart out in long letters with the hope one of those would hit the target. It was a long shot.

"She'd even go out with that dumbass but not me. It is crazy", Chief agreed.

Sri was almost a carbon copy of Devika, with the same hair, same style, same height, same grades, same clothes and probably would not go out with Chief either had he proposed to her. Chief had not. That irked Sri not a little.

"What's this?" cried Sri, snatching the letter from Chief's hand and propped herself on the boxing ring. There was a boxing ring right in front of the lady's hostel. No one had ever seen a boxing match take place there. Bitter lovers sometimes verbally fought it out amongst themselves on the backdrop of the ring.

"It's a letter I have written for your friend", Chief explained, "Will you give it to her and see what she has to say?"

"Done", she started swinging her legs and proceeded to read the letter in the half darkness of the streetlights slanting in through the trees.

"This is good", she sounded impressed, "This is very good". She was bobbing her head. Her shadow bobbed her head.

"Oh, really? What are my chances, do you think she will say yes?", Chief probed on.

"She should kiss you. Right here where you say, you will be carrying her love in your heart forever, she should kiss you good", she flung the letter from her hand, jumped down from the boxing ring and kissed Chief right on his mouth.

Chief loved her so much that his heart cracked in half as he kissed her right on her mouth.

"I love you", he declared sincerely.

"You are out of your goddamn head", Sri said in shocked surprise and ran back up the stairs into her hostel, flustered, alarmed and embarrassed.

The Applied Mechanics man with the booming voice was both feared and revered on the campus but not so much at home. Decades ago, he had fallen in love with a fellow student and her hostel-made chilli chicken at this same institution and remained there ever since. The college and his life were practically inseparable. The love for chilli chicken had gradually worn off but the love for life on campus remained. His exam papers were brutal and that had made the man a legend. Students would hush their voices if he happened to pass by or better still, would avoid the road if he came in view. This suited him perfectly fine.

When he could no longer engage in discussing portentous topics like retirement income or second home, he'd quietly go out of the house and walk the roads of the hallowed grounds late in the evenings. He'd amble along without looking, around the workshops, then on through the empty labs out on the main road and take a swig from his hip flask in the shadows of the night to keep him going. It broke his heart to think he'd have to leave these roads, shadows and hushed tones one day.

"You are out of your goddamn head", said Devika and stormed off without waiting for an answer. She had finally managed to track Chief down who was having a quick snack of *puri sabji* by the first gate. Chief had taken great care to avoid being ambushed by her since the ill-advised declaration of love and prompt denial of it from her best friend. It was a small world. His luck had run out but the taste of lipstick had not rolled off his tongue yet.

"Who's Platini"?
"Who's Ali Akbar Khan?"
"Who's Tolstoy?"
"Who's Beethoven?"
"Who's Turing"?
"Who's Lamarr?"
"Never heard of Lamarr".
"Gotcha".

"What is it?", VJ mumbled, being woken up from sleep by his wife.

"You are talking in your sleep darling. You should really do something about it, waking everyone up."

"So what, everybody talks in their sleep", VJ said, rolling over and going back to sleep again.

ABOUT THE AUTHORS

Bengali Authors

পৃষতী রায়চৌধুরী (সিভিল, ১৯৯৯)

পৃষতী রায়চৌধুরীর জন্ম ও বেড়ে ওঠা মুর্শিদাবাদের বহরমপুর শহরে। স্কুলজীবন কেটেছে মুর্শিদাবাদেই। শিবপুর বি ই কলেজ (বর্তমান IIEST) থেকে সিভিল ইঞ্জিনিয়ারিং-এ বি ই, আইআইটি কানপুর থেকে এমটেক এবং ইউনিভার্সিটি অফ ক্যালিফর্ণিয়া, সান দিয়েগো থেকে পিএইচডি করেছেন। বর্তমানে কর্মসূত্রে কানপুর নিবাসী। পেশা অধ্যাপনা। সাহিত্যচর্চার শুরু ২০০৪ সাল থেকে। গল্প ও ভ্রমণকাহিনী লিখেছেন 'দেশ', 'সানন্দা', 'আনন্দবাজার রবিবাসরীয়', 'মঞ্জরী', 'দূরের খেয়া', 'বাংলালাইভ', 'ইরাবতী' ইত্যাদি নানা পত্রিকা ও ওয়েবজিনে। ধারাবাহিক উপন্যাস লিখেছেন 'বাংলালাইভ' এবং 'ওকলকাতা' ওয়েবজিনে। প্রকাশিত বই- 'দ্বৈত' (সৃষ্টিসুখ, ২০২১), 'পথ ঢেকে যায় নক্‌শি কাঁথায়' (৯ঋকাল বুকস, ২০২২), 'ক্যাম্পাস ক্যালিডোস্কোপ' (Ukiyoto, ২০২২), 'একটি জন্ম এবং একটি মৃত্যু' (দূর্বা প্রকাশনী,২০২৩)।

মানস দে (মেটালার্জি, ১৯৯৫)

মানস দে পেশায় তথ্যপ্রযুক্তিবিদ ও বর্তমানে মার্কিন যুক্তরাষ্ট্রে কর্মরত প্রায় দু দশক ধরে। পড়াশুনা শিবপুর বি ই কলেজ ও পরে খড়গপুর ও দিল্লী আই আই টি থেকে। বাংলায় লেখালিখি ছোটবেলা থেকেই। বিদেশের মাটিতে বসেও এখনো বাংলা সাহিত্যের নিয়মিত চর্চা করেন। দেশ বিদেশের বিভিন্ন পত্র পত্রিকায় নিয়মিত লেখালিখি করেন। উত্তর আমেরিকার বাংলা সংক্রান্ত বিভিন্ন সাংস্কৃতিক কর্মকাণ্ডের সঙ্গে সক্রিয়ভাবে যুক্ত। লেখক ২০২৩ সালে উত্তর আমেরিকার লিটারারি এক্সসেলেন্সের (বাংলা বিভাগ) জন্যে গায়ত্রী গামার্শ মেমোরিয়াল অ্যাওয়ার্ড সম্মানে ভূষিত হয়েছেন। লেখক কলকাতা বইমেলা ২০২২-এ অনীশ দেব স্মৃতি পুরস্কারেও পুরস্কৃত হয়েছেন। লেখকের মুন্সিয়ানা মূলত ছোটগল্প হলেও ইতিমধ্যে বেশ কয়েকটি নাটক ও গানও লিখেছেন, লিখেছেন অনেক কবিতাও। লেখকের বহুল প্রশংসিত প্রথম বই "গল্পওয়ালার গল্পহাট" প্রকাশিত হয়েছিল ২০২৩ এর বইমেলায়। দ্বিতীয় গল্প সংকলন “গল্প হলেও পারত" প্রকাশিত হতে চলেছে ২০২৪ এর বইমেলায়। ইতিমধ্যেই লেখকের ছোটগল্প প্রকাশিত হয়েছে আনন্দবাজার রবিবাসরীয়ের পাতাতে, বা banglalive.com এও। লেখক বিভিন্ন ব্লগ সাইটেও লেখালিখি করেন ও ইতিমধ্যেই তাঁর গল্প কয়েক মিলিয়ন পাঠক দ্বারা পঠিত হয়েছে। সোশ্যাল মিডিয়ায় এক অতি পরিচিত নাম মানস দে।

অনিন্দ্য মুখার্জী (মেকানিকাল, ১৯৯৭)

অনিন্দ্য মুখার্জী ফেসবুক সাহিত্যের এক দিকপাল নাম। প্রতি শুক্রবার সন্ধেবেলা ওনার পেজে উপচে পড়া ভিড়কে তুলনা করা যায় একমাত্র শ্রীভূমির বাৎসরিক দুর্গাপুজোর সাথে। ওই দুর্গাপূজার মতোই ভক্তিভরে প্রতি সপ্তাহে নিজের স্ত্রীকে নিয়ে গত দশ বছর ধরে লিখে চলেছেন অনিন্দ্যবাবু। লীলা মজুমদারের সব ভুতুড়ের পর আর কোনো বাংলা সাহিত্যিক একটিমাত্র বিষয়ে এরকম নিষ্ঠা দেখাতে পারেননি। সুইজারল্যান্ডবাসী কট্টর বামফ্রন্ট ও ইস্টবেঙ্গল সমর্থকের এই প্রথম বৌ-বিহীন লেখা আপনারা দয়া করে পড়বেন এবং ভালো ভালো কথা বলবেন এটা আমাদের সনির্বন্ধ অনুরোধ - আগামী দশ বছর আমাদের সবার মানসিক সুস্থতার কল্যাণার্থে।

সুজিত সাহা (সিভিল, ১৯৯৬)

সত্তর দশকে অন্ধকারাচ্ছন্ন মহাদেশ বেহালার সখেরবাজারে জন্ম।
প্রিয় লেখক- বিভূতিভূষণ বন্দ্যোপাধ্যায়
প্রিয় বই – আরণ্যক , Zen and the art of motorcycle maintenance.
প্রিয় ফুটবলার – কৃশানু দে
প্রিয় বেড়ানোর জায়গা -মাছ /সব্জির বাজার
পড়াশোনা -বড়িশা হাইস্কুল, ঠাকুরপুকুর বিবেকানন্দ কলেজ হয়ে বিক্কলেজ। প্রখর স্মৃতির সদব্যবহার সুজিত করে বিশ্ব-ব্রহ্মান্ড সম্বন্ধে জ্ঞান-আহরণ করতে, তবে এয়ারপোর্টে বসে থাকা পরিবারকে ভুলে একা প্লেনে উঠে পড়ার মত ভুলও সুজিতের পক্ষেই সম্ভব। তাই সাধারন জ্ঞান ভাল হলেও , কাণ্ডজ্ঞান নিয়ে জোর গলায় কিছু বলা যায় না।
ফুটবল-পাগল যে ছেলেটা এক-কালে ভেবেছিল ছিল ভূপর্যটক হবে, সে বর্তমানে স্ত্রী ও কন্যা নিয়ে ঘোর সংসারী।। কলেজে প্যারডি আর স্কিট লিখতো এখন মাঝে মাঝে ফেসবুকে লেখে।
ছাপার অক্ষরে তার প্রথম লেখা এই সংকলনে।

বিশ্বজিৎ ঠাকুর (সিভিল, ১৯৯৯)

কলকাতার দক্ষিণ দিকে যে স্বাধীন সার্বভৌম মহাদেশ, এই পৃথিবীর কোনো ট্যাক্সিচালক যার নাম-ঠিকানা জানেন না, এমনকি মেট্রো রেল ও যা'কে বাকি দুনিয়ার সাথে আজও জুড়তে পারেনি, এবং শুধুমাত্র সেই কারণেই অ্যাপোক্যালিপ্সের পরেও যেখানে মানবসভ্যতা টিঁকে যাবে, সেই বেহালা - ঠাকুরপুকুরেই বিশ্বজিতের আবির্ভাব ও বেড়ে ওঠা। এই সংকলনে, বড়িশা হাই - ঠাকুরপুকুর বিবেকানন্দ কলেজ - বিক্কলেজ এই আশ্চর্য ঐতিহ্যের কনিষ্ঠতম প্রতিনিধি সে। এর পরের পড়াশোনা যাদবপুর। নেহাৎ অনিচ্ছায় ইঞ্জিনিয়ারিং পড়তে শুরু করা বিশ্বজিৎ নিয়তির কারসাজিতে আজ পেশায় সিভিল ইঞ্জিনিয়ারিং পড়ান, এবং তাঁর প্রাক্তন ছাত্ররা তাঁদের মাস্টার এর কথায় কথায় বিক্কলেজের রেফারেন্স টেনে আনা দেখে মুচকি হাসেন। কোনো এককালে একটা কবিতার বই বেরিয়েছিলো - যা বন্ধুবান্ধবরা ছাড়া কেউ পড়েনি (তৎকালীন বান্ধবী এবং বর্তমানে শ্বশুরকণ্যা যদিও কসম খান তিনি পড়েছেন - গভীর সন্দেহ আছে)। জটিল বাক্যবিন্যাসে অজস্র গল্প, উপন্যাস, কাব্যি লিখে থাকেন - সবই মনে মনে যদিও। সুবিখ্যাত বিক্কলেজীয় ল্যাদ কাটিয়ে সেরকমই এক নমুনা অবশেষে ছাপার অক্ষরে...

শঙ্খ কর ভৌমিক (মাইনিং, ১৯৯৭)

জন্ম ও বেড়ে ওঠা উত্তর পূর্ব ভারতের ছোট রাজ্য ত্রিপুরার মফস্বল শহরে। নবজন্ম ও আরও বেড়ে ওঠা শিবপুর বি ই কলেজে। পেশা- মাইনিং ইঞ্জিনিয়ার থেকে শুরু করে নানা কাজে ও অকাজে ভাগ্য পরীক্ষার পর আপাতত তথ্যপ্রযুক্তিতে থিতু। নেশা- লেখা, আঁকা ও সর্বোপরি মানুষ জমানো। এখনও পর্যন্ত প্রকাশিত বইয়ের সংখ্যা দুই।

শান্তনু দে (মেটালার্জি, ১৯৮৯)

আজ থেকে ১৬৮ বছর আগে মহাবিশ্বের দুইপারে দুই শিক্ষাপ্রতিষ্ঠান যখন একসাথে যাত্রা শুরু করে, তখনই নিয়তি নির্ধারিত হয়ে যায়, বড়িশা হাই এর ক্ষণজন্মা প্রতিভারা বেহালা থেকে টেক অফ করে, ঠাকুরপুকুর বিবেকানন্দ কলেজের স্পেস স্টেশনে বছর দুয়েক কাটিয়ে, শেষমেশ বিক্কলেজেই ল্যান্ডিং করবে। বাঙাল বাড়ির পোলা হয়েও কট্টর মোহনবাগানী এহেন ছকভাঙা শান্তনুও ভবিতব্যের এই ইস্পাত-দৃঢ় অমোঘ লিখন এড়াতে পারেননি। শান্তনু'র পেশা ও নেশা 'স্টীল বানানো' এবং শখ বহুধাবিস্তৃত। ভালো বই, ভালো গানের সমঝদার এই চ্যাম্পিয়ন ক্যুইজারের ফেসবুকের নিয়মিত লেখালেখিতে 'লাইক' এর বন্যা বয়ে যায়, কারণ তার আপাত হাল্কা চালের মধ্যে একইসাথে লুকিয়ে থাকে কৈশোর বিস্ময় এবং পরিণত প্রজ্ঞা - এই বইয়ের লেখাটিও তার ব্যতিক্রম নয়। প্রসঙ্গতঃ এই বইয়ের সাফল্য সুনিশ্চিত হলেই তিনি সহলেখকলেখিকা ও পাঠকপাঠিকাদের চিত্রকূট খাওয়াবেন বলে প্রতিশ্রুতিবদ্ধ - বাকী দায়িত্ব আপনার...

দিগন্ত ভট্টাচার্য (সিভিল, ১৯৯৫)

হাওড়ার গলিতে বেড়ে ওঠা জীবন দিগন্তর , হাওড়াতেই জন্ম এবং পড়াশুনা। লেখা পড়া যে টুকু তার জন্য কোনো দিন গঙ্গা পেরোতে হয় নি। প্রথমে হাওড়া জিলা স্কুল, তারপর শিবপুর বি ই কলেজ (বর্তমান IIEST) . সেখান থেকে সিভিল ইঞ্জিনিয়ারিংএকটা ডিগ্রি নিয়েই চাকরির জন্য এদিকে সেদিক ঘুরে এসে এখন আবার হাওড়াতেই।

লেখালেখির শুরু কিছুটা নিজের খেয়ালেই, আর রেডিওতে মর্নিং শো শুনতে শুনতে কিছু লিখে পাঠানো .... DiguFromHowrah নামেই লেখার শুরু। রেডিওর শ্রোতা বন্ধুদের কাছে আর সঞ্চালকের কাছে এই নামেই পরিচিত। ছাপার অক্ষরে এই প্রথম সামনে আসা।

সৌরীশ সরকার (সিভিল, ১৯৯৫)

সৌরীশ ১৯৯৫ সালে শিবপুর থেকে সিভিল ইঞ্জিনিয়ারিংয়ে বিই আর ২০০৬ সালে মিশিগান স্টেট ইউনিভার্সিটি থেকে এমবিএ করেছেন। আমেরিকাতে বসে কয়েকটি বহুজাতিক সংস্থার সাপ্লাই চেন আর ডিস্ট্রিবিউশন সেন্টারে কাজ করার সুবাদে অনেক রকম মানুষ আর অভিজ্ঞতা জমা করেছেন - লেখার উৎস সেখান থেকেই। নিজের সিভি ছাড়া জীবনে কোথাও গল্প লেখেননি। কিন্তু দুটো বাংলা আর একটা ইংরেজি বই পড়ার সুবাদে বিশ্বাস রাখেন অত্যন্ত ভালো লিখবেন। ওনার বৌ জানিয়েছেন যে খুবই উপকার হবে যদি পড়ার পর পাঠক একটু দয়া করে ওনার এই ভুল ভাঙিয়ে দেন - বাড়ির অনেক কাজ পড়ে রয়েছে।

English Authors

Banasri Gupta (Electrical, 1999)

Banasri was born in a small village called Ban Asuria in West Bengal and, as a little girl, believed it was named after her. Her childhood was marked by a fascination with numbers and puzzles, leading her to excel in the Regional Mathematics Olympiad during her school years.

Graduating from the Indian Institute of Engineering Science and Technology (IIEST) in Electrical Engineering as part of the '99 batch, she embarked on her professional journey with Tata Consultancy Services, later transitioning to a startup.

However, in August 2020, her life took an unexpected turn when she experienced a brain stroke, leaving her entire right side paralyzed. She embarked on the journey of self-discovery, bravely retracing the steps of her own infancy, learning to walk and eat, and painstakingly mastering the strokes of A, B, C, as if life had granted her a second chance at the innocence of childhood. In this challenging period, Banasri found unwavering support from her family, particularly her husband, who became a silver lining in her darkest moments.

Presently, Banasri navigates life in the slow lane, savoring every moment with her loved ones. Despite the adversities, she achieved a significant milestone with the publication of her first novel, "Second Place," released as an eBook in April 2022. She is also working on an educational game for school children in her spare time and dreams of painting, like before, someday.

Residing in Bangalore with her wonderful husband and two delightful daughters, Banasri continues to cherish the beauty of life.

Sudipta Seal (Architecture, 1999)

Sudipta Seal is an architect with 24+ years of experience and is the Principal Architect and one of the Founder Director of Prakalpa Planning Solutions Pvt, Ltd, a firm that specializes in projects ranging from Office Buildings to commercial complexes, Hospitality and Healthcare Projects, Sports facilities and Stadiums along with Housing and Corporate Interiors projects.

Besides his professional life, he is an ardent lover of sports and has himself been leading teams from the front, an inspiration and motivation for the younger generation. He is still an active Cricket Player in amateurs Leagues and is an inspiration to many.

His zeal to know the unknowns is highly appreciative and is reflected in the various quiz competitions won so far. He loves to travel and his love for hills, adventure and thrill is evident in his writings. His love for literature had been since childhood and had dreams to own a composition which will eventually reach out to a broader audience and story lovers. He loves writing poems that reflect different emotions of life.

This is his fourth book after the two Anthologies, "A Time for Thrills" and "Tales in the City" Vol – IV, a collection of Love Poems, named " The Infinite Emotions" all published by Ukiyoto Publishing House.

You can connect with him at:
https://instagram.com/sks2504

শিবপুরাণ

Suvro Raychaudhuri (Mechanical, 1999)

Suvro Raychaudhuri works as Director Human Resources, for the Asia Pacific Solutions Delivery Centre of CGI. He is from the class of 1999, Mechanical Engineering, Bengal Engineering College (IIEST), and from class of 2003, Personnel Management and Industrial Relations, XLRI Jamshedpur.

He specializes in Organizational Behaviour, Information Technology & Systems and HR Strategy Consulting, and has worked across multiple industries including Manufacturing, Information Technology and Healthcare in India and abroad. He is associated with Human Capital studies and practice, is a pro-bono learning and development facilitator for multiple NGOs, has been actively associated with multiple international and national HR forums and is a free-lance writer on articles related to resilience, practice and capability-building; He is a devoted musician and a cross-train fitness enthusiast since his NCC-days in college.

He is married to Sukhi - his wife, friend and anchor, and mother of their two children Asmi and Soham.

Kuntala Bhattacharya
(Electronics and Telecommunication, 1999)

Kuntala, is an established IT consultant, writer, poet, and blogger.

Her articles, short stories, and poems have been published on many websites and have been appreciated by readers. Have 19 books published in her name (1) A Miraculous Discovery in the Woods (novel), (2) The Treasures of Life (poetry), (3) Come and Explore India with me (Travel magazine), (4) Anubhuti (poetry) and jointly with other authors - (5) The Indigenous Compositions, (6) Impromptu, (7) My heart goes on, (8) Wide Awake,(9) They are watching Vol IV, (10) The Kolkata Diaries Vol II, (11) The Loup, (12) Summer Waves Vol 1, (13) Stories from India, (14) Philo's Prodigy Season 2, (15) A Time for Thrills, (16) Tales in the City Vol III, (17) Up above the World, (18) The Infinite Emotions, and (18) Dear Mom. Her next project is ongoing - a Detective thriller series in English.

Born and brought up in West Bengal, she always had a special fascination for literature. Her writing ventures in minimalistic form started from her college days. And then it continued to expand vividly, increasing her zeal to venture into the world of writers and poets.

Throughout her professional life, she has ventured into different places and interacted with people from different facets of life. Her innumerable experiences are reflected in her writings.

She likes using simple words for the benefit of readers of all generations. Her flow of words is smooth, often deliberating on the intrinsic aspects of the plot. She believes it is necessary to engage the readers at every moment in a story, without letting them indulge into a feeling of boredom.

You can connect with her at :
1.   https://instagram.com/travelogue.of.kuntala OR
2.   https://www.facebook.com/travelogueunlimited OR
3.   Visit her website https://travelogueofkuntala.com

Chayan Panda (Mechanical, 1997)

Chayan is not a writer and he does not enjoy rides. He does not write because there's too much misery in this world and he's too considerate to add to it. Despite his predilection for long pauses and reflections, his life can only be compared to a "**Roller-Coaster**" ride. In the "**Roller**" phase, he moved around six cities while growing up. For the benefit of others, he just says he's from Chandannagar, where he spent his best years by the Ganges, playing dangerous games with fishermen returning home on their boats.

He highly recommends it as a sport. All you have to do is shout at the top of your voice, "*Did you catch any turtle today, did you get any eggs?*" and run. Fast. These fishermen are deceptively quick and can close the gap between their boat and you standing ashore, in the blink of an eye.

The "**Coaster**" period has seen Chayan live and work tirelessly in four continents. The "**-**" was the four eventful years he spent in B.E. College. Like any decent engineer who hurt his/her knee trying to scale steep plant boundary walls during summer training, Chayan never looked back and promptly jumped on the IT bandwagon. He lives in the UK at present.

Illustrators

Sandeep Basu

Kakali Sanyal

Soham Bhattacharya

www.ingramcontent.com/pod-product-compliance
Lightning Source LLC
LaVergne TN
LVHW091637070526
838199LV00044B/1101